UNBEUGSAM

WOLF RANCH
BUCH 9

RENEE ROSE

VANESSA VALE

Rudel-Regel Nr. 9: Das Schicksal muss bei einem alleinerziehenden Vater warten

Ich bin nicht der Liebe wegen nach Cooper Valley gezogen.
Ich bin hier, um meine Tochter in Frieden aufwachsen zu lassen, auf der Wolf Ranch zu arbeiten und meinen Wolf an der kurzen Leine zu halten.
Ich habe keine Zeit für Ablenkungen oder Komplikationen. Und definitiv nicht für beides in Gestalt einer Frau.
Meine Nachbarin ist süß, sexy und absolut tabu.
Joy trägt immer einen wirren Dutt und ihr Lachen bringt Eis zum Schmelzen.
Sie macht mein kleines Mädchen glücklicher, als ich sie je gesehen habe.
Sie lässt *mich* vor Verlangen brennen.
Sie ist der Sonnenschein. Ich bin Gewitterwolken.
Ich rede mir ein, dass ich zu grob, zu grüblerisch und zu beschäftigt als Vater bin, um sie zu wollen.
Doch mein Wolf schert sich nicht um Regeln. Er denkt, sie gehört zu ihm.
Er weiß, sie riecht nach Schicksal … *und sie schmeckt sogar noch besser.*
Wie kann ich mich von ihr fernhalten? Ganz egal, wie sehr ich mich anstrenge, anscheinend wird das Schicksal diese Entscheidung für mich treffen.

1

WES

Iᴄʜ sᴄʜᴀʟᴛᴇᴛᴇ die Dusche ab und schob den Duschvorhang zurück. Wasserdampf hatte sich in dem kleinen Badezimmer ausgebreitet und der Spiegel war beschlagen. Ich trat auf die Badematte, nahm ein Handtuch – ein pinkfarbenes von Remy – und fing an, mich abzutrocknen.

Ein Umzug war anstrengend. Ein Umzug als alleinerziehender Vater mit einem vierjährigen Kind war noch viel anstrengender.

Ich hatte die Bettwäsche gefunden, die Töpfe, Pfannen und Toilettenartikel. Das waren alles wichtige Sachen. Der Karton mit den Stofftieren war jedoch verschwunden oder zumindest in dem riesigen Haufen im Wohnzimmer noch nicht aufgetaucht.

Der verschwundene Karton hatte eine Krise ausgelöst, die noch nicht vorbei war.

Ich hatte Remy dazu gebracht, sich auf ihre Sitzerhöhung zu setzen, die sie am Küchentisch auf die richtige Höhe hob. Dort sollte sie malen, während ich mir den Schweiß und Dreck vom Kartons-Schleppen und Möbel-Rücken abwusch.

Als Gestaltwandler fiel es mir leicht, schwere Dinge zu heben, aber im Juli brach selbst mir der Schweiß dabei aus.

Ich wischte den Spiegel mit dem Handtuch ab und rubbelte meine Haare trocken.

Während ich mein leicht beschlagenes Spiegelbild betrachtete, entging mir nicht, wie verdammt müde ich aussah. Ich war ein Vater, kein Großvater.

Ich hatte mir für den Umzug den Tag freigenommen, aber Remy brauchte noch etwas zum Abendessen. Sie musste noch baden. Und der verschwundene Karton mit den Stofftieren musste gefunden werden. Außerdem musste ich bei Morgengrauen auf der Wolf Ranch sein. Meine Pflichten, hier zu Hause und als Vorarbeiter auf der Ranch, hörten einfach nie auf.

„Essen", grummelte ich vor mich hin. „Du brauchst Essen, ein Bier und etwas im Fernsehen, was nichts mit Cartoons oder Prinzessinnen zu tun hat." Ich schlang mir das Handtuch um die Taille. Mit Mühe und Not. Ich blickte nach unten. Ich war nicht gebaut für das pinkfarbene Handtuch eines Kleinkinds.

„Remy, was hältst du von Hamburgern zum Abendessen?", rief ich.

Sie antwortete nicht, was mich erstaunte, denn obwohl sie winzig war, aß sie sehr gern. Und als Spross eines Gestaltwandlers liebte sie Fleisch. Sie redete auch gern. Mit mir. Mit sich selbst. Mit ihren Stofftieren.

„Remy?" Das Handtuch an der Hüfte festhaltend lief ich durch den Flur, von dem die Schlafzimmer abgingen.

Das einstöckige Ranchhaus, das ich gekauft hatte, befand sich in der Stadt auf einem schönen Grundstück. Ich hatte es ausgesucht, weil es vollständig renoviert war – alles war neu – was bedeutete, dass ich keine Zeit damit verbringen musste, tropfende Wasserhähne zu reparieren oder veraltete Badezimmer zu erneuern. Der Standort war perfekt, um Remy zur Schule zu bringen. Wenn sie älter war, konnte sie sich mit Freunden treffen und all die Dinge tun, die Kinder auf einer isolierten Ranch nicht tun konnten. Ich hatte mit dem Hauskauf und dem Transport der eingelagerten Sachen gewartet, bis ich mir sicher gewesen war, dass es mit dem neuen Job und dem neuen Rudel wirklich klappen würde.

Mit dem Wolf-Ranch-Rudel hatten wir offenbar einen Glückstreffer gelandet. Sie hatten uns beide aufgenommen, als wären wir Teil der Familie und nicht vollkommen Fremde, die zufällig Gestaltwandler waren.

Die Routine und Verbundenheit waren genau die Veränderung, die Remy und ich brauchten, nachdem wir sechs Monate im Jahr auf Rodeos unterwegs gewesen waren. Außerdem hatte sich die Situation in unserem Heimat-Rudel verändert. Ich hatte gehört, dass Remys Mutter dort wieder aufgetaucht war, und ich wollte nicht, dass sie unsere Tochter verwirrte. Himmel, ich wollte nicht einmal, dass Remy ihr begegnete.

Es war schwer genug, meiner Tochter zu erklären, warum ihre Mutter kein Teil ihres Lebens war. Diesen Verlust noch stärker zu spüren, war das Letzte, was unser Welpe brauchte. Und das würde unweigerlich geschehen, wenn sie ihre Mom kennenlernte und diese anschließend wieder aus der Stadt verschwand. Es war eine Sache, im Stich gelassen zu werden, wenn man drei Wochen alt war. Eine Vierjährige erinnerte sich jedoch an alles. Und jeden.

„Remy?"

Als sie noch immer nicht antwortete, beschleunigte ich meine Schritte und runzelte die Stirn. Die Küche war leer. Ihre Malsachen lagen auf dem Tisch, die Buntstifte waren auf der hölzernen Oberfläche verstreut.

„Remy!", rief ich erneut.

Wahrscheinlich spielte sie Verstecken mit mir. Oder war ganz vertieft in ihr aktuelles Spiel. Vielleicht war sie eingeschlafen, nachdem sie sich bei dem Tobsuchtsanfall wegen der Stofftiere so verausgabt hatte.

Doch als ich schnell einen Blick in jedes Zimmer warf und sie nicht finden konnte, stellten sich mir die Nackenhaare auf.

Fuck.

Sie hätte das Haus nicht verlassen. Wegen all der Veränderungen in letzter Zeit war sie anhänglicher geworden. Sie wollte mir gar nicht mehr von der Seite weichen. Himmel, sie hatte schon gejammert, weil ich sie alleingelassen hatte, um zu duschen.

Jetzt raste mein Herz. Mein innerer Wolf wurde nervös. Er lief auf und ab. Es gefiel uns nicht, keine Ahnung zu haben, wo unser Welpe war. Ob sie in Sicherheit war.

Mit lauter Stimme brüllte ich: „Remy?"

Was, wenn sie in Gefahr war? Verdammt! Wo steckte sie nur?

Ich drehte mich um, rannte von Zimmer zu Zimmer und suchte nun gründlicher. Ich öffnete Schränke und schaute unter die Betten für den Fall, dass sie ein Spiel spielte.

Wo zur Hölle war meine Tochter?

Verflucht. War jemand reingekommen und hatte sie mitgenommen? War sie zur Haustür rausgegangen?

„Remy Marie, wenn du dich vor Daddy versteckst, dann möchte ich, dass du jetzt herauskommst. Du bist zu gut im Verstecken."

Nichts.

Adrenalin rauschte durch meine Adern. Wenn jemand meinen Welpen angefasst hatte, würde mein Wolf ihn in Stücke reißen.

Ich ging zur Haustür. Verschlossen. Ich ging zur Hintertür. Mist. Warum war mir nicht aufgefallen, dass sie einen Spalt offen stand?

Fuck, fuck, fuck!

Ich riss sie weit auf, betrat die Veranda und sah mich im Garten um. Es war ein älteres Viertel, weshalb es überall große Bäume und Büsche gab. Unser Garten war nur teilweise umzäunt. Ich würde gleich morgen einen Zaun um unser gesamtes Grundstück herum aufstellen, damit sie nicht abhauen konnte.

Momentan wusste ich allerdings nicht, wo sie war. Ich fuhr mit einer Hand durch mein feuchtes Haar.

Was, wenn sie sich verirrt hatte? Im Straßenverkehr herumlief? Jemand sie *entführt* hatte?

„*Remy!*", brüllte ich. Meine Stimme hatte den tödlichen Klang eines Wolfs im Krisenmodus. Man sprach über Bärenmütter, die ihre Jungen beschützten. Das war nichts im Vergleich zu dem, was ein Wolfsvater mit demjenigen anstellen würde, der seinen Welpen auch nur angeatmet hatte.

„Hier drüben, Daddy!"

Oh beim Schicksal. Ihre kleine Stimme schallte durch die sommerliche Nachmittagsluft. Sie kam aus dem angrenzenden Garten.

Fuck sei Dank. Mein Wolf heulte vor Erleichterung. Ich seufzte, mein Herz hämmerte jedoch noch immer wie wild.

Ich war beruhigt, aber auch stinksauer, weil sie mir so eine Scheißangst eingejagt hatte. Ich hatte sie schon oft allein malen oder fernsehen lassen, während ich geduscht hatte. Sie hatte noch nie das Haus verlassen. Kein einziges Mal.

Allerdings waren wir auch noch nie an diesem neuen Ort gewesen.

Ich rannte durch den Garten, duckte mich unter den tief hängenden Ast einer Esche und lief um einen Fliederbusch herum.

Dort, auf der Betontreppe zur Terrasse des Nachbarhauses, saß Remy mit einer jungen Frau. Sie kicherten und lachten und aßen ein verdammtes Eis am Stiel.

Die junge Frau sah mit einem breiten Lächeln mit Grübchen zu mir auf.

„Hi, Daddy", sagte Remy fröhlich.

2

JOY

WENN MAN IN MONTANA LEBTE, war es nicht ungewöhnlich, dass ein wildes Tier durchs Unterholz rannte. Ein muskulöser, tätowierter Mann, der nichts als ein winziges pinkfarbenes Handtuch um die Hüfte trug, war jedoch eine Überraschung.

Erst recht einer, der so attraktiv war.

Meine Güte, sah der gut aus.

Das war Remys Daddy?

Er hatte rote Haare. Überall.

Das Handtuch konnte diese nicht verdecken, da es so klein war. Es war pink und an den Rändern mit ... Erdbeeren bestickt. Wahrscheinlich gehörte es Remy.

Es stand in krassem Gegensatz zu seiner Größe und

Männlichkeit. 1,80 m, kräftig gebaut. Breite Schultern. Wie gesagt, muskulös. Bauchmuskeln, an denen man hochklettern könnte. Jepp, muskulös. Beine wie Baumstämme.

Und unter dem Handtuch ... war er auch groß.

Das Handtuch mochte für eine Vierjährige ausreichen, aber ALLES an diesem Kerl war entweder sichtbar oder zeichnete sich deutlich ab.

Mir lief das Wasser im Mund zusammen und die Sonne brannte auf einmal noch heißer als vorher. Ich steckte mir das Eis in den Mund in der Hoffnung, dass es mich abkühlte.

Sein Blick folgte der Bewegung finster.

„Hi, Daddy!", sagte Remy erneut. Sie sprang vor Aufregung auf der Stufe herum. „Das ist Joy. Wir essen Eis."

Seine Tochter war so süß. Und klug. Jetzt wusste ich, woher sie ihre hellroten Locken hatte.

„Das sehe ich." Er kam zu uns gestapft, was barfuß nicht hätte möglich sein sollen, doch irgendwie gelang es ihm.

Ich musste den Kopf in den Nacken legen, um ihm weiter in die Augen schauen zu können, anstatt den Rest seines Adoniskörpers zu begaffen. Ich konnte sogar das V-Ding erkennen, das ich bisher nur bei männlichen Models gesehen hatten. Sein Gesichtsausdruck wurde sanfter, als er vor mir in die Hocke ging, und das Handtuch ...

Mir quollen praktisch die Augen aus dem Kopf beim Anblick seines besten Stücks. Seines großen, dicken, lächerlich attraktiven besten Stücks.

Ich räusperte mich, doch ihm war anscheinend bereits klar geworden, dass das Handtuch nicht besonders viel verdeckte. Er sprang auf die Füße und umklammerte den Knoten an der Hüfte.

„Baby, du kannst das Haus nicht ohne mich verlassen", schimpfte er.

„Ich wollte nicht mehr malen", rechtfertigte sich Remy. „Ich habe Joy singen gehört und bin raus gegangen. Sie wohnt hier. Sie töpfert in der Garage. Willst du es sehen?"

Er sah mich stirnrunzelnd an, als hätte ich versucht, seine Tochter in mein Haus zu locken oder so etwas.

„Sie bemalt den Ton und stellt ihn in den Ofen. Das klingt so toll! Wenn du es erlaubst, lässt sie es mich ausprobieren."

Der Dad-den-ich-gerne-ficken-würde grunzte. Ich hätte nicht sagen können, ob das ein Ja oder Nein war.

Aus irgendeinem bescheuerten Grund machte ihn dieses mürrische Verhalten in meinen Augen noch attraktiver. Ich wusste nicht, wieso – vielleicht gefiel mir die Herausforderung, die Brummbären darstellten.

Ich hatte nie auf Männer gestanden, die charmant und freundlich waren und auf *mich* standen. Ich war wie eine Katze, die sofort merkte, welche Fremden keine Katzentypen waren, und ihre Energie und Zuneigung nur auf diese konzentrierte. Es erübrigt sich, zu sagen, dass ich aus genau diesem Grund *sehr* Single war.

„Ihre Haare sind nicht rot wie meine", fuhr Remy fort. „Sie sind wie die einer Prinzessin und wie gesponnenes

Gold. So wie in dem Buch, das wir gelesen haben, und wie in dem Film. Was ist gesponnenes Gold? Dreht es sich immer und immer wieder im Kreis herum?"

Das Mädchen besaß Energie. Das Eis war vielleicht nicht die beste Idee gewesen, bestand jedoch nur aus natürlichen Zutaten. Himbeere, meine bevorzugte Geschmacksrichtung. Das Eis hatte zwei Holzstäbchen, sodass ich es für uns beide in der Mitte teilen konnte. Ich hatte bezweifelt, dass sie in dieser Hitze ein ganzes Eis hätte essen können, bevor es geschmolzen und über ihre Finger gelaufen wäre. Ich hatte recht gehabt, denn das halbe Eis klebte in ihrem Gesicht und an der rechten Hand.

„Das Eis ist aus natürlichen Zutaten und ohne zusätzlichen Zucker", informierte ich ihn. „Tut mir leid, ich hätte dich vorher fragen sollen, aber sie meinte, sie hätte keine Lebensmittelallergien und du wärst in der Dusche."

Ich hätte mich nicht an diese Tatsache erinnern sollen, denn bei diesem Gedanken wanderte mein Blick erneut über seinen fast nackten Körper und suchte nach Wassertropfen. Ich fragte mich, ob er beim nächsten Mal ein wenig Hilfe wollen würde.

Ich könnte beispielsweise die Seife halten. Das war auf jeden Fall eine Option.

Der Mann grunzte und musterte mich mit einem intensiven Blick.

Atmete tief durch, als müsste er sich selbst beruhigen.

Dann wandte er den Blick ab.

Ich schätze, er war sauer wegen des Eises.

Uups.

Ohne mich zu beachten, sagte er: „Remy, du kannst nicht einfach davonlaufen. Ich wusste nicht, wo du warst." Er warf mir einen finsteren Blick zu. „Und du sollst niemals Essen von Fremden annehmen."

„Es tut mir leid, Daddy." Sie hob ihr sommersprossiges Gesicht und sah mich an. „Ist Joy eine Fremde? Ich dachte, sie wäre unsere Nachbarin."

Er antwortete nicht darauf, sondern sagte stattdessen: „Zeit, zu gehen."

Remy sprang auf. „Danke für das Eis!" Sie flitzte zurück zu ihrem Haus.

„Sie ist niedlich." Ich erhob mich auf meine nackten Füße. Es hatte heute circa 30° C und ich trug ein kurzes Sommerkleid und hatte meine hellen Haare zu einem unordentlichen Knoten hochgesteckt, um mit den für Montana heißen Temperaturen zurechtzukommen.

Er grunzte erneut.

Ich war mir nicht sicher, was ich noch zu einem fast nackten Mann in meinem Garten sagen sollte, der offenbar sauer war, weil ich mich mit seiner Tochter angefreundet hatte. Für so eine Situation gab es keine passenden Höflichkeitsfloskeln.

Er starrte. Ich starrte zurück.

Dann machte er auf seinen nackten Füßen kehrt und ging.

Ich bekam einen herrlichen Blick auf seinen muskulösen Hintern in dem winzigen Handtuch.

Vielleicht hätte ich seiner Tochter kein Eis geben

sollen. Vielleicht hätte er mir nicht seinen beeindruckenden Schwanz zeigen sollen.

Und der Schwanz gehörte meinem Nachbarn? Wow.

Der Mann war mürrisch. Knurrig. Hinreißend.

Und ich kannte nicht einmal seinen Namen.

3

WES

Möglicherweise hatte ich mich meiner neuen Nachbarin gegenüber wie ein Arschloch benommen, doch das war mir egal. Zur Hölle, ich wollte nicht einmal daran denken, dass ich praktisch blankgezogen hatte. Was für ein Mann tat so etwas? Sie musste mich für einen Perversen halten. Und einen Scheißkerl.

Ich wusste, dass ich wie ein Arschloch rüberkam, und das nicht nur bei Joy, sondern bei allen. Sogar vor Remys Geburt war ich nie besonders gesellig gewesen. Ich war nicht der Typ für Smalltalk oder Plaudereien mit Nachbarn. Die letzten vier Jahre als alleinerziehender Vater hatten mich geradezu kratzbürstig werden lassen.

Falls ich ein tägliches Kontingent an Worten hatte,

dann verbrauchte ich die auf jeden Fall bei Remy. Sie war eine Plaudertasche. Sie hörte nur zu reden auf, wenn sie schlief. Für den Rest der Welt blieb da keine Kraft mehr zum Quatschen oder für Höflichkeiten oder so einen Scheiß. Meine Quelle der Geduld war vollkommen erschöpft.

Ein Kind aufgebürdet zu bekommen – nein, nicht *aufgebürdet*, das war das falsche Wort – ich *vergötterte* Remy. Allerdings hatte ich nicht erwartet, einen Welpen vom Säuglingsalter an ganz allein großzuziehen. Ich wusste nicht einmal, dass ich einen Welpen hatte, bis ich nach einer sechsmonatigen Rodeotour zu meinem Rudel zurückkehrte und ihre Mutter in der Stadt sah – schwanger.

Soraya war nicht meine Freundin gewesen. Wir waren nicht einmal befreundet gewesen. Wir hatten einmal bei Vollmond miteinander geschlafen. EINMAL! Sie war ein paar Jahre jünger als ich und schon immer ziemlich wild gewesen. Seit sie achtzehn Jahre alt war, verließ sie regelmäßig das Rudel und kehrte in die Stadt zurück, wenn sie in Schwierigkeiten steckte oder Geld von ihrem reichen Vater brauchte. Sie war erst seit Kurzem wieder zurückgewesen, als wir miteinander geschlafen hatten.

Tja, früh rauszuziehen, hatte als Verhütungsmethode offenbar nicht gereicht. Remy war also ein ungeplantes Baby.

Ich hatte mir eine Bleibe besorgt und Soraya war bei mir eingezogen, weil ich mich ihr und dem Welpen gegenüber korrekt verhalten wollte. Doch sobald Remy geboren worden war, verließ Soraya die Stadt. Sie hatte das Baby zur Welt gebracht, einen Blick darauf geworfen und war verschwunden. Vielleicht war sie mittlerweile zum Rudel zurückgekehrt, ich war jedoch hierher nach Cooper Valley gezogen, um mich von ihr fernzuhalten. Seither hatte ich sie nicht mehr gesehen.

Ich bereute nichts. Remy bedeutete mir alles.

Es war nur so, dass ich keine Ahnung gehabt hatte, wie man einen neugeborenen Welpen aufzog, und es war ziemlich interessant gewesen, um es mal vorsichtig auszudrücken. Vor allem, als ich sie auf die Rodeotour hatte mitnehmen müssen und von einem Wettbewerb zum nächsten getingelt war, bei dem ich auf Bullen geritten war. Nur so konnte ich genug Geld sparen, um dieses Haus zu kaufen und für sie zu sorgen.

Und ich war gut im Rodeo. Ich gewann reichlich Preisgelder. Sponsorengelder. Jetzt hatten wir ein gutes Haus in einer guten Stadt und ein gutes Rudel.

Ich ging ins Haus und fand Remy auf ihrer Sitzerhöhung beim Malen, wo sie hätte bleiben sollen, solange ich duschte.

Ich marschierte zu ihr und küsste ihren strubbeligen Rotschopf. „Du hast mir Angst gemacht, Baby."

Meine Tochter sah mit großen, erstaunten Augen zu mir auf. Sie waren grün wie Sorayas. Jedes Mal, wenn ich in ihr kleines, unschuldiges Gesicht schaute, zog sich meine Brust fest zusammen.

Ich liebte sie so sehr, dass es körperlich wehtat. Der

Schmerz, das hier zu vermasseln – sie falsch zu erziehen oder, Schicksal bewahre, sie jemals zu verlieren – hatte meine Liebe fest im Würgegriff.

„*Du* hattest Angst?", fragte sie verwundert.

Ich legte eine Hand auf meine nackte Brust. „Denkst du, Daddys können keine Angst haben?"

„Ich hätte nicht gedacht, dass du vor irgendetwas Angst hast."

Ich zog den Stuhl neben ihr heraus und setzte mich. Ich trug nach wie vor nichts außer Remys zu kleinem Handtuch. „Ich habe keine Angst um mich, Remy Baby. Aber weißt du, was mir richtig Angst macht?"

Ihre kleine Stirn legte sich in Falten. Ihr Mund hatte von dem Eis einen roten Rand. „Was denn?"

Ich beugte mich vor und sah in ihre unschuldigen kleinen Augen. „Die Vorstellung, dass dir etwas passieren könnte."

„Aber ich bin okay, Daddy." Sie tätschelte meine Hand, als wäre sie diejenige, die Trost spendete. „Joy ist meine Freundin."

Joy. Das war die Nachbarin.

Ich dachte über Remys Worte nach und verkniff mir meine automatische Antwort, dass sie Fremden nicht trauen sollte, oder welchen Mist auch immer Eltern heutzutage sagen sollten. Ich hatte die Stadt und dieses Haus ausgesucht, weil sie so sicher waren. Weil sie hier Nachbarn besuchen und mit anderen Kindern aus der Nachbarschaft spielen konnte.

Ich legte den Kopf schief. „Woher weißt du, dass sie eine Freundin ist?"

Remy widmete sich wieder dem Malen und fuhr mit dem orangefarbenen Stift über ein Strichmännchen, als würde sie ihm Kleidung anziehen. „Sie riecht gut."

Aus irgendeinem Grund bekam ich Gänsehaut an den Armen.

Sie riecht gut.

„Du hast deinem Wolfsinstinkt vertraut." Ich nickte ihr zu. Erziehung bedeutete, in kleinen Schritten zu führen.

Wolfswelpen verwandelten sich erst in der Pubertät und einige Rudel – vor allem diejenigen, die in den Städten oder eng mit Menschen zusammenlebten – brachten ihren Welpen erst bei, was wie waren, wenn sie alt genug waren, um das Geheimnis des Rudels zu wahren.

Auf den Rodeotouren hatte ich Remy jedoch erklären müssen, dass mir die Bullen nichts anhaben konnten, weil ich ein Wolf war. Die Bullen hatten ihr Angst gemacht und das Wissen um meinen Wolf hatte ihr geholfen, mir zuzusehen, ohne jedes Mal in Tränen auszubrechen, wenn ich mich hatte abwerfen lassen, um realistischer zu wirken. Außerdem war ich überzeugt, dass es wichtig war, ihr beizubringen, auf ihre Wolfsinstinkte zu hören und den Unterschied zwischen ihrer tierischen Seite und ihrer Klein-Mädchen-Seite zu kennen. Ich wusste nichts darüber, wie es war, ein Weibchen zu sein, gab jedoch mein Bestes.

Es stimmte, dass ich aufpassen musste, dass Remy einem Menschen gegenüber nichts Falsches sagte, aber ich wollte, dass meine Tochter wusste, was sie war. Ich war stolz auf sie. Stolz auf das, was sie war und was sie werden würde. Ich hatte ihr beigebracht, den Geruch eines Menschen von dem eines Wolfs zu unterscheiden. Sie wusste bereits, dass sie mit Wölfen offen darüber sprechen durfte, was sie war, bei Menschen allerdings den Mund halten musste.

„Ja, ich weiß, sie ist ein Mensch, aber sie ist einer von der guten Sorte." Remy malte weiter und tauschte den orangefarbenen Buntstift gegen einen gelben aus, mit dem sie einen Ball über den Kopf des Strichmännchens malte.

Ich rieb mir mit der Hand über den Bart. „Was ist denn die gute Sorte?"

„Solche wie Joy."

Kinder sagten die seltsamsten Sachen. Ich kehrte in Gedanken wieder zur Terrasse der Nachbarin zurück. Ich war so erleichtert gewesen, Remy zu finden, und wegen des unverbrauchten Adrenalins so aufgewühlt gewesen, dass ich die Frau kaum beachtet hatte. Jetzt, da Remy es erwähnte, wurde mir bewusst, dass ich auch nicht darauf geachtet hatte, wie die Frau gerochen hatte.

Doch Remy hatte recht. Der Duft der Frau war angenehm gewesen.

Süß und warm wie frisch gebackene Donuts. Wie Honig-Vanille-Karamellbonbons, zu klebrig zum Essen.

Nun, da ich mich daran erinnerte, stellte ich fest, dass mich ihr Geruch noch mehr aufgebracht hatte. Es hatte mich verärgert, dass mein Wolf ihren Geruch ansprechend gefunden hatte. Es hatte mich mürrisch gemacht. Oder *mürrischer.*

Ich erinnerte mich daran, wie ihr Blick auf meinen Schwanz gefallen war, als ich in die Hocke gegangen war. Das war eine dämlich Aktion gewesen, aber ich war nicht besonders schamhaft. Es war allerdings auch nicht meine Absicht gewesen, meiner Nachbarin meinen Schwanz zu zeigen, während ich bloß das winzige Handtuch meiner vierjährigen Tochter anhatte.

Röte hatte sich auf ihre Brust ausgebreitet, sie hatte jedoch nicht peinlich berührt ausgesehen.

Nein, sie hatte mich beinahe frech gemustert. Als hätte sie meinen Anblick aufgesogen.

Als wäre sie interessiert. Also wollte sie mich.

Ich rieb mir mit der Hand über den Nacken, der bei dem Gedanken warm wurde. Denn aus irgendeinem Grund war ich froh, dass sie Interesse hatte. Dass sie meinen Körper anziehend fand.

Joy. Die Nachbarin. Hübsches blondes Haar, das ganz verwuschelt auf ihrem Kopf thronte. Blaue Augen, volle Lippen, die unaufhörlich zu lächeln schienen.

Ich war nicht interessiert, aber ich hätte ihr die Hand geben sollen, anstatt ihr meinen Schwanz zu zeigen. Dann hätte ich jetzt ihren Geruch an meiner Hand und könnte ihn analysieren. Ich hätte mich vorstellen sollen.

Ich hatte gerade das Haus neben ihrem gekauft und ein Kind im Vorschulalter, das offensichtlich nicht im Haus blieb, obwohl ich es ihm gesagt hatte.

Joy war womöglich jemand, den ich hin und wieder

bitten könnte, zu babysitten. Wenn ich zum Beispiel in den Supermarkt musste, wenn Remy schon im Bett war. Zur Hölle, ich hatte mir Sorgen gemacht, was ich mit Remy machen sollte, wenn sie im Sommer während der Kälbersaison mittags aus der Preschool nach Hause kam.

Die Saison würde bald beginnen und war meine erste als Vorarbeiter. Das Kalben im Frühjahr hatte ich verpasst, weshalb ich ein wenig improvisierte, obwohl ich das Sagen hatte. Ich orientierte mich daran, wie man auf dieser Ranch mit den Rindern umging. Ich hatte mir überlegt, dass ich Remy aus dem Bett holen und ihr ein kleines Nest aus Decken in meinem Pick-up machen würde, in dem sie schlafen konnte, wenn ich nachts auf der Ranch arbeiten musste.

Wenn sie erst einmal schlief, konnte sie nichts aufwecken.

Doch wenn ich eine Nachbarin hatte, die nichts dagegen hatte, vorbeizukommen ...

Meine Überlegungen hatten nichts mit der Tatsache zu tun, dass Joy jung und hübsch war. Sie war nicht mein Typ. Das Letzte, was ich in meinem Leben brauchte, war ein süßer, blauäugiger Mensch mit Grübchen. Babysitter waren die Ausnahme.

Nein.

Mein Herz war für Weibchen verschlossen – für Wölfinnen und Menschen. Es hatte bereits Schwierigkeiten mit dem Druck, der damit einherging, einen vierjährigen Welpen zu lieben. Außerdem hatte ich nicht genug Zeit, um mich um ein winziges Weibchen und mich selbst zu kümmern. Ich würde auf keinen Fall, alles noch komplizierter machen, indem ich mich auf eine Frau einließ. Erst recht nicht auf einen Menschen.

Nicht einmal auf eine Frau, die nach Pralinen und Sonnenschein roch.

„Ist das Joy?" Ich tippte auf das Blatt, auf dem Remy malte.

Sie nickte und ihre roten Locken wippten. „Mh hmm. Das erkennt man an dem Dutt auf dem Kopf." Sie deutete auf den gelben Ball über dem Kopf ihres Strichmännchens. „Wie schreibt man ihren Namen?"

„Versuchen wir mal, die Laute zu erkennen", sagte ich und ahmte ihre Preschool-Lehrerin Riley nach. „J-J-J."

Sie schob ihre Zunge in den Mundwinkel, wie sie es immer tat, wenn sie sich konzentrierte. „G?"

„J. Aber du hast recht, G klingt auch so."

Remy verzog das Gesicht, während sie ein riesiges J in Gelb oben auf das Blatt malte. Sie tauschte den gelben Stift gegen einen blauen aus. „Und wie geht es weiter?"

„Oh-oh-oh." Ich formte den Laut mit meinem Mund.

Sie sah mich Bestätigung heischend an, während sie neben dem J ein O malte.

Ich nickte.

„Ist das alles?"

„Y. Wie bei Remy." Ich hoffte, sie würde nicht fragen, warum es dann nicht *Joey* ausgesprochen wurde, denn natürlich wusste ich es nicht. Ich ging davon aus, dass sie die Ausnahmen von Ausspracheregeln noch nicht gelernt hatte.

Nachdem sie das schiefe Y gemalt hatte, hielt sie das Blatt hoch. „Darf ich es ihr bringen?"

Mein Schwanz zuckte unter dem Handtuch bei der Vorstellung, nach nebenan zurückzukehren. Was genau der Grund war, warum ich Nein sagen musste.

„Nicht jetzt." Ich stand auf und verstrubbelte Remys Haare. „Daddy muss sich anziehen und überlegen, was er dir zum Abendessen macht."

„Können wir Eis kaufen?", fragte Remy.

Vor meinem geistigen Auge tauchte ein Bild von Joy auf, die an ihrem Himbeereis leckte. Wie ihre Zunge daran entlangfuhr, während sie genüsslich meinen Körper betrachtete.

Auf einmal lief mir das Wasser im Mund zusammen, allerdings nicht wegen des Eises.

Vielleicht sollte ich ein guter Nachbar sein. Ich könnte Remy rüberbringen, damit sie Joy das Bild schenken konnte. Ich könnte mich anständig vorstellen, um mit meiner neuen Nachbarin einen besseren Start zu haben. Nachdem ich mich angezogen hatte.

Außerdem könnte ich einen weiteren Hauch ihres Duftes erhaschen.

Das wäre der einzige Grund, um nach nebenan zu gehen. Es war nicht so, dass ich Interesse hatte.

Ich wollte definitiv nicht, dass Joy an meinem Stiel lutschte. Oder ihre Schenkel spreizte, damit ich mein Gesicht dazwischenschieben konnte.

Ich überlegte nicht, ob der Geruch ihrer Erregung so süß riechen würde wie der Rest von ihr.

Oder welche Laute sie wohl machte, wenn sie erregt war.

Nein. Daran durfte ich nicht denken. Man vögelte seine Nachbarin nicht. Das war bestimmt eine Regel, oder?

Erst recht nicht, wenn sie ein Mensch und ich ein alleinerziehender Vater und Wolf war.

4

JOY

Ich saß auf meinem Hocker und hatte die Beine weit um meine Töpferscheibe gespreizt. Mein rechter Fuß stand auf dem Pedal, mit dem ich die Drehgeschwindigkeit kontrollierte. Meine Hände waren bis über die Handgelenke mit nassem Ton bedeckt. Meine alte Schürze schützte mein Top und meine Shorts vor Spritzern, meine Knie und einige Stellen an meinen Oberschenkeln hatten jedoch weniger Glück.

Herumsauen gehörte zum Job als Töpferin. Ich nahm einen Würfel nassen Tons und stellte daraus praktische Dinge wie Teller, Tassen und Vasen her. Im Augenblick machte ich eine Vase.

Ich tauchte den nassen Schwamm in den Wassereimer, drückte ihn aus und setzte ihn dort an, wo der Ton auf der

Scheibe saß. Es sah aus wie eine etwa dreißig Zentimeter hohe Vase, aber sie musste am unteren Ende noch spitzer zulaufen. Ich drückte den Schwamm an den Ton, während die Vase sich drehte. Langsam, mit gleichmäßigem Druck wurde sie schmaler.

Ich tauchte den Schwamm ein und wiederholte den Vorgang immer wieder, bis ich zufrieden war. Dann nahm ich ein kleines Holzwerkzeug und entfernte den Überschuss.

Eine Spirale aus Ton löste sich. Ich warf sie auf einen kleinen Haufen mit Tonresten, der stetig wuchs.

Die Musik spielte leise. Die Garagentür stand offen. Es war ein herrlicher Tag in Montana.

Aber es war noch immer heiß. Schweiß stand mir auf der Stirn und ich konnte ihn nicht abwischen. Das hatte ich vor langer Zeit gelernt, als ich mich regelmäßig von Kopf bis Fuß mit Ton beschmiert hatte.

Ich nahm den Fuß vom Pedal, die Vase wurde langsamer und hielt an.

Ich musterte sie kritisch. Mit diesem Design schlug ich eine neue Richtung ein. Die ersten beiden Vasen, die ich dem Kunsthandwerksladen in der Stadt gebracht hatte, waren innerhalb einer Woche verkauft worden. Ich hatte einige Vasen an Läden im ganzen Land geschickt, die meine Arbeiten verkauften. Diese hier würde nach Texas gehen, wenn sie fertig war.

Ich nahm den Draht mit den kleinen Holzgriffen an beiden Enden und zog ihn unter dem Boden der Vase durch, um sie von der Scheibe zu lösen.

Ich warf einen Blick über meine Schulter, um sicherzustellen, dass ich auf dem Regal einen Platz zum Trocknen hatte. Da klingelte mein Handy.

„Mist."

Vorsichtig hob ich die Vase hoch, ging quer durch die Garage und stellte sie ab.

Ich schob die Unterlippe vor, pustete Luft hoch in mein Gesicht und blies einige lose Strähnen aus meinen Augen.

Ich konnte nicht nach meinem Handy greifen – das noch immer klingelte – wischte jedoch mit dem kleinen Finger über das Display und hinterließ nur eine winzige Schmierspur auf dem Glas. Mit eingeschaltetem Lautsprecher konnte ich telefonieren, ohne das Handy festzuhalten.

„Hallo, hier spricht Joy."

„Hi, Joy, hier ist Joann von Segal Crafts."

Ihr Laden in Oregon hatte einige meiner Arbeiten verkauft. Ich hatte ihr erst letzte Woche ein Paket mit einigen neuen Werken geschickt.

„Oh, hi! Ich arbeite gerade an der nächsten Vase."

„Das ist toll. Ich habe allerdings schlechte Nachrichten."

Das klang nicht gut.

„Das Paket, das du geschickt hast. Alles darin war kaputt."

„Was?" Alles? Darin befanden sich ... vierzehn Tassen, drei Servierplatten und eine Vase. Ich war Expertin darin, zerbrechliche Gegenstände zu verpacken, aber solche Dinge passierten. Dennoch. Alles?

„Du solltest dich auf jeden Fall an den Paketdienst

wenden und die Versicherung geltend machen. Ich habe Fotos, die ich dir schicken kann, damit du sie deinem Antrag auf Wiedergutmachung beifügen kannst."

Es handelte sich um Waren im Wert von fünfhundert Dollar.

Die Versicherung würde mir den Wert wahrscheinlich erstatten, wie sie gesagt hatte, doch das würde dauern. Ich hatte das schon einmal durchgemacht. Das war eine Menge Geld! Ich brauchte dieses Geld. Ich hatte gehofft, Joann würde anrufen, um mir mitzuteilen, dass sie das Geld überwiesen hatte. Dann hätte ich genug, um die monatliche Hypothekenzahlung zu begleichen.

Und jetzt?

„Na, so ein Mist. Die Fotos nehme ich natürlich gerne. Möchtest du, äh, Ersatzware?"

Bitte sag ja!

„Ich bräuchte mindestens eine Woche, um alle Gegenstände neu zu töpfern und fertigzustellen."

Nach dem Töpfern musste alles gründlich trocknen, bis es in den Ofen kam, sonst würde die Feuchtigkeit das Stück platzen lassen. Anschließend wurden die Stücke glasiert und wieder in den Ofen geschoben.

Töpfern war keine schnelle Kunst.

„Ja, bitte. Alle lieben deine Arbeiten."

Ich atmete vor Erleichterung leise auf.

Natürlich würde ich für den zusätzlichen Ton und die Farben draufzahlen, weil ich alles noch einmal machen musste. In der Zeit, in der ich die Bestellung erneut töpferte, könnte ich etwas anderes machen. Sie war jedoch eine gute Kundin und ein netter Mensch. Es war nicht ihre Schuld.

„Danke für deinen Anruf", sagte ich. „Ich melde mich, wenn der Ersatz fertig ist."

„Mach's gut, Joy", beendete Joann den Anruf.

Ich sah mich in der Garage um. Ich hatte dieses renovierungsbedürftige Haus vor einigen Jahren wegen der freistehenden Garage gekauft. Sie eignete sich perfekt als Töpferwerkstatt. Bei meinem Einzug hatte ich sichergestellt, dass die Stromleitungen hier drin den Vorschriften entsprachen, noch bevor ich den tropfenden Wasserhahn in der Küche repariert hatte. Ich hatte sogar jemanden von der Feuerwehr herkommen und mir bestätigen lassen, dass der Brennofen hier sicher stehen konnte.

Das Haus musste *noch immer* renoviert werden. Es gab viel zu tun. Im Gegensatz zu dem Haus von Remy und ihrem Vater nebenan, das von oben bis unten modernisiert worden war. Ich kannte die alten Nachbarn und hatte all die Renovierungsarbeiten gesehen, die sie vorgenommen hatten.

Eines Tages. Meine Spüle tropfte nicht mehr, aber die Fenster mussten ausgetauscht und der Schornstein erneuert werden. Außerdem sollten die Kacheln im Bad nicht Avocado-grün sein. Irgendwann würde ich dazu kommen. Wenn ich genug Geld hatte, um diese Projekte anzugehen. Ich war nicht pleite, hielt mich jedoch definitiv nur über Wasser.

Meine Arbeiten verkauften sich inzwischen landesweit und es kam Geld herein, allerdings gab es immer wieder Rückschläge und die, tja, warfen mich eben zurück.

Ein Topf voraus, zwei Töpfe zurück, oder wie auch immer das Sprichwort lautete.

Mein Handy klingelte erneut. Dieses Mal wegen einer Textnachricht.

Der Name auf dem Display brachte mich zum Lächeln. Marina. Meine Freundin aus dem Yogakurs.

> Colton ist nicht da. Komm vorbei. Ich habe Wein.

Sie hatte mich schon bei *komm vorbei*, aber auch noch Wein? Ich konnte wirklich ein Glas vertragen. Oder zwei.

Ich aktivierte die Sprache-zu-Text-Funktion, denn ich konnte mit meinen schmutzigen Händen unmöglich tippen.

> Bin dabei. Gib mir eine Stunde.

5

JOY

„…UND es war gar kein Zucker … es war Salz!", rief Marina.

Ich konnte mir ein Kichern nicht verkneifen bei der Vorstellung, wie ihre Kundin von einem Kuchen aß, der so furchtbar schmeckte.

Wir waren hinter dem Wohnhaus der Wolf Ranch. Auf dem Rasen standen Liegestühle mit dicken Kissen und Aussicht auf die Scheune und Felder dahinter. Es war ein hübsches Fleckchen. Die Sonne stand tief am Horizont und schimmerte durch die Bäume.

Marina lebte hier mit ihrem Mann Colton sowie Coltons Bruder Rob und dessen Frau Willow. Unten bei der Scheune befand sich noch eine Schlafbaracke, wo eine wechselnde Gruppe von Rancharbeitern wohnte. Ich hatte gehört, dass derzeit nur Johnny und seine Frau Emma dort wohnten.

„Was machst du, wenn du nicht töpferst? Es kommt mir wie eine Ewigkeit vor, seit wir uns gesehen haben." Sie hob einen Finger hoch. „Genauer gesagt, hat es da geschneit. Erinnerst du dich? Colton musste mich bei dir abholen."

Ich nickte. „Stimmt. Das war ein heftiger Sturm."

Sie beugte sich mit der Weinflasche vor und schenkte mir nach.

„Und was ich in meiner Freizeit mache? Ebenfalls arbeiten", antwortete ich. „Arbeiten. Und noch mehr arbeiten."

Ich hatte ihr bereits von der zerbrochenen Lieferung erzählt.

„Es macht doch keinen Spaß, die ganze Zeit in deiner Garage zu verbringen."

Ich zuckte mit den Achseln. „Das ist keine Garage, es ist meine Werkstatt. Dafür stehst du dauernd in deiner Küche und backst."

Sie wackelte mit den Augenbrauen. „Ich lasse mich von Colton heraustragen und dazu bringen, andere Dinge zu tun."

Ich grinste. Ich konnte mir gut vorstellen, *wie* er sie heraustrug – wahrscheinlich über der Schulter – und was die *anderen Dinge* waren.

„Ich freue mich, dass du Colton hast", sagte ich mit einem Seufzen.

„Wir müssen einen Mann für dich finden."

Sofort musste ich an Mr. Handtuch denken, meinen Nachbarn. Der war ein *richtiger* Mann.

Als ich gestern Abend ins Bett gegangen war, hatte ich an ihn gedacht. Himmel, ich hatte seinen Schwanz gesehen und wir waren nicht einmal auf einem Date gewesen! Ich wusste, dass der Mann gut bestückt war. Ich wusste, dass er hinreißend war. Buchstäblich jeder Zentimeter von ihm. Obwohl er mürrisch gewesen war, wusste ich, wie warmherzig er mit seiner Tochter umging. Behütend. Bestimmend.

Ich hatte mich berührt und ihn mir dabei vorgestellt, allerdings ohne das Handtuch.

Wie er *mich* anknurren und herumkommandieren würde.

Wie mir das gefallen würde. Wie ich kommen würde, wenn er es mir befahl.

Wie ...

„Erde an Joy. Wohin bist du verschwunden und darf ich mitkommen?", fragte Marina.

Ich seufzte. „Sorry. Ich musste gerade an meinen neuen Nachbarn denken."

„Oh?" Sie sah interessiert aus. „Gut oder schlecht?"

„Gut. *Sehr* gut."

Als hätte ich ihn mit meinen Worten heraufbeschworen, sah ich ihn plötzlich.

Ich hätte schwören können, dass mein neuer Nachbar gerade aus der Scheune gekommen war. Er war ein Stück entfernt, vielleicht brauchte ich einfach eine Brille, doch ich würde diese umwerfende Figur überall erkennen. Und dann ...

Er *war* es tatsächlich! Denn hinter ihm rannte ein kleines Mädchen und tat so, als wäre es ein galoppierendes Pferd.

„Er." Ich deutete auf ihn.

Marinas Kopf fuhr herum.

„Wes?", keuchte sie. „Er ist dein neuer Nachbar? Im Ernst?"

Wes. Ich hatte seinen Namen bisher nicht gekannt.

Ich nickte. „Die roten Haare kann man nicht übersehen."

„Oh mein Gott, er ist umwerfend. Ich meine, ich habe Colton und er ist perfekt, aber ich bin nicht blind. Wenn du auf mürrische Rothaarige stehst, ist er genau der Richtige."

„Ist er ... gemein?", fragte ich und dachte an die kleine Remy. Sie war so süß und aufgeweckt und ich wollte nicht, dass irgendjemand unfreundlich zu ihr war, erst recht nicht ihr Vater.

„Gemein?" Sie lachte. „Neeeeein. Unnahbar. Reserviert. Nicht schüchtern. Introvertiert. Er ist einfach grummelig. Aber schau ihn dir mit seiner Tochter an. Wenn dein Herz bei dem Anblick nicht wie Butter schmilzt, dann weiß ich auch nicht."

Er warf sie sich auf den Rücken und tat so, als wäre er ein Pferd. Ich konnte sie von hier aus kichern hören.

„Und wo ist Remys Mutter?"

„Abgehauen", murmelte sie und winkte ab. „Sie hat das Baby gleich nach der Geburt verlassen, soweit ich weiß. Ich vermute, dass er deswegen so mürrisch ist. Er ist dreieinhalb Jahre lang als alleinerziehender Vater von Rodeo zu Rodeo gezogen, kannst du dir das vorstellen?"

„Er war beim Rodeo?", quiekte ich und meine Gedanken schlugen eine noch heißere Richtung ein. Dieser Typ auf dem Rücken eines Bullen?

„Jepp." Marina fächelte sich Luft zu und lachte.

„Er ist mit ihr durchs ganze Land gereist? Im Ernst?" Ich beobachtete die beiden, bis sie wieder in der Scheune verschwanden. „Wie hat *das* denn funktioniert?"

„Keine Ahnung – nicht allzu gut. Ich meine, beim Rodeo kann man viel Geld verdienen, und ich schätze, er hat gespart, bis er das Haus neben deinem kaufen konnte. Die Rodeo-Szene ist allerdings kein geeigneter Ort für ein Baby oder Kleinkind."

Ich schüttelte den Kopf. „Das kann ich mir nicht vorstellen. Und wie ist er dann hier gelandet? Durch Boyd?"

Jeder in Cooper Valley wusste, dass Boyd Wolf ein Rodeo-Star gewesen war, bevor er seine Frau Audrey kennengelernt und sich aus dem Rodeo zurückgezogen hatte.

Marina trank einen Schluck Wein und nickte. „Genau. Boyd sah Wes beim letzten Mal, als in der Stadt ein Rodeo war, und als er hörte, dass Wes eine Vierjährige mit auf seine Rodeotouren nahm, bot er ihm die Stelle des Vorarbeiters an. Ich glaube, Rob und er haben sich den Job für ihn ausgedacht, denn es ist ja nicht so, als könnten Boyd und Colton diese Arbeit nicht machen."

Mein Herz schmolz noch mehr. Es war nicht nur so, dass Wes ein Held war, weil er als Dad allein auf Rodeotouren ging, sondern der gesamte Wolf-Clan bestand aus Helden. Ihnen war Wes' Kind so wichtig gewesen, dass sie eine gut bezahlte Stelle für ihn geschaffen hatten, um ihn vom Rücken eines Bullen zu holen. Das war bestimmt gefährlich.

„Er redet nicht viel, aber ich habe aus ihm herausgekitzelt, dass er beim Rodeo zwar gut verdiente, jedoch erleichtert war, dass er aufhören konnte. Er wusste, dass es an der Zeit war, dass Remy in die Preschool kam und den Umgang mit anderen Kindern lernte."

„Das klingt nach einem anständigen Kerl."

Marina richtete ihren Blick auf mich. Sie hatte dunkle Haare, wodurch ihre hellen Augen besonders hervorstachen. „Süße, er ist einer der Guten. Rob hätte ihn nicht eingestellt, wenn es nicht so wäre. Wes hätte hier sonst keinen Tag durchgehalten und das weißt du."

Alle Männer auf der Wolf Ranch waren nett. Aufmerksam ihren Frauen gegenüber. Groß und muskulös. Vielleicht ein wenig einschüchternd, aber sie hatte recht. Sie würden hier kein Arschloch arbeiten lassen.

„Hat er keine Freundin?" Ich grinste Marina an. „Du weißt schon, ich frage für eine Freundin."

Sie erwiderte das Lächeln. „Keine Freundin. Seit er hier wohnt, hatte er kein Date, von dem ich weiß. Ich nehme an, er konzentriert sich ganz auf Remy, aber man kann nie wissen. Das könnte sich ändern, wenn er das hinreißende

Mädchen von nebenan kennenlernt." Sie stand auf. „Komm, soll ich euch einander vorstellen?"

Ich grinste schief und blieb, wo ich war. „Wir sind uns schon begegnet. Und ehrlich gesagt wirkte er bei unserer ersten Begegnung nicht sonderlich beeindruckt."

Ich hingegen? Ich war *sehr* beeindruckt von dem, was ich von ihm gesehen hatte.

Marina winkte ab. „Tja, wie gesagt, er ist mürrisch. Lass dich davon nicht abschrecken."

Abschrecken? Vielleicht half es sogar.

6

WES

Es DONNERTE SO HEFTIG, dass die Wände des Hauses wackelten, kurz nachdem ein Blitz über den Himmel gezuckt war.

Es gewitterte bereits seit zehn Minuten. Dieses Mal fiel der Strom aus.

Fuck.

Ich lief in nichts als einer Pyjamahose zur Küche, um nach einer Kerze zu suchen für den Fall, dass Remy aufwachte und aufs Klo musste. Ich hatte irgendwo eine in einem Glas. Kerzen waren nicht so mein Fall, aber Remy hatte mich letzte Woche angebettelt, eine im Ramschladen zu kaufen.

Da. Ich fand die Kerze und zündete sie an. Sie war geruchlos, sodass ich zumindest nicht Gefahr lief, mit dem künstlichen Geruch meinen Wolf in den Wahnsinn zu treiben.

Ich stellte sie auf den Küchentisch als eine Art Nachtlicht. Zum Glück schlief Remy normalerweise wie eine Tote, wenn sie erst einmal eingeschlafen war. Wenn das Gewitter bereits getobt hätte, als ich sie ins Bett gebracht hatte, wäre sie zu verängstigt zum Schlafen gewesen, aber bis jetzt hatte sie sich nicht gerührt.

Ich ertappte mich dabei, wie ich durch die Schiebetür zum Haus nebenan blickte. Ich fragte mich, ob es Joy gut ging.

Das war albern. Meine Nachbarin war eine erwachsene Frau. Sie würde sich nicht vor einem Sommergewitter fürchten.

Der Wind pfiff durch die Lüftungsschlitze und peitschte Äste gegen das Haus. Ich konnte das laute Rumsen eines Asts hören, der gegen die Seite ihres Hauses schlug. Mein Beschützerinstinkt regte sich und ich fragte mich, ob sie irgendetwas brauchte. Sie war ein Mensch und daher anfälliger für Gefahren.

Doch wegen welcher Gefahr machte ich mir Sorgen? Es war ja nicht so, als würde der Wind ihr Haus umpusten. Die Chance, dass ihr Dach vom Blitz getroffen wurde, war wegen der hohen Bäume ringsum ziemlich gering.

Ich war der große böse Wolf. Ich kannte mich damit aus.

Sie war nicht in Gefahr.

Falls sie Angst hatte, war das nicht mein Problem. Ich würde nicht nach nebenan laufen, sie in den Arm nehmen und ihr sagen, dass sie in Sicherheit war. Das konnte jemand anderes übernehmen.

Allerdings löste die Vorstellung, sie in den Armen zu halten, ein starkes Gefühl in mir aus. Ein angenehmes Gefühl. Als wollte mein Wolf, dass ich den kleinen Menschen von nebenan verängstigt und zitternd in den Armen hielt. Dass sie bei mir Trost suchte.

Was absolut verrückt war.

Dennoch gefiel mir die Vorstellung überhaupt nicht, ein anderer Typ könnte ihr diesen Trost spenden. Auf keinen Fall. Das lag jedoch bloß daran, dass ich keine fremden Männer in der Nähe meines Hauses haben wollte. Nicht, solange ich ein kleines Mädchen hier hatte.

Ich war nicht eifersüchtig bei dem Gedanken an einen dahergelaufenen Möchtegerntrostspender für meine Nachbarin. Ich war nur ein beschützender Vater.

Ja, das war es. Ich fuhr mit der Hand über mein Gesicht und seufzte.

Regen prasselte gegen die Fenster und auf das Dach. Blitze zuckten erneut gleichzeitig mit dem Donnerschlag über den Himmel.

Mein Wolf knurrte instinktiv und war bereit, meine Familie vor dem Gewitter zu beschützen und zu verteidigen. Ich lief durch das Haus und warf einen Blick in Remys Zimmer. Wegen des Sehvermögens meines Wolfs brauchte ich keine Kerze, um zu sehen, dass sie unter ihrer lavendelfarbenen Decke lag, eine Hand auf den Kopf gelegt.

Der Wind blies stärker und brachte die Fensterscheiben zum Klappern. Auf einmal hörte ich ein lautes Krachen und das Geräusch von splitterndem Glas.

Eine Frau schrie.

Joy.

Fuck. Was war passiert?

Ich warf einen letzten Blick auf Remy, um mich zu vergewissern, dass sie wie ein Stein schlief, bevor ich durch das Haus raste und die Schiebetür aufriss. Draußen war es stockdunkel, aber die Augen meines Wolfs passten sich der Dunkelheit an, während ich nach nebenan sprintete. Der heftige Regen schlug mir ins Gesicht.

Wieder einmal lief ich triefnass zu ihrem Haus.

„Heilige Scheiße!"

Ein ganzer Baum – einer der in ihrem Garten gestanden hatte – war umgefallen und auf Joys Dach gestürzt. Das Dach und ein Teil der angrenzenden Wand waren eingestürzt und hatten dabei ihre Fensterscheibe zerschlagen. Ein gewaltiger Ast ragte halb raus ihrem Haus.

Fuck!

„Joy?", rief ich, während es erneut donnerte.

Sie würde mich nicht hören. Sie war ein Mensch. Vielleicht war sie verletzt.

Ich lief nicht um das Haus herum, um an ihre Tür zu klopfen. Ich wartete auch nicht auf eine Erlaubnis oder Einladung.

Scheiß drauf.

Ich wählte den direkten Weg durch das kaputte Fenster und erklomm den Baumstamm, um ins Haus zu gelangen.

Als ich das zerbrochene Glas wegtrat, um hineinzukommen, hörte ich Joys Schreie von rechts unten.

„Oh fuck!" Ich hechtete durch das kaputte Fenster und landete auf einem Haufen Schutt auf einem Bett. „Joy?"

Sie befand sich unter dem Schutt und kämpfe sich gerade heraus.

Beim Schicksal, nein.

„Joy!" Ich warf die Rigipsplatten beiseite, die von der Decke gefallen waren, um zu ihr zu gelangen. Der Ast ließ sich nicht so einfach bewegen, aber er hatte sie zum Glück nicht eingeklemmt.

Sie krabbelte vom Bett und landete in einer schmalen Lücke zwischen Bett und Wand. „Oh mein Gott! Was ist passiert?"

Regen kam mit dem Wind herein, der ihre Vorhänge herumpeitschte.

Beim Schicksal. Hatte sie ... *auf dem Bett* gelegen, als das Dach eingestürzt war?

Ich sprang zum Bett und kippte es auf seine Seite, damit ich zu ihr gelangen konnte. Ich dachte nicht daran, dass ich ihr meine übermenschlichen Kräfte nicht zeigen durfte. Ich dachte nur daran, meine zerbrechliche Nachbarin zu erreichen, bevor sie ernsthaft verletzt wurde. Vielleicht war sie das bereits und ich wusste es nur noch nicht.

Sie könnte sich geschnitten haben. Bluten. Schlimmeres.

„Joy, komm her." Ich hob sie hoch und trug sie aus dem Schlafzimmer, weg von dem einstürzenden Dach.

Sie schlang ihre Arme um meine Schultern und mein

Wolf beruhigte sich. Ich atmete eine Wolke ihres Honigd-
uftes ein und der Blitz schlug erneut ein – dieses Mal in
meinem Körper. Es war, als würden sämtliche Zellen in mir
gleichzeitig erwachen. Ich war wie elektrisiert. Es war, als
wäre ein Schalter umgelegt worden.

Fuck, sie roch gut.

Sie roch ... *richtig.*

Ich hatte nie gedacht, dass jemand – Mensch oder Wolf
– falsch roch, doch das hier war *richtig.*

Auf einmal war es mir unmöglich, zu schlucken.

Genauso unmöglich war es, Joy abzusetzen. Sie war in
diesem zerstörten Haus nicht sicher. Wir waren beide
klatschnass und Putz und Schutt klebten an uns. Schlimmer, sie könnte eine Gehirnerschütterung oder eine
Schnittverletzung haben und bluten.

Ich musste sie zu mir bringen und sie mir genauer
ansehen. Es war ausgeschlossen, dass wir hierblieben.

Ohne ein Wort – für mich nicht ungewöhnlich – stapfte
ich mit nackten Füßen zur Hintertür hinaus und trug Joy in
mein Haus. Auf dem Weg ins Bad nahm ich die brennende
Kerze vom Küchentisch mit. Ich hielt nur kurz an, um
einen Blick auf Remy zu werfen, die noch immer schlief
und alles verpasste. Dann stellte ich Joy vorsichtig auf ihre
Füße und die Kerze auf den Waschtisch, um Holzstückchen
und Putz aus Joys Haaren zu zupfen. Ich hielt mit einer
Hand ihren Ellenbogen, da sie unsicher auf den Beinen
wirkte.

„Ein ... Baum ist auf mein Dach gestürzt." Joy stand

sichtlich unter Schock und versuchte noch zu verarbeiten, was gerade passiert war.

Ich war kein Freund von überflüssigen Worten, zwang mich jedoch zu einem, denn die Situation verlangte eine Antwort. Sie verdiente meine Antwort. „Ja."

„Mein Dach ist ... mein Haus ..." Sie wirkte benommen.

„Bist du verletzt?" Ich ließ meinen Blick über sie schweifen. Ihr blondes Haar war nass, klebte ihr im Gesicht und war mit dem weißen Staub des Deckenputzes bedeckt. Ihre Arme und Beine waren mit dem Schmutz überzogen, den der Regen nicht abgewaschen hatte. Ihr Pyjama bestand aus einer knappen Shorts und einem eng anliegenden Top. Keines von beidem verbarg ihre kurvige Figur. Da wir beide durchnässt waren, konnte ich ihre Brustwarzen sehen. Jede noch so kleine Erhebung. Ich kannte ihre Größe. Ihre Farbe.

Mir lief das Wasser im Mund zusammen, denn ich wollte von ihr kosten. Weiter unten klebte der Stoff an ihren Schamlippen.

Meine Fresse, sie war perfekt. Mein Wolf wollte sie hier und jetzt ficken, aber ich hatte genug Hirnschmalz übrig – da alles Blut in meinen Schwanz geschossen war – um zu wissen, dass dies nicht der richtige Zeitpunkt war.

Sie betrachtete ihren Körper ebenfalls, rieb über eine Stelle an ihrer Stirn, wo sich eine Beule bildete, und zuckte zusammen.

„Sieht aus wie ein Bluterguss." Sanft strich ich die nassen Haare aus ihrem Gesicht, um ihn mir genauer anzusehen. „Wo tut es noch weh?" Ich sprach leise, wie ich es bei Remy tun würde, nachdem sie gestürzt war. Ich drehte ihr Kinn hin und her, um nach anderen Blutergüssen zu suchen, und fuhr mit den Fingerspitzen über ihren Hinterkopf. „Weißt du deinen Namen? Deinen Geburtstag?" Ich versuchte, mich an die Dinge zu erinnern, die die Rodeo-Ärzte uns nach einem Sturz gefragt hatten.

Sie lachte halb hysterisch auf. „Ja. Joy Wallace. Dreizehnter März."

„Okay." Ich sah sie mir weiter an. Sie schien keine gebrochenen Knochen oder offenen Schnittwunden zu haben, soweit ich sehen konnte. Allerdings fiel es mir schwer, mich darauf zu konzentrieren, weil mein Blick immer wieder zu ihren Brustwarzen zurückkehrte.

„Ich bin Wes", stellte ich mich vor, da ich das am Vortag nicht getan hatte. „Weston Sparks."

„Ich weiß. Ich bin mit Marina von der Wolf Ranch befreundet. Ich war gestern Abend dort und habe euch beide gesehen. Oh, geht es Remy gut?"

„Ja. Sie verschläft das Ganze."

Sie drehte den Kopf in die Richtung ihres Hauses, als versuchte sie noch immer, zu verarbeiten, was passiert war. „Du bist durch mein Fenster reingekommen?"

Ich nickte. „Ja, ich habe das Krachen gehört. Warst du im Bett, als es passierte?"

„Ich habe versucht, zu schlafen, aber der Donner hat mich geweckt. Und auf einmal fiel mir die Decke aufs Gesicht."

„Von all den Orten, wo der Baum hätte landen können ..." Meine Stimme klang rau, da ich das starke Bedürfnis verspürte, zurückzulaufen und sie noch einmal zu beschützen. Mein Wolf wurde wahnsinnig bei dem Gedanken, was hätte passieren können, wenn sie von dem Gewicht des Daches zerquetscht worden wäre. Es grenzte an ein verdammtes Wunder, dass sie mehr oder weniger unverletzt war.

„Es ... es regnet gerade in mein Haus."

„Ich weiß. Wir können heute Nacht nichts tun. Ich habe das Bett aus dem Weg geschoben, sodass sich nichts mehr unter dem Loch befindet."

Sie nickte. „Danke." Ihre Stimme klang sanft und aufrichtig.

Beim Schicksal. Irgendetwas an der Art, wie sie das Wort aussprach, schnürte mir die Kehle zu. Als bedeutete es ihr etwas. Verflucht noch mal, ich hatte mich geirrt. Ich wollte derjenige sein, der sie tröstete.

„Ich hätte es kommen sehen müssen", sagte ich und hätte mir am liebsten selbst eine reingehauen. Ich hatte in meiner verdammten Küche gestanden und mich entschieden, *nicht* nach ihr zu schauen. „Ich hörte, wie ein Ast gegen dein Haus schlug, aber ich hätte nie gedacht ..."

„Wie hätte das irgendjemand vorhersehen können?" In ihrer Stimme lag wieder der Hauch eines hysterischen Lachens.

Ich hatte den Schutt inzwischen größtenteils von ihr gezupft. Jetzt, da das erledigt war, begann ein neuer Drang – ein düsterer Drang – mit meinem Bedürfnis zu ringen, mich um sie zu kümmern.

Ich räusperte mich. „Möchtest du den restlichen Dreck

abwaschen?" Ich bemühte mich, mir nicht vorzustellen, wie ich sie aus dem niedlichen, klatschnassen Pyjama schälte, mit ihr unter die Dusche trat und ihr die Seife reichte. Nein, ich wollte die Seife selbst auf ihr verteilen. Ich wollte jeden Zentimeter von ihr untersuchen, um sicherzustellen, dass sie nicht verletzt war. Nein, ich wollte sie *ablecken.*

„Ja." Ihre Stimme klang ebenfalls belegt. „Äh, das klingt gut."

Genau. *Beweg dich, Wes. Steh nicht einfach so herum und starr deine hübsche Nachbarin an.*

Ich öffnete den Wäscheschrank und holte ein zusammengelegtes Handtuch heraus. Wenigstens hatte ich inzwischen fast alles an seinen Platz geräumt und konnte ihr ein Handtuch für Erwachsene geben. Wobei ich nichts dagegen hätte, sie nur in einem Kinderhandtuch zu sehen. Und wenn sie mir ihre Pussy präsentieren wollte?

Ich räusperte mich. „Bitte sehr. Ich mache einen heißen Kakao."

Kakao? Wieso ausgerechnet so etwas? Sie war doch keine Vierjährige.

„Oder Tee? Zur Hölle, Whiskey?"

Sie belohnte mich mit einem unsicheren Lächeln. „Kakao klingt himmlisch."

Okay, ich lag also nicht allzu sehr daneben. Ich griff an ihr vorbei, um das heiße Wasser in der Dusche anzustellen, dann zwang ich mich zum Gehen.

Während ich vor der Badezimmertür stand und lauschte, um sicherzugehen, dass sie okay war – dass sie

nicht ohnmächtig wurde und sich den Kopf anschlug –
versuchte ich, mir nicht vorzustellen, wie sie nackt aussah.

Ich verbat mir, mich zu fragen, ob ihre Haut so süß
schmeckte, wie sie roch.

In meinem Leben gab es keinen Platz für eine Frau.

Außerdem kannte jeder die Regel der Menschen – *date
niemals deinen Nachbarn.*

Aber ich war kein Mensch, beharrte mein Wolf.

7

JOY

Ich stand unter dem heißen Wasserstrahl und hatte noch immer einen Schock. Meine Hände zitterten, als ich über meine Arme fuhr, um den Dreck abzuspülen. Ich fühlte mich von meinem Körper losgelöst und ein wenig benommen.

In meinem Kopf waren Gedanken, sie flitzten jedoch hin und her, ohne sich zu verbinden.

Ich zwang mich, noch einmal im Geiste durchzugehen, was passiert war, um mich in die Realität zurückzuholen.

Ich hatte geschlafen, war jedoch vom Sturm geweckt worden. Ich hatte auf die Uhr neben meinem Bett geblickt, aber sie war dunkel gewesen. Der Strom war anscheinend ausgefallen.

Richtig. Wieso war mir das nicht aufgefallen? In diesem

Haus war auch kein Strom. Das erklärte, warum ich im Bad meines heißen Nachbarn bei Kerzenlicht duschte. Oh Mann.

Moment.

Oh mein Gott! Wes. Er war ein richtiger Held gewesen.

Ich ging in Gedanken noch einmal alles durch, wobei ich da weitermachte, wo ich gerade aufgehört hatte. Die Decke war auf mich gefallen. Ein lautes Krachen. Herabfallender Rigips. Nässe. Ich schrie. Dann schob ich schwere Bretter und Gips von mir und kletterte aus dem Bett. Auf einmal kam ein riesiger Mann in nichts als einer Pyjamahose durch mein Fenster.

Er hatte das Bett auf die Seite gekippt wie der unglaubliche Hulk.

Ich betrachtete mich nicht unbedingt als der Typ Frau, der das Fräulein in Nöten spielte, aber das? Das war episch gewesen. Und ja, das machte meinen heißen Nachbarn definitiv noch attraktiver. War das überhaupt möglich?

Zuerst hatte ich ihn nackt mit einem Kinderhandtuch gesehen, dann in einer Pyjamahose, als er durch ein kaputtes Fenster gesprungen war.

Marina hatte recht – er war barsch aber nett. Energisch. Beschützend und besorgt.

Ich fühlte mich sicher in seinem Haus. Ich fühlte mich umsorgt in seiner Dusche. Ausnahmsweise kümmerte sich mal jemand um mich und es fühlte sich … gut an.

Als ich fertig war mit Duschen, hatte das Zittern nachgelassen. Ich fühlte mich dennoch neben der Spur. Es fühlte sich an, als würde etwas Großes in meiner Brust oder

Kehle feststecken. Als wäre das Gewitter in meinen Körper gedrungen und ich müsste mich mal richtig ausheulen, um alles rauszulassen.

Ich stellte das Wasser aus und trocknete mich ab.

Es hatte keinen Sinn, den Pyjama von vorhin wieder anzuziehen. Der war klitschnass und dreckig.

Ein leises Klopfen erklang an der Tür und die Klinke bewegte sich. Wes' Hand, der ein kräftiger, muskulöser Unterarm folgte, schob sich mit einem Flanellhemd durch den Türspalt . „Hier. Äh, falls du etwas zum Anziehen brauchst."

Ich lachte krächzend und nahm das Hemd. Er musste gelauscht und gewartet haben, bis das Wasser nicht mehr lief, um es mir zu geben. „Das brauche ich. Danke." Der Stoff war weich und abgenutzt. Ich hob ihn an meine Nase und schnupperte an dem Flanell.

Würzig und herb. Männlich. Genau wie Wes.

Mir gefiel, dass es ihm gehörte. Ich schob die Arme in die Ärmel und es fiel mir wie eine warme Decke um die Schultern. Es reichte mir bis zu den Oberschenkeln und ich musste die Ärmel hochrollen.

Ich öffnete die Tür und das Kerzenlicht fiel auf Wes, der im Flur stand. Er lehnte an der gegenüberliegenden Wand und rieb sich mit einer Hand den Nacken, als wüsste er nicht, wie es weitergehen sollte. Er hatte sich ebenfalls abgetrocknet und eine andere Pyjamahose angezogen. Seine Tattoos wurden wieder deutlich zur Schau gestellt.

„Alles in Ordnung mit dir?", fragte er. Es war dunkel, die Kerze spendete jedoch genug Licht, um zu sehen, wie sein Blick über meinen Körper glitt, als wollte er sich erneut versichern, dass ich nicht verletzt war.

Etwas Schlimmes war passiert, aber ich musste es nicht allein durchstehen. Ich steckte nicht mitten in dem Schlamassel. Ich war in Sicherheit und konnte mich morgen mit den anfallenden Problemen befassen. Ich musste nicht fröhlich sein und lächeln. Ich musste in diesem Augenblick nicht stark sein.

Oje. Und genau deshalb trieben mir seine Worte die Tränen in die Augen. Ich musste irgendwie diese Energie loswerden, allerdings war Weinen das Letzte, was ich vor meinem Nachbarn tun wollte. Weinen löste nie Probleme. Ich war nicht verletzt. Es ging mir gut. Prima.

Ich zog den Kopf ein. „Ich ... ich glaube, ich bin nervös von dem ganzen Adrenalin in meinem Körper und ... tja, ich habe das Gefühl, als müsste ich einen Marathon laufen."

„Du musst es loswerden", entgegnete er, als wäre es ein Gift.

Ich blickte auf. „Was?"

„Das überschüssige Adrenalin. Sonst brichst du zusammen."

Es loswerden. Genau. Ich musste dieses überschüssige Adrenalin loswerden. Auf einmal wusste ich, was ich tun musste.

Ich handelte impulsiv. Mein Gehirn war zu durcheinander, um in diesem Augenblick viel nachzudenken. Ich trat an Wes heran und zog ihn zu mir herunter.

Unsere Münder trafen aufeinander. Ich war energisch. Aggressiv. Ich setzte meine Zunge ein.

Er legte seinen Arm um meinen Rücken, woraufhin das aufgeknöpfte Hemd, das er mir gegeben hatte, vorn auseinanderfiel und mich entblößte. Er wich zurück und beendete den Kuss. „Woah."

Ich löste sofort meine Arme von seinem Nacken und leckte mir über die Lippen. „Sorry." Ich wollte mich abwenden, doch er hielt mich mit dem Arm um meine Taille fest. „Sorry, ich habe nur ..."

Er musterte mein Gesicht, das flackernde Kerzenlicht betonte sein kantiges Kinn.

„Ich habe nur etwas Dampf ablassen müssen. Wie du gesagt hast."

„Das verstehe ich."

„Was ist mit Remy?", fragte ich und blickte über meine Schulter den Flur hinunter. „Ist bei ihr alles in Ordnung?"

Er grinste. „Sie schläft immer noch. Wenn sie in einem solchen Gewitter schlafen kann, wird sie auch verschlafen, dass ich dich gründlich und hart ficke."

Ja. Ich wollte gründlich und hart gefickt werden. Wes. Über mir. In mir. Während er nichts zurückhielt.

„Ich weiß, was du brauchst", fügte er hinzu und trat näher.

Er antwortete mit seinen Lippen. Ein Gegenangriff – ebenso kraftvoll wie meiner. Sogar noch mächtiger. Als er seine Hand auf meinen nackten Hintern legte und mich anhob, schlang ich meine Beine um seine Taille und ließ mich von ihm in sein Schlafzimmer tragen.

Ich wollte Wes. Ich wollte das hier. Ich brauchte es.

8

WES

VERDAMMT, sie schmeckte gut. So gut wie ihr Geruch, den sie überall auf meiner Haut verteilte.

Mein Wolf heulte praktisch vor Wonne.

Mein Schwanz war hart wie ein verdammter Hammer.

Joys Hintern war eine Handvoll. Sexy und rund. Ihre Brüste pressten sich an meinen Oberkörper und ich konnte ihre festen kleinen Brustwarzen spüren.

Sie war geradezu gierig. Ihr Mund begegnete meinem mit gleicher Intensität. Ihre Hände fuhren über meinen nackten Rücken und meine Brust. Meine Haut entbrannte überall, wo sie mich berührte.

Nachdem ich die Tür mit dem Fuß hinter uns zuge-treten hatte, senkte ich sie auf das Bett und beendete den

Kuss erst, als er mir nicht mehr reichte. Ich musste den Rest von ihr kosten.

Mein Mund wanderte zu ihrem Kinn und Hals. Ich spürte ihren hektischen Puls unter meinen Lippen.

Dann wanderte ich tiefer zu ihrem Schlüsselbein.

Ihre Arme steckten zwar in dem Flanellhemd, das ich ihr gegeben hatte, es bedeckte sie allerdings kaum. Sie lag entblößt vor mir.

Ich nahm eine Brustwarze in den Mund und saugte daran. Kräftig. Die andere stimulierte ich mit meiner Hand. Ich zupfte an ihr und probierte aus, was Joy gefiel. Mochte sie es sanft oder steckte etwas Wildes in ihr?

Ich hatte das Gefühl, die Antwort zu kennen, denn sie keuchte bei den groben Berührungen. Wand sich. *Stöhnte.*

Ich wechselte die Seiten.

Sie fing an, sich hin und her zu werfen, und griff mit den Händen in mein Haar.

„Wes", stöhnte sie.

Ich wanderte tiefer und umkreiste ihren Bauchnabel mit der Zunge. Dann ging ich auf die Knie. Mit einem leichten Ruck an ihren Fußgelenken zog ich sie zu mir und schlang meine Arme um ihre Oberschenkel.

Ihr Geruch war hier intensiver. Ihre Pussy war jetzt offen, prall und feucht und das nicht von der Dusche oder dem Unwetter.

Mit einer stumpfen Fingerspitze fuhr ich durch ihre Spalte und überzog sie mit ihrem süßen Saft. Dann steckte ich den Finger in meinen Mund.

Verdammt, sie schmeckte gut. So verdammt süß. Lust-

tropfen spritzten aus meinem Schwanz, da er darauf
brannte, in sie zu gelangen und mit ihrem Saft überzogen
zu werden.

„Ist das alles für mich, Honey?"

„Honey?" Ihre Stimme klang atemlos.

„So schmeckst du. Süß wie Honig. Klebrig und köst-
lich." Ich fuhr mit der Zunge erneut durch ihre Säfte. „Fol-
gendes wird geschehen: Ich werde deine Pussy lecken, bis
du auf meinem Gesicht kommst. Danach werde ich dich
ficken."

„Ich bin bereit." Sie blickte auf mich herab. Ihre Brüste
hoben und senkten sich bei jedem Atemzug.

„Für meinen Schwanz? Du hast ihn doch noch gar
nicht gesehen und weißt nicht, was dich erwartet. Ich muss
dich erst auf mich vorbereiten."

Ihre Lippen verzogen sich zu einem leichten Lächeln.
„Ich habe gestern einen kurzen Blick darauf erhascht",
erinnerte sie mich.

„Honey, da war er nicht steif."

Ihre Augen weiteten sich verstehend. Was sie gesehen
hatte, war nicht das, was ich ihr jetzt geben würde. „Zeig
ihn mir."

Ich ließ ihre Schenkel los und stellte mich zwischen
ihre gespreizten Knie. Dann schob ich meine Pyjamahose
nach unten, die daraufhin zu meinen Füßen fiel.

Ich packte meinen Schwanz am Ansatz und rieb ihn
von der Wurzel zur Spitze. Das dauerte eine Weile, denn
ich war groß. Wirklich groß. Frauen, mit denen ich in der
Vergangenheit zusammen gewesen war, hatten mich zwar

aufgenommen, es war jedoch nicht leicht gewesen. Sie mussten auf groben Sex stehen. Sie mussten es mögen, tief gefickt zu werden. Sie mussten ... bereit sein, am nächsten Tag nicht richtig laufen zu können.

„Meine Güte." Joy leckte sich über die Lippen.

Sie richtete sich auf und ging vor mir auf alle viere. Dann leckte sie mit der Zunge über die Spitze.

„Fuck", knurrte ich und spritzte ein paar Lusttropfen auf ihre Lippen. Eindeutig der wilde Typ.

Sie hob die Augen und mir bot sich der Anblick ihres Mundes, der nur wenige Zentimeter von meinem Schwanz entfernt war. Ich würde gleich allein davon kommen.

„Nein. Böses Mädchen." Ich streckte den Arm aus und klatschte ihr auf den Po. Der Klaps war nicht besonders hart, aber das Geräusch hallte durch den Raum.

Sie wimmerte. „Aber er ist so groß und ich will ihn in meinem Mund haben und ich will von ihm kosten ..."

Sie musste aufhören, zu reden. Ich hielt es nicht aus, mehr davon zu hören, was sie mit ihrem Mund und meinem Schwanz tun wollte. Vielleicht würde es sie zum Schweigen bringen, wenn ich ihn in ihren Mund steckte.

Aber nein.

Nein. Ich musste von ihr kosten. Ich musste sie mit meinem Gesicht zwischen ihren Schenkeln zum Kommen bringen. Ich musste ihren Geruch auf meiner Haut verteilen. In meinem Bart.

„Wenn du meinen Schwanz in deinem Hals aufnehmen willst, kannst du das später tun. Wenn deine Pussy wund vom Sex ist und etwas Erholung braucht. Wenn du weiter so ein böses Mädchen bist, kann ich auch deinen Hintern nehmen."

Sie klappte den Mund zu, wurde allerdings weder rot noch sagte sie Nein. Im Gegenteil, sie wand sich und mein wölfischer Geruchssinn fing eine große Wolke ihrer Erregung auf.

Ihr gefiel diese Vorstellung. Sie mochte Dirty Talk. Ihr gefiel es, wenn ich die Kontrolle übernahm und sie grob anfasste.

Vielleicht mochte sie es sogar, ein *böses Mädchen* zu sein. Möglicherweise wollte sie sogar eines Tages Analsex haben.

„Vorerst tust du, was ich dir sage, Süße."

Ich packte sie unter den Achseln, hob sie hoch und warf sie auf ihren Rücken. Sie keuchte und kicherte gleichzeitig. Ich brachte sie grob in Position und hielt sie schön fest, damit sie sich nicht bewegen konnte. Oh, ich würde sie loslassen, wenn sie das wirklich wollte, aber das tat sie nicht. Ich wusste es. Irgendwie wusste ich, was sie brauchte. Ich hielt sie, sodass sie sich kaum winden konnte, als ich meinen Mund an ihre Pussy drückte und anfing, sie zu lecken.

9

JOY

HEILIGE SCHEIßE.

HEILIGE SCHEISSE!

Das war kein Sex. Ausgeschlossen. Ich hatte es falsch gemacht. Mit den falschen Leuten.

Denn Wes. Gott. Sein Mund. Seine Hände. Sein Körper. Sein Schwanz. Sein *Dirty Talk.*

Alles war fantastisch.

Er war im Bett genauso herrisch wie außerhalb. Streng genommen war er noch gar nicht im Bett. Er kniete auf dem Boden und hatte mir bereits zwei Orgasmen geschenkt. Und das nur mit seinem Mund und seiner Zunge. Jetzt schob er einen Finger in mich, während seine Zunge Dinge mit meinem Kitzler anstellte, die ich nicht für möglich gehalten hätte.

Ein Finger. Dann zwei. Dann drei. Tief. Sie krümmten sich. Dehnten mich.

Ich konnte nichts anderes tun, als dazuliegen und es hinzunehmen.

Denn Mr. Bossy hat es mir befohlen.

Und meine Pussy LIEBTE es.

Der dritte Orgasmus erschütterte mich, woraufhin ich ganz verschwitzt und schlapp war.

Wes war allerdings noch nicht fertig. Dies war nur der erste Teil dessen, was er angekündigt hatte.

Als Nächstes … Vögeln.

Er hob mich hoch, als wöge ich nicht mehr als eine Feder – und wäre nicht das *große Mädchen*, als das ich so oft bezeichnet worden war – und setzte mich so ab, dass mein Kopf auf den Kissen lag.

Jetzt schob er sich endlich über mich.

„Hände ans Kopfteil." Er nahm eines meiner Handgelenke und hob meine Hand über meinen Kopf. Seine Berührung war sanft, auch wenn ich mich nur an den Holzstäben festhalten sollte, weil er nicht vorhatte, noch lange sanft zu bleiben.

Ich hob meinen anderen Arm und legte meine Finger um das Holz.

Dann hockte er sich zwischen meinen gespreizten Schenkeln auf seine Fersen und rieb seinen Schwanz, als wollte er mich damit provozieren und noch stärker erregen. Als Nächstes griff er in die Nachttischschublade. „Ich werde für dich ein Kondom tragen, Honey, aber du sollst wissen, dass ich gesund bin."

„Ich nehme die Pille", informierte ich ihn.

Er sah mich einen Moment an, als würde er nachdenken. Nur einen Moment, bevor er das Kondom über seine Schulter warf, wo es gegen die Wand klatschte. „In dem Fall mache ich es ohne."

Ich lächelte. Dieser Kerl war ein richtiger Cowboy und ich *liebte* es.

„Bist du bereit dafür?"

Ich nickte. „Ja. Bitte. Ich brauche es."

„Ganz genau. Das tust du."

Er stützte sich mit einer Hand neben meinem Kopf ab, schob sich über mich und drückte sich an meinen Eingang.

„Nimm mich wie ein braves Mädchen auf."

Dann füllte er mich. Nicht langsam, sondern mit einem einzigen harten Stoß.

„Wes!", schrie ich und bog meinen Rücken durch. Sein Blick lag auf mir.

Er beobachtete mich und hielt still.

Ich musste mich winden, um mich an ihn zu gewöhnen, und meine inneren Muskeln zuckten, während sie ihn aufnahmen. Er war groß. Tief in mir. Er hatte recht gehabt. Wenn er mich nicht mit den Orgasmen und seinen Fingern vorbereitet hätte, wäre ich zwar feucht, er jedoch zu viel gewesen.

Er wusste es. *Er wusste es.*

Und nun? Es war viel, aber auch fantastisch. Vor allem, als er sich langsam zurückzog und wieder tief in mich drang.

Einmal. Dann noch einmal. Dann wieder, bis das

Tempo schneller wurde. Unsere Körper klatschten aufeinander. Unser Atem vermischte sich. Ich hielt mich am Kopfteil fest, damit ich mich nicht bewegte.

Das hier war genau das, was ich brauchte, um den Sturm aus meiner Brust zu vertreiben. So war es, wenn man gefickt wurde.

„Heilige Scheiße."

Dann hielt er tief in mir vergraben inne.

Mir blieb eine Sekunde, um mich zu fragen wieso, bevor er uns herumrollte, sodass ich oben war. Jetzt lehnte er beinahe aufrecht sitzend am Kopfteil. Ich saß zwischen seinem Oberkörper und seinen angezogenen Knien auf seinem Schoß.

„Oh", sagte ich, als sein Schwanz noch tiefer in mich drang. Ich stützte mich mit den Händen an seiner Brust ab, beugte mich vor und küsste ihn.

Ich konnte nicht stillhalten, ich musste mich bewegen. Ich wand mich, während unsere Zungen miteinander tanzten. Doch als ich versuchte, mich aufzurichten, musste ich mich wieder hinsetzen.

Er legte seine Hände an meine Hüften und half mir, einen Rhythmus zu finden. Auf, ab, kreisen. Mein Kitzler rieb dabei über sein Schambein und ich war schon wieder kurz vorm Kommen.

Wes *wusste* das und fing an, mich hochzuheben und zu senken. Gleichzeitig stieß er mir sein Becken entgegen.

„So ist es richtig. Fick dich auf meinem Schwanz. Jeden Zentimeter, Honey, du kriegst jeden Zentimeter. Das ist alles für dich."

Meine Brüste hüpften. Mein Kopf kippte nach hinten. Ich fühlte nur noch, während wir fickten.

Verschwitzt. Versaut.

Perfekt.

Als ich erneut kam, spürte ich, dass ich noch feuchter wurde. Ich schrie auf und hörte nicht auf, mich zu bewegen, um der Wonne nachzujagen. Wes' Griff wurde fester und er drang tief in mich, wo er verharrte und knurrte.

Er knurrte buchstäblich. Ich spürte das Grollen unter meinen Händen auf seiner Brust.

Ich fühlte, wie sein Schwanz dicker wurde, bevor er mich mit seinem heißen Samen füllte.

Ich sackte auf ihn und er schlang seine Arme um mich. Ich konnte seinen Herzschlag spüren. Seine Hitze. Seine Kraft.

Die Geräusche des Gewitters kehrten in mein Bewusstsein zurück. Das Heulen des Windes. Der Regen. Ein fernes Donnergrollen.

In mir tobte allerdings kein Sturm mehr.

Ich spürte die Tränen nicht mehr, die meine Kehle verstopft hatten. Genauso wenig verspürte ich den Druck einer unterdrückten Kampf-oder-Flucht-Reaktion, die wie ein Vogel in meiner Brust herumgeflattert war.

Wes rutschte tiefer, sodass wir es uns im Bett gemütlich machen konnten, und zog die Decke über uns. Wir waren noch miteinander verbunden, als er mich auf den Scheitel küsste.

„Besser?"

„Viel besser", murmelte ich.

„Ich habe heißen Kakao gemacht, als du unter der Dusche warst, falls du den noch möchtest."

Meine Augen waren bereits geschlossen. „Nein, danke."

Hier in Wes' Armen, in seinem Bett, fühlte ich mich sicher.

Ich fühlte mich ... gut gefickt. Ich würde morgen sicher seltsam laufen.

Ich lächelte, als ich ins Land der Träume wegdriftete.

10

WES

ICH SCHLÜPFTE im Morgengrauen aus dem Bett, bevor Remy wach war, und blickte auf die schlafende Schönheit in meinem Bett. Joys langes blondes Haar war auf meinem Kissen ausgebreitet. Es sah tatsächlich aus wie das gesponnene Gold aus Remys Märchen. Es hatte die Farbe der Sommersonne. Von Chaos und Glück.

Sie war so eine strahlende Präsenz in meinem Bett. Selbst im Schlaf verbreitete sie Sonnenschein.

Sie war das Gegenteil meiner dunklen Gewitterwolken. Sie setzte nicht Tag für Tag einen Fuß vor den anderen, nur um irgendwie den Tag zu überstehen. Um ihrem Welpen ein stabiles Umfeld zu bieten.

Letzte Nacht hatte Joy mich gebraucht. Unser kleines Intermezzo war ... unerwartet gewesen.

Offensichtlich ungeplant.

Aber beim Schicksal, es hatte sich gut angefühlt.

Es hatte sich richtig angefühlt.

Sie war eine unersättliche Liebhaberin. Leidenschaftlich. Einfallsreich. Wild. Vom ersten Kuss an hatte ich das Gefühl gehabt, sie instinktiv zu kennen und zu wissen, was sie brauchte. Was sie erregte. Was sie zum Kommen brachte.

Alles, was sie wollte, begehrte ich ebenfalls.

Ihr Geruch haftete nun an meiner Haut und meinen Laken. Er hing in der Luft.

Und wie letzte Nacht, als ich sie in ihrem zerstörten Schlafzimmer hochgehoben hatte, verspürte ich das starke Gefühl, dass sie *perfekt* roch.

Ich starrte sie an, aber dieses Mal mit etwas anderen Augen.

Moment ... *fuck!*

War Joy ...

War sie *meine Gefährtin?*

Ich strich mit einer Hand über meinen Bart. Sie?

Das konnte nicht sein. Sie war ein Mensch! Und alles, was ich nicht war. Wir passten nicht zusammen – kein bisschen. Ich konnte keine vom Schicksal vorherbestimmte Gefährtin haben, die so ... fröhlich war.

In meinem Heimatrudel hatte noch nie jemand davon gehört, dass ein Mensch eine vom Schicksal vorherbestimmte Gefährtin sein konnte. Doch fast alle Männer auf der Wolf Ranch, mit Ausnahme von Rob, hatten menschliche Gefährtinnen.

Menschliche vom *Schicksal* vorherbestimmte Gefährtinnen.

Es waren nicht nur Liebesbeziehungen, sondern biologische Paarungen. Die menschlichen Weibchen hatten in ihrem Wolfsgefährten den Drang geweckt, sie zu markieren. Was bedeutete, dass die Natur sie füreinander bestimmt hatte.

Ich war dazu erzogen worden, meinem Wolf und seinen Instinkten zu vertrauen. Tiere spürten Dinge, die Menschen nicht wahrnehmen konnten.

Das hatte ich Remy ebenfalls beigebracht.

Teilte mein Wolf mir mit, dass Joy meine wahre Gefährtin war? Die eine Frau, die für mich auf dieser Welt war?

Waren wir letzte Nacht deswegen so im Einklang miteinander gewesen? Hatte ich deswegen ihren Körper so gut gekannt?

Die Haare auf meinen Armen stellten sich bei dieser Erkenntnis auf. In meiner Kehle bildete sich ein Kloß bei der Vorstellung, dass all diese Fröhlichkeit zu *mir* gehörte.

Und zu Remy.

Dieser Gedanke veranlasste mich jedoch dazu, auf die Bremse zu treten.

Fuck. Das Schicksal hatte uns einen Tiefschlag versetzt, als Remys Mutter gegangen war. Die Mutter meines kleinen Mädchens hatte sie im Stich gelassen. Jedes Mal, wenn Remy nach ihr fragte, musste ich ihr erklären, dass es nichts mit ihr zu tun hatte und sie nichts falsch gemacht hatte. Es war nicht so, als wäre sie nicht perfekt und liebenswert. Niemand sollte solche Zweifel haben, erst recht kein Kind. Nicht meine Remy.

Diese Sache mit Joy könnte Remy erneut verletzen und ihr sogar noch mehr wehtun. Ich fand eine abwesende Mutter schmerzhaft genug für Remy und konnte mir ihre Verwirrung und ihren Schmerz nicht vorstellen, wenn sie dachte, sie würde eine neue Mommy bekommen und am Ende wurde nichts daraus.

Joy war keine Gestaltwandlerin. Sie verstand nicht, was ein Gefährte war. Wie das Schicksal uns zusammenbrachte. Dass ich sie markieren und meinen Geruch in ihr einbetten würde, um sie für immer zur Meinen zu machen.

Sie wusste nichts von all dem.

Das Schicksal mochte Joy für mich gewählt haben, aber es gab keine Garantie, dass Joy mich – *uns* – wählen würde. Vor allem nicht, da ich im Doppelpack kam.

Das leise Geräusch kleiner Füße, die über den Boden tippelten, bewahrte mich davor, etwas Dummes zu tun, wie beispielsweise diese Sache zu etwas Dauerhaftem zu machen. Ich verließ schnell das Schlafzimmer und schloss die Tür.

„Hi, Daddy." Remy kam aus ihrem Kinderzimmer. Ihr Gesicht wirkte noch ganz verschlafen und ihre Haare waren furchtbar verstrubbelt.

„Psst." Ich hielt einen Finger an die Lippen und sprach leise, denn ich wusste, die scharfen Ohren meiner Tochter würden mich trotzdem hören. „Joy schläft da drin." Ich deutete auf die geschlossene Tür.

Die Freude auf Remys Gesicht schien meine Gefühle

über Joys Anwesenheit widerzuspiegeln. Ihre Augen leuchteten auf und ein breites Lächeln erstrahlte auf ihrem Gesicht. „Wirklich?", flüsterte sie. „Sie hat hier übernachtet?"

Ich hob sie in meine Arme und trug sie zur Küche, damit wir lauter sprechen konnten. „Jepp. Letzte Nacht gab es ein Gewitter und ein Baum ist auf ihr Dach gefallen. Siehst du?" Ich hielt Remy hoch, damit sie aus dem Küchenfenster schauen konnte. Das Gewitter hatte sich längst verzogen, der frühe Morgenhimmel war klar und hell. Es war erstaunlich, dass Remy alles verschlafen hatte.

Remy schnappte nach Luft.

Mein Magen zog sich zusammen, als ich den Schaden bei Tageslicht betrachtete. Es sah aus wie nach einer Apokalypse. Ein Ast steckte in Joys Haus und hatte ein Loch ins Dach und eine Seitenwand gerissen. Ich konnte die Balken und die klatschnasse Isolierung sehen.

Joy hätte sterben können! Wäre sie eine Gestaltwandlerin, hätte sie sich verletzt, wäre jedoch schnell geheilt. Doch nein. Wenn der Baum oder einer der großen Balken des Hauses sie getroffen hätte, hätte ich meine vorherbestimmte Gefährtin verloren.

Bei der Vorstellung gefror mir das Blut in den Adern. Was, wenn ich herausgefunden hätte, dass meine Gefährtin nebenan lebte, nur um dann zu spät zu kommen?

Nein, das war es nicht. Ich machte mir bei allen Leuten Sorgen, dass sie verletzt werden könnten. Bei jedem Nachbarn.

„Ist sie okay?", fragte Remy mit bebendem Kinn.

Ich verdrängte die düsteren Gedanken, bevor sie überhandnehmen konnten. Joy war in Sicherheit in meinem Bett. Ich hatte sie nach Hause getragen und die Angst und das Trauma aus ihr gefickt. Ich hatte mich um die Sicherheit und die Bedürfnisse meiner Gefährtin gekümmert, ohne zu ahnen, dass sie zu mir gehörte.

„Keine Sorge, es geht ihr gut. Du verbreitest auch manchmal Chaos, so wie das Gewitter."

„Kann sie hier wohnen bleiben?"

Ich schüttelte den Kopf. „Sie hat ihr eigenes Haus. Ich bin mir sicher, jemand wird das Loch im Dach und das Fenster nachher abdecken, damit sie heute Nacht dort schlafen kann."

Sie dachte einen Moment darüber nach und war offenbar beruhigt, denn sie fragte: „Kann ich mir anschauen, was für ein Chaos das Gewitter gemacht hat?"

„*Nein.*" Meine Antwort fiel zu scharf aus. Wahrscheinlich hatte ich sogar einen Alphabefehl erteilt, denn Remys kleiner Körper erstarrte.

Sie war zwar ein Wolf mit hervorragenden Heilfähigkeiten, doch es war gefährlich dort drüben.

Remy war an meine Knurrigkeit gewöhnt, aber wegen des Alphabefehls schob sie verletzt ihre Unterlippe vor und Tränen traten in ihre großen braunen Augen.

Sofort überkam mich Reue. „Es tut mir leid, Baby. Daddy will nicht, dass du da rübergehst, weil das Dach noch mehr einstürzen könnte. Das Chaos dieses Gewitters ist gefährlich. Ich möchte nicht, dass dir etwas zustößt. Nicht heute, und nicht in Zukunft."

Sie machte noch immer diesen traurigen Dackelblick und ich drückte sie. „Ich wollte dir keine Angst einjagen. Habe ich das getan?"

Sie nickte, wobei sie ihre Unterlippe noch immer niedlich vorschob. Dieses Kind hatte mich um jeden Finger und Zeh gewickelt.

Ich setzte sie auf der Anrichte ab und küsste ihren Scheitel.

„Was ist das?", fragte sie als sie Joys inzwischen kalten, unberührten Kakao auf der Theke neben dem Herd entdeckte.

„Oh, den habe ich für Joy gemacht, aber jetzt ist er nicht mehr lecker." Ich nahm ihr die Tasse weg, bevor sie ihn probieren konnte, und kippte ihn in den Ausguss.

„Warte! Daddy!", rief sie.

„Ich sage dir was. Wenn du zwei Eier und zwei Streifen Speck zum Frühstück isst, dann mache ich dir einen heißen Kakao. Einverstanden?"

Normalerweise gab ich ihr morgens nicht so viel Zucker oder Koffein, aber es war schon ziemlich gemein, ihr eine volle Tasse Kakao wegzunehmen und auszuschütten, auch wenn die Milch darin wahrscheinlich sauer geworden war.

Sofort war sie besänftigt. „Okay."

Ich ließ sie auf der Anrichte sitzen, während ich die Pfanne aus dem Schrank darunter holte.

„Guten Morgen."

Mein Wolf knurrte wohlwollend, als eine verschlafene Joy in die Küche kam. Sie trug noch immer mein Flanellhemd, das dieses Mal zugeknöpft war und ihr bis zu den Oberschenkeln reichte. Fuck, sie sah zum Anbeißen aus.

„Joy!" Remy sprang von der Theke und rannte zu Joy, die überrascht nach Luft schnappte, als ihre Beine stürmisch umarmt wurden.

Da ich nun wusste, dass Joy meine Gefährtin war, war jedes Wort bedeutend, das sie mit meinem Kind wechselte.

Ihr freundliches Lächeln, ihr strahlendes Gesicht und wie sie Remy umarmte und ihr durch das Haar wuschelte, bedeuteten mir alles.

Ich wollte sie mir über die Schulter werfen und für eine weitere Runde zurück ins Bett tragen.

Mein Schwanz regte sich bei der Vorstellung, noch einmal mit ihr zu schlafen.

Doch nein. Ich musste sie loswerden, bevor Remy sich zu sehr an sie gewöhnte.

Zur Hölle, ich wusste nicht einmal, ob Joy überhaupt noch eine Runde *mit mir* wollte. Sie hatte letzte Nacht Dampf ablassen müssen. Sie hatte versucht, das Adrenalin von dem Unfall loszuwerden.

Vielleicht war ich nur ein Mittel zum Zweck gewesen.

Es hieß jedenfalls nicht, dass sie bereit war, hier einzuziehen und sich von mir markieren zu lassen. Mich zu heiraten, falls sie das brauchte. Es bedeutete nicht, dass sie bereit war, sich meinem Kind zu verpflichten.

Und das war wichtig. Ich konnte nicht zulassen, dass Remy sich an sie gewöhnte und ihr das Herz gebrochen wurde, wenn Joy doch kein Interesse an uns hatte.

Ich musste das Ganze richtig angehen. Joy war ein

Mensch und erkannte mich nicht als ihren Gefährten. Johnny, einer der Männer, die mit mir auf der Ranch arbeiteten, hatte mir erzählt, dass er seine neue menschliche Gefährtin Emma dazu hatte bringen müssen, sich in ihn zu verlieben. Er hatte an ihre Tür geklopft, um ihren Boss zu töten, und dabei entdeckt, dass sie seine vom Schicksal vorherbestimmte Gefährtin war. Er hatte schnell umdenken müssen.

Eine menschliche Frau dazu zu ‚bringen', sich zu verlieben, war schwierig genug. Es zu tun, wenn ein vierjähriges Kind involviert war, war noch viel schwieriger.

Erst recht, da ich kein Romeo war. Zur Hölle, ich war das komplette Gegenteil eines Romeos. Ich hatte eine ganz schlechte Bilanz, wenn es um Frauen ging. Ich war der mürrische alleinerziehende Dad geworden, der nicht wusste, wie man ein Date plante. Zur Hölle, Gestaltwandler *dateten* gar nicht.

Rückblickend hatte ich Remys Mutter, Soraya, mit gar nichts zufriedenstellen können. Na gut, ich hatte sie mit einem Orgasmus befriedigt bei dem einen Mal, als wir beim Mondlauf miteinander gevögelt hatten.

Danach, war ihr nichts mehr recht gewesen. Sie hatte ständig etwas gewollt. War permanent unglücklich gewesen. Bei der erstbesten Gelegenheit war sie gegangen. Ich war nicht genug gewesen. Ich hatte meine Zweifel, ob ich wissen würde, wie ich die emotionalen, körperlichen und sexuellen Bedürfnisse meiner Gefährtin befriedigen konnte.

Und noch dazu eine menschliche Gefährtin? Mit dieser

ganzen verdammten Fröhlichkeit? Ich würde sie mit all meiner Mürrischkeit ersticken.

Ich würde sie zugrunde richten.

Bisher hatte ich Joy lediglich erzählt, wie ich sie ficken würde und dass sie ein böses Mädchen war, weil sie mir nicht gehorcht hatte. Oh ja, und ich hatte ihren umwerfenden Hintern versohlt. Das war zwar echt heiß gewesen, aber kein Date. Das war nichts Dauerhaftes.

Sie wollte eine Nacht voller Sex? Die hatte sie bekommen. Und das nicht zu knapp.

Doch ich hatte nicht den blassesten Schimmer, wie ich sie dazu bringen sollte, sich in mich zu verlieben.

Oder – was noch wichtiger war – *zu bleiben*.

Aber dann sah Joy mich an und die Wärme in ihrem Blick vertrieb alle Sorgen.

Ein Gefühl der Richtigkeit legte sich um mich und verdrängte meine Bedenken.

„Was hältst du von Rührei und Speck?", fragte ich und öffnete den Kühlschrank, um die Zutaten herauszuholen.

Sie blickte durchs Fenster zu ihrem Haus und der fröhliche Ausdruck auf ihrem Gesicht verblasste. „Ich muss wegen des Schadens ein paar Telefonate erledigen."

„Das Haus kann warten", sagte ich bestimmt, auch wenn es für Remy wahrscheinlich besser gewesen wäre, wenn ich Joy aus dem Haus geschickt hätte. Doch mein Wolf konnte es nicht ertragen, wenn sie nichts zu essen bekam. Das Bedürfnis, für sie zu sorgen, war zu stark. „Du brauchst eine gute Mahlzeit, bevor du dich mit der Versicherung und dem ganzen Theater auseinandersetzt."

Remy nahm ihre Hand und führte sie zum Küchentisch.

Joy zögerte dennoch.

„Setz dich und iss." Ich klang mürrisch. Respekteinflößend. Vielleicht sogar einschüchternd. Ich musste daran arbeiten. Fuck.

Remy zog einen Stuhl heraus und klopfte darauf. „Wenn du zwei Eier isst, bekommst du einen heißen Kakao."

Zur Erleichterung meines Wolfs sank meine schöne Nachbarin auf ihren Stuhl. „Dein Daddy ist ziemlich herrisch, oder?" Ihre Stimme klang heiter, aber als ich über meine Schulter sah, entdeckte ich ihren vielsagenden, leidenschaftlichen Blick.

Als *wollte* sie es herrisch.

Als wollte sie, dass ich derjenige war, der es ihr hart besorgte und ihr sagte, was sie tun sollte.

Womöglich war sie sogar manchmal gerne mein böses Mädchen.

Fuck, ich hatte ein Problem.

11

JOY

Zwei Stunden später stand ich, mit dem Bauch voller Eier und Kakao, in meinem zerstörten Schlafzimmer. Der Holzfußboden war vom Regen aufgequollen und hatte sich verzogen. Überall lagen Trümmer.

Ich rief die Versicherungsgesellschaft an und schickte ihnen Fotos, die ich mit meinem Handy gemacht hatte. Allerdings war ich nicht die einzige Kundin in der Gegend, die einen Sturmschaden zu melden hatte, weshalb man mir mitteilte, dass der Schadensgutachter in zwei oder drei Tagen vorbeikommen würde. Falls möglich, schon früher.

„Zwei oder drei Tage", murmelte ich und starrte auf das umgeworfene Bett.

Ich dachte daran, wie Wes es angehoben und auf die Seite gekippt hatte. Ich hatte mit eigenen Augen gesehen, dass er große Muskeln hatte. Die Arbeit auf einer Ranch hatte ihn offensichtlich sehr stark gemacht.

Bei der Erinnerung an die letzte Nacht zog es in meinem Becken. Ich war wund und in den nächsten ein oder zwei Tagen würde ich nicht vergessen, was wir getan hatten. Alles wegen des Gewitters. Wegen des Adrenalins.

Denn ... ich hatte Wes gewollt und letzte Nacht hätte mich nichts davon abhalten können, mit ihm zu schlafen. Jepp, das Gewitter hatte meine innere Schlampe geweckt.

Außerdem hatte es die Decke und das Dach zum Einsturz gebracht.

Die Trockenbauwände waren wie Eierschalen gebrochen und lagen überall. Die Isolierung war ein flauschiger, durchgeweichter Haufen mitten auf dem Boden. Wie traurige Zuckerwatte. Ich blickte zu dem Loch in der Decke. Ich konnte weiteres Dämmmaterial sehen sowie die Holzbalken des Kriechbodens. Ich konnte sogar nach draußen schauen. Dann war da noch der gewaltige Ast. Der Ast steckte im Kriechboden und kleinere Zweige waren durch die Decke gekommen und auf meinen Schlafzimmerboden gefallen.

„Ich wollte schon immer ein Oberlicht haben", sagte ich zu mir, als ich den blauen Himmel durch das Loch im Dach sah. Nein. Das konnte nicht so bleiben. Ich hatte in der Garage eine Plane, die ich über das Loch spannen konnte, bis die Reparaturarbeiten vorgenommen werden konnten.

Mein Handy klingelte. Ich griff danach in der Hoffnung, die Versicherung würde mir mitteilen, dass noch heute jemand vorbeikommen und zumindest das Dach abdichten würde.

„Mist." Ich ging dran, denn man konnte nie wissen, in welchem emotionalen Zustand meine Mutter sich gerade befand. Sie brauchte es oft, dass ich sie beruhigte und aufmunterte. Die Frau litt unter Depressionen. „Hi, Mom."

„Hi, Schatz."

Ich konnte den Stress in ihrer Stimme hören.

Oje.

„Was ist los?"

Irgendetwas war immer. Mal war es das Drama zwischen ihr und ihren Schwestern, ein anderes Mal ihr Chef auf der Arbeit oder sie hatte meinen Vater in der Stadt gesehen. Es gab immer etwas, was meine Mutter triggerte.

„Oh, Spätzchen, du wirst nicht glauben, was passiert ist. Die Klimaanlage, die du mir gekauft hast, wurde letzte Nacht von dem Gewitter beschädigt."

„Oh nein!"

Wir waren in Montana. Klimaanlagen waren selten, denn es wurde hier nicht besonders warm. Vielleicht gab es mal eine Woche mit unangenehmen Temperaturen, doch nachts kühlte es stets ab. Aber ich hatte meiner Mom vor einigen Jahren eine Klimaanlage gekauft, weil ihre Allergien ihr so zu schaffen gemacht hatten und sie Schlafprobleme hatte. Depressive Menschen, die nicht genug Schlaf bekamen, konnten schnell in eine Abwärtsspirale geraten. Ich wusste, kühle, gefilterte Luft würde definitiv bei den Allergien helfen und schlaffördernd wirken.

„Es ist schrecklich! Ich weiß nicht, was ich tun soll.

Meinst du, die Versicherung wird den Schaden überneh-men, weil ihn das Gewitter verursacht hat?"

Ich seufzte und dachte an meinen eigenen Versiche-rungsalbtraum. „Ja, aber mit dem Eigenanteil lohnt sich das bestimmt nicht."

„Oh." Sie klang deprimiert.

Zum Teufel damit. Ich hatte das Geld zwar nicht, würde jedoch eine Lösung finden. „Mom, ruf einen Monteur an. Der soll kommen und sich darum kümmern."

„Ich glaube nicht, dass ich mir das leisten kann, wenn die Versicherung nicht zahlt", sagte meine Mom schwach.

Sie arbeitete in Teilzeit am Empfang einer Buchhal-tungsfirma. Bevor meine Eltern sich hatten scheiden lassen, war sie Hausfrau und Mutter gewesen. Sie hatte Kekse gebacken und war ein Mitglied des Schulelternbei-rats gewesen. Sie hatte sich in allen Angelegenheiten auf meinen Dad verlassen. Das war ihre Dynamik gewesen. Nach der Scheidung hatte sie nie gelernt, allein zurechtzu-kommen, obwohl mittlerweile viele Jahre ins Land gezogen waren. Sie konnte nie für sich selbst sorgen, weder emotional noch finanziell. Sie weinte. Sie verlor den Halt. Sie bemühte sich – das tat sie wirklich. Häufig schien sie ihr Leben endlich in den Griff zu bekommen, doch dann erlebte sie irgendeinen Rückschlag und alles zerbrach wieder.

Sie konnte ihre eigenen Probleme nicht lösen – ihr emotionaler Zustand sorgte dafür, dass sie innerlich abschaltete, sobald es kompliziert, verwirrend oder anstrengend wurde.

Ich kümmerte mich um sie, seit mein Vater sich von ihr hatte scheiden lassen.

Sie war von mir abhängig.

Ich wusste, dass Depressionen keinen Sinn ergaben. Mom verstand nicht, dass sie die Erwachsene sein sollte. Das Elternteil.

Als ich eine Teenagerin gewesen war, hatte ich diejenige sein müssen, an deren Schulter sie sich ausgeheult hatte. Die in einem Moment ihren Tiraden über Dad zuhören musste und sich im nächsten anhören durfte, dass sie ihn noch liebte. Ich war diejenige gewesen, die die Rechnungen bezahlt hatte. Die ein Budget erstellt hatte. Die nach der Schule in einem Diner und später in Cody's Saloon gearbeitet hatte, damit wir Geld gehabt hatten, wenn sie erneut einen Job verloren hatte, weil sie nicht aus dem Bett gekommen war.

Im Lauf der Jahre hatte sich daran nichts geändert. Sie war noch immer depressiv. Sie musste noch immer von mir gerettet werden.

„Kannst du deine Arbeitszeit bei Clyde nicht aufstocken?", fragte ich, womit ich mich auf ihren derzeitigen Chef bezog. „Du weißt, dass er seit Jahren auf dich steht. Wie oft hat er dich schon auf ein Date eingeladen? Er würde alles für dich tun."

„Aufstocken?"

„Ja. Du kannst mehr Stunden arbeiten, um die Kosten für die Klimaanlage abzudecken."

„Dein Vater sollte doch ..."

Ich seufzte. Dad mal wieder. Meine Eltern hatten jahrelang einen Sorgerechts- und Unterhaltsstreit um mich ausgefochten, der erst endete, als ich achtzehn Jahre alt wurde und er nach Missoula umzog.

„Dad ist schon lange weg. Er wird dir niemals den Unterhalt zahlen, den er dir schuldet. Bitte Clyde, deine Arbeitszeit aufzustocken. Oder noch besser, nimm endlich seine Einladung an und lass dich von ihm zum Essen ausführen." Ich grinste bei der Vorstellung, dass sie auf ein Date ging.

Sie seufzte. „Ich bin zu alt und ..."

„Das bist du nicht. Clyde würde dich nicht ständig fragen, wenn er kein Interesse hätte. An *dir*."

„Ja, du hast wahrscheinlich recht. Mal sehen. Nichtsdestotrotz bezweifle ich, dass ich sie vor Monatsanfang ersetzen lassen kann, und es ist in letzter Zeit *so* heiß."

„Ich weiß, Mom", erwiderte ich fröhlich. „Ein Baum ist letzte Nacht auf mein Dach gefallen und jetzt klafft ein riesiges Loch in der Decke."

Meine Mom schnappte nach Luft.

Uups.

Aus diesem Grund hatte ich es ihr nicht erzählen wollen. Sie würde ein Riesendrama daraus machen, dabei war es nichts, womit ich nicht umgehen konnte.

„Joy! Liebes, bist du okay? Wie schrecklich! Hast du die Feuerwehr gerufen? Was wirst du jetzt tun? Oh nein. Das ist ja furchtbar."

„Es ist nicht furchtbar, Mom. Ich halte es für ein Abenteuer. Ich werde eine Weile in meinem eigenen Haus zelten, bis ich es reparieren lassen kann. Ich habe mir gerade überlegt, dass ich schon immer ein Oberlicht haben wollte."

Meine Mom keuchte erneut entsetzt auf. „Joy, du kannst doch nicht dort bleiben. Schatz, das ist nicht sicher. Und – oh Gott – du kriegst sicherlich Schimmel!", jammerte sie. „Gab es einen Wasserschaden? Schimmel kann allerlei Gesundheitsprobleme verursachen. Oh, was für ein Albtraum." Vor meinem geistigen Auge sah ich meine Mutter in ihrer Küche auf und ab laufen und die Hände wringen. „Soll ich vorbeikommen und dir helfen?"

„Nein", lehnte ich schnell ab. Die „Hilfe" meiner deprimierten Mutter war das Letzte, was ich jetzt brauchte.

„Ich komme schon klar", versicherte ich ihr. „Die Versicherung deckt die Reparaturen ab. Mach dir keine Sorgen um mich. Denk du lieber daran, einen Monteur anzurufen, okay?"

„Oh. Ja, vielleicht", sagte sie.

Sie würde weder den Monteur anrufen noch Clydes Einladung annehmen. Sie würde nur leiden und mich damit in den Wahnsinn treiben, dass sie nachts ohne Klimaanlage nicht schlafen konnte.

Gah. Aber ich hatte nicht die mentale Energie, um ihr Problem jetzt für sie zu lösen. Ich musste um meinetwillen positiv bleiben. Ich musste die beschädigten Töpferwaren ersetzen. Und ich musste einen Weg finden, um zumindest mein Schlafzimmer wetterfest zu machen, bis die Versicherungsgutachter in ein paar Tagen herkamen.

„Ich muss los, Mom. Hab dich lieb."

„Oh." Sie klang enttäuscht. „Okay, Schatz. Ich habe dich auch lieb."

Ich legte auf und seufzte. Es brachte mich um, wenn meine Mutter depressiv wurde, doch ich hatte keine Kraft übrig, um sie heute zu retten.

Ich war zu sehr damit beschäftigt, mich selbst zu retten.

Ich war diesen Monat wirklich knapp bei Kasse. Ich hatte mit dem Geld für die Töpferwaren gerechnet, die nun kaputt waren. Jetzt musste ich alles noch einmal machen, anstatt die Zeit zu nutzen, um neue Waren herzustellen. Ich musste mein Haus reparieren und das würde auch nicht billig werden.

Wenigstens hatte meine Töpferwerkstatt in der Garage keinen Schaden genommen. Ich konnte immer noch töpfern. Mein Geschäft musste nicht dichtmachen.

Ich hatte echt Glück gehabt.

Außerdem war mein Wohnzimmer unbeschädigt und mein Sofa wirklich bequem. Da ich auf keinen Fall bei meiner Mutter – in ihrem zu warmen Haus – wohnen wollte, würde ich hier schon zurechtkommen.

Zur Not konnte ich wieder in Teilzeit für Cody arbeiten. Ich hatte jahrelang dort gearbeitet, während ich mein Geschäft aufgebaut hatte, und erst gekündigt, als ich endlich genug Geld verdiente.

Es würde Spaß machen, die vertrauten Gesichter in der Kneipe wieder zu sehen und spät abends zu arbeiten.

Ich musste mehr vor die Tür und die Arbeit in einer Kneipe war dafür ideal, oder?

12

WES

DASS JOY heute Morgen in meinem Haus gewesen war, hatte meine ganze Routine durcheinandergebracht. Mein Gehirn war damit beschäftigt gewesen, sich zu überlegen, wie ich die ganze Gefährtinnen-Sache angehen sollte – ein Problem, das ich nicht gelöst hatte, zumal mein Wolf eine sehr spezielle Meinung dazu hatte – und deshalb hatte ich Remy zu spät zur Preschool gebracht.

Als ich auf der Ranch angekommen war, hatte ich festgestellt, dass ich mein Handy zu Hause vergessen hatte.

Keine große Sache – ich war nicht der Typ, der ständig sein Handy in der Hand haben musste. Doch dann kam mir der Gedanke, dass mich die Preschool nicht erreichen konnte. Nachdem ich in der Scheune die üblichen morgendlichen Arbeiten erledigt hatte, beschloss ich daher, in der Mittagspause nach Hause zu fahren und es zu holen.

Ich fuhr vor das Haus und ...

Oh, zur Hölle, nein.

Meine Gefährtin stand mit einer riesigen blauen Zeltplane in den Händen *auf ihrem Dach* und würde sich gleich den schönen Hals brechen.

Was zur Hölle machte sie da?

Ich sprang aus dem Truck – ich nahm mir nur genug Zeit, um die Parkstellung zu aktivieren – und lief zu Joys Haus, ohne den Blick von ihr abzuwenden. Sie hatte zwar ein eingeschossiges Haus, würde jedoch trotzdem mindestens drei Meter in die Tiefe stürzen.

Sie war ein Mensch. Zerbrechlich.

Sie verlor das Gleichgewicht, ließ die Plane fallen und ruderte mit den Armen, um es wiederzuerlangen.

„Joy!", rief ich und hätte mich angesichts der Gefahr beinahe in meine Wolfsgestalt verwandelt.

Sie fand ihr Gleichgewicht wieder, drehte sich einfach zu mir um und lächelte freundlich. „Oh, hi, Wes"

Mein Herz raste und mein Wolf sprang beinahe in die Luft, um zu ihr zu gelangen.

Sie stand in einer Jeans-Shorts und einem dreieckigen Neckholder-Top auf dem Dach, das in mir den Wunsch weckte, von ihrer nackten Taille bis zu einer Brustwarze zu lecken.

Ich stand unter ihr und stemmte die Hände in die Hüften. „Komm mir bloß nicht mit *oh, hi*, Honey. Was zur Hölle treibst du auf dem Dach?", fragte ich und vergaß, meine Aggressivität zu zügeln, die sowohl von meiner Angst um ihre Sicherheit als auch meinem Verlangen nach ihrem Körper befeuert wurde.

Ich hatte kein Recht, so mit ihr zu reden.

Sie brauchte keine Standpauke.

Doch, die brauchte sie. Die brauchte sie definitiv, weil sie so leichtsinnig war.

Allerdings war sie meine Nachbarin, nicht meine Freundin. Meine Nachbarin, die ich letzte Nacht gefickt hatte. Wir hatten einander keinerlei Versprechungen gemacht. Ich wollte, dass sie meine Babysitterin wurde.

Mein Wolf fand das lächerlich. Er hatte sich bereits auf sie festgelegt, aber das wusste sie nicht. Sie war mir nichts schuldig – auch keine Erklärung, warum sie auf ihrem beschädigten Dach herumturnte.

Offenbar störte sie meine Nörgelei nicht, denn ihr Lächeln wurde breiter.

Das Lächeln, das mich in den Wahnsinn trieb.

Sie ignorierte meine Frage einfach. „Kannst du mir die Plane zuwerfen, die ich fallengelassen habe?" Sie deutete auf das verlorene Objekt.

„Dir die Plane ... vergiss es. Was ist mit den Handwerkern passiert, die das reparieren sollten?", fragte ich.

„Der Gutachter meinte, sie würden in ein paar Tagen kommen."

In ein paar Tagen? Also hatte sie sich entschieden, das Dach vorübergehend selbst zu reparieren?

„*Ich* decke dein Dach ab", sagte ich und war sauer, dass ich ihre Bedürfnisse nicht erahnt hatte, bevor wir heute

Morgen das Haus verlassen hatten. „Du musst von da oben runterkommen, bevor du fällst oder der Rest des Daches auch noch einstürzt."

Sie ahmte meine Haltung nach, stemmte die Hände in die Hüften und legte den Kopf auf die Seite. „Darum kann ich mich selbst kümmern."

„Vergiss es", erwiderte ich.

„Aber ...“

„Auf keinen Fall bringst du dich so selbst in Gefahr, solange ich nebenan wohne."

Ich sollte mich dafür entschuldigen, dass ich mich wie ein Arschloch aufführte. Sie konnte die Plane wahrscheinlich selbst über das Loch spannen und festnageln. Aber sie könnte stürzen und würde nicht wie ein Gestaltwandler heilen. Allerdings wusste sie nicht, dass das der Grund war, aus dem ich so verdammt unnachgiebig blieb.

„Ach ja?", entgegnete sie herausfordernd.

Ich vermasselte es gerade. Ich öffnete meinen Mund in der Hoffnung, die richtigen Worte zu finden, doch dann fiel mein Blick auf die Umrisse von Joys Brustwarzen.

Sie trug keinen BH unter dem knappen Top und es war offensichtlich, dass sich ihre Brustwarzen zu Spitzen zusammengezogen hatten.

Weshalb? Wegen meines Anblicks?

Oder war es meine herrische Art, die sie antörnte?

Heute Morgen hatte sie mich herrisch genannt. Wegen des Blicks, mit dem sie mich bedacht hatte, glaubte ich jedoch, dass es ihr gefiel, wenn ich das Zepter in die Hand nahm.

Alles, was ich gesagt hatte, seitdem ich aus dem Auto ausgestiegen war, hatte herrisch und bestimmend geklungen.

Fuck, yeah, Honey.

Ich habe hier das Kommando. Ich werde dich geradewegs in mein Bett kommandieren.

„Ja", erwiderte ich und fügte „Böses Mädchen" hinzu, um die Worte zu testen. Um *sie* zu testen.

Sie hockte sich auf die Dachkante und schlenkerte wie ein Kind mit den Beinen.

Sie trug Flipflops. Flipflops! Auf einem verdammten Dach! Süß, aber nicht sehr praktisch.

„Wirst du mir den Hintern versohlen?", fragte sie herausfordernd, legte den Kopf schief und schenkte mir wieder dieses Lächeln.

Mein Schwanz war steinhart von ihrem anzüglichen Ton und ich fragte mich, ob ihre Pussy wund war von dem Sex letzte Nacht.

Okay, ich hatte die Situation nicht falsch gedeutet. Gut, zu wissen.

Ich schlenderte zum Haus, bis ich direkt unter ihr stand. „Ganz recht, meine Schöne. Du hast zwei Möglichkeiten. Entweder du kletterst die Leiter runter oder du springst. Wie auch immer, wenn du sofort herunterkommst, werde ich nachsichtig mit dir sein." Ich breitete die Arme aus, um ihr zu zeigen, dass ich sie auffangen würde.

Röte breitete sich auf ihrem Hals aus und ich nahm den Geruch ihrer Erregung in der leichten Brise wahr.

„Du willst, dass ich springe?"

„Genau, Honey. Spring runter und ich zeige dir die Konsequenzen deines leichtsinnigen Verhaltens. Es wird eine Lektion, die wir beide genießen werden."

Meine hübsche Gefährtin. Sie zögerte keine einzige Sekunde. Sie stürzte sich einfach vom Rand des Daches.

Ich fing sie mit den Armen auf, beugte die Knie und wirbelte sie herum, um den Aufprall für sie zu dämpfen.

„*Verdammt.*" Sie klang beeindruckt.

Es gefiel mir, wie sie mich ansah – als hätte ich etwas, wonach sie sich sehnte. Als wäre *ich* das, wonach sie sich sehnte.

„Was ist mit meinem Dach?", fragte sie.

„Ich kümmere mich später darum. Du kommst zuerst dran. Jetzt wirst du herausfinden, was passiert, wenn du mir einen Herzinfarkt bescherst." Ich trug sie zu meinem Haus und warf sie mir über die Schulter, als wir die Haustür erreichten, damit ich meine Schlüssel hervorkramen konnte.

„Was?", kreischte sie, als ich sie in die Luft warf, um ihre Position zu verändern. „Oh mein Gott. Wes, du bist ein *Tier.*"

„Ja, Honey, das bin ich." Ich betrat das Haus und trug sie ins Wohnzimmer, wo ich sie neben meinem Sofa auf ihre Füße stellte.

Da sie mit dem Kopf nach unten gehangen hatte, waren ihre Wangen herrlich rot geworden, wodurch ihre blauen Augen noch heller wirkten. Ihre Grübchen vertieften sich, als sie mich ansah, und ihr Atem ging schneller vor Aufregung.

„*Verdammt*, bis du schön." Ich kniff mit den Knöcheln von Zeige- und Mittelfinger durch das Top hindurch in ihre aufgerichtete Brustwarze. „Wie ich sehe, deutest du auf mich." Unsere Blicke trafen sich.

In ihren Augen tanzte Erregung.

„Dreh dich um, du Leichtsinnige." Ich ließ meinen Finger in der Luft kreisen. „Ich werde deinen Hintern rotfärben."

Sie zögerte. „Ähm, wo ist Remy?"

„Preschool." Ich wartete, denn ich wollte sicher sein, dass sie nach dieser Antwort wirklich ihr Einverständnis gab. Dass sie das hier wollte. Als sie sich langsam zum Sofa umdrehte, packte ich mit beiden Händen ihren weichen Po und drückte zu.

„Braves Mädchen", lobte ich und griff nach vorn, um ihre Shorts aufzuknöpfen. „Jetzt ziehen wir die erst einmal aus, damit ich meine Handabdrücke sehen kann, wenn ich dir den Hintern versohle."

Ihre Finger legten sich auf meine, also hielt ich wieder still und wartete auf ihre Einwilligung.

Keiner von uns bewegte sich einen Moment lang. „Zieh sie aus", raunte ich ihr ins Ohr und wartete darauf, dass sie gehorchte.

Sie tat es sofort wie das umwerfende, süße Mädel, das sie war. Sie öffnete ihre Jeans-Shorts und zog sie samt dem Höschen nach unten. Beide landeten auf dem Boden und Joy stieg aus dem Stoff heraus.

„So ist es recht, Honey. Genau so." Ich packte ihre Handgelenke und zog sie sanft hinter ihren Rücken. Anschließend drückte ich ihren Oberkörper über die dick gepolsterte Sofalehne, die das perfekte Polster für ihre Hüften war.

Ich drückte ihre Handgelenke in ihr Kreuz und nahm mir einen Moment Zeit, um ihren perfekten Hintern zu bewundern. Meine freie Hand ließ ich im Kreis über ihre Pobacken gleiten. Dann holte ich aus und versetzte ihr einen Hieb.

Ich hielt mich zurück, da sie ein Mensch war und ich ihr auf keinen Fall tatsächlich wehtun wollte.

Als sie keinen Laut von sich gab, schlug ich kräftiger zu, dieses Mal auf die andere Pobacke.

Jetzt keuchte sie. Ich behielt diese Intensität bei und verpasste jeder Backe jeweils ein halbes Dutzend Hiebe.

Es sollte nur ein wenig brennen und ihr keine Angst einjagen. Daraufhin rieb ich über ihr Hinterteil und ließ meine Finger zwischen ihre Beine gleiten.

„Du bist tropfnass, Honey." Ich fuhr mit den Fingern durch ihren Nektar und kostete davon. „Ich liebe es, wie du schmeckst."

Ich ließ ihre Handgelenke los und drehte sie zu mir herum. Sie griff nach meiner Gürtelschnalle und öffnete sie.

„Willst du wieder meinen Schwanz, Joy? Ich dachte, du brauchst vielleicht eine Pause, nach dem, wie du ihn letzte Nacht geritten hast."

Sie leckte sich über die Lippen und ging auf die Knie. „Mein Mund braucht keine Pause." Sie öffnete meine Hose.

„Oh, verdammt. *Verdammt.*" Ich legte meine Finger um ihren wirren Haarknoten. „Zur Hölle, ja, Honey." Ich half ihr, meine Erektion zu befreien.

Sie packte die Schwanzwurzel und öffnete ihre prallen Lippen, bevor sie die Zunge ausstreckte und meine Eichel daran entlanggleiten ließ.

Ich erbebte vor Lust.

„Fuck", murmelte ich. Sie bot einen herrlichen Anblick, während sie in nichts als dem kleinen Neckholder-Top zu meinen Füßen kniete und sich meine Handabdrücke rot auf ihrem Po abzeichneten.

Sie umkreiste meine Schwanzspitze mit der Zunge. Die Wärme ihres Mundes mischte sich mit der kühlenden Wirkung der Luft, was eine geniale Empfindung war. Als sie endlich die ganze Eichel in den Mund nahm, war ich kurz davor zu explodieren.

„Oh, Joy", stöhnte ich. „Du bringst mich um, Honey. Es ist zu gut."

Sie hob ihren Blick und lächelte mit meinem Schwanz in ihrem Mund, ehe sie ihn tiefer aufnahm.

Diese Frau war unglaublich. Nicht nur der Blowjob war fantastisch, sondern auch die Frau, die ihn mir gab. Dieser spontane, brillante Sonnenschein, der mich praktisch blendete.

Ich wollte mehr von ihr.

Nicht nur ihren Körper, sondern auch ihr Herz. Ihre

Seele. Ich wollte ihre Geheimnisse. Ich wollte herausfinden, was sie zum Lachen und was zum Weinen brachte.

Und etwas an diesem Gedanken – die Vorstellung, dass ich *alles* mit Joy haben könnte – machte die Vorstellung, sie *nicht* zu haben, plötzlich noch niederschmetternder.

Ich musste in dieser Situation nicht nur das Herz meines Kindes schützen.

Ich musste auch mein eigenes schützen.

Ich verdrängte all diese Gedanken und konzentrierte mich stattdessen auf die Wonne, die sie mir bereitete. Meine kühne, kluge Nachbarin nahm mich so tief auf, wie sie konnte. Sie saugte kräftig, wenn sie sich zurückzog, und summte, wenn sie mich wieder aufnahm.

Sie *vernichtete* mich.

„Fuck, Joy", murmelte ich. „Fuck."

Sie bewegte ihren Mund schneller über meinen Schwanz.

Ich packte ihren Dutt fester. „Honey, du treibst mich in den Wahnsinn." Mir stockte der Atem. „Du musst mir jetzt sagen, ob ich auf deinem Gesicht kommen soll, oder ob ich dich wieder über das Sofa beugen und hart ficken soll, weil du so ein ungezogenes Mädchen warst."

Das erregte sie. Sie löste sich von mir und hockte sich mit entspanntem Kiefer auf ihre Fersen. Ihre Finger wanderten zwischen ihre Beine, um sie zu stimulieren. Sie brauchte dort unten ein wenig Aufmerksamkeit.

Ich packte sie an den Ellenbogen, zog sie auf die Füße und drehte sie zum Sofa um.

„Oh, Gott", murmelte sie, als ich sie über die Lehne beugte.

„Willst du es richtig tief, Honey?"

„Ähm ..."

„Du kriegst es tief. Tief und hart." Ich schob ihre Pobacken auseinander und ging auf die Knie, um von ihrer süßen Pussy zu kosten. Sie war tropfnass – sogar noch feuchter als nach dem Spanking. Sie war definitiv bereit, mich aufzunehmen.

Dennoch nahm ich mir die Zeit, von ihr zu kosten und mir ihr Aroma einzuprägen. Ich liebte das leise Stöhnen, das sie von sich gab.

Ich richtete mich hinter ihr auf, fuhr mit meiner Schwanzspitze durch ihre Säfte und stupste sanft gegen ihren Eingang. Sie war bereit und feucht, sodass ich problemlos in sie glitt.

„Oh, Honey. Ich weiß gar nicht, was ich mehr liebe – deinen Mund oder deine herrlich feuchte Pussy."

Sie bog den Rücken durch und nahm mich tiefer auf.

„Mmm, braves Mädchen. Du willst jeden Zentimeter von mir, nicht wahr?"

Sie stöhnte zustimmend.

„So ein braves Mädchen." Ich ließ meine Finger um ihren Hals gleiten, wobei ich nicht zudrückte, sie aber locker festhielt. Dabei bewegte ich mich in ihr rein und raus. Ich zog ihren Oberkörper hoch, sodass ihr Rücken herrlich durchgebogen wurde.

Sie liebte es. Sie schrie auf und lief noch stärker aus.

„Ja, willst du wieder auf meinem Schwanz kommen, Honey?" Ich fand einen gleichmäßigen Rhythmus.

„Ja", stöhnte sie.

„Möchtest du, dass ich dich härter nehme?"

„Ja, bitte."

Ich rammte mich härter in sie, sodass meine Oberschenkel gegen ihren Hintern klatschten.

Sie stieß einen leisen Schrei aus.

„Gefällt es dir so, Honey? Oder war das zu hart?" Ich wiederholte die Bewegung.

„Das ist gut", stöhnte sie. „Das ist so gut."

Ich beschleunigte meine Geschwindigkeit und hämmerte mich jetzt in sie. Der Raum war erfüllt von dem Geräusch von Haut, die auf Haut klatschte, und ihre Erregung tropfte an meinen Eiern hinab. Mir wurde schwindlig vor Begehren.

Oh fuck. Das war nicht nur das Begehren, zu kommen. Meine Fangzähne waren leicht ausgefahren und mit Serum benetzt. Mein Wolf wollte sie markieren.

Falls ich noch irgendeinen Zweifel gehabt hatte, dass sie meine Gefährtin war, so verschwand dieser nun. Ein schneller Biss und sie wäre für immer die Meine.

Das konnte ich natürlich nicht tun, ohne dass sie es verstand. Ohne ihre Zustimmung. Und wie ich diese Zustimmung erhalten sollte, war ein Problem, von dem ich nicht so recht wusste, wie ich es angehen sollte.

Ich schloss meine Lippen um meine Zähne und atmete tief durch die Nase ein in dem Versuch, meinen Wolf zu zügeln.

Noch nicht.

Vielleicht niemals, erinnerte ich mich. Ich musste wachsam bleiben. Ich musste unsere Herzen – meines und Remys – schützen, bis ich sicher war, dass es funktionieren könnte.

„Bitte", bettelte Joy.

Oh, fuck. Meine Gefährtin bettelte? Sie brauchte es, dass ich sie befriedigte, und ich dachte darüber nach, mein Herz zu schützen. Was war ich doch für ein Arschloch!

Ich griff um sie herum und drückte die Spitze meines Zeigefingers auf ihren Kitzler.

„Komm erst, wenn ich es dir sage", knurrte ich ihr ins Ohr.

Sie schrie auf, als ich ihre empfindsamste Stelle berührte. „W-was? Warum?", heulte sie. Sie wollte unbedingt kommen.

„Weil ich hier das Sagen habe. Wenn ich dir sage, es ist Zeit, dann kommst du auf meinem Schwanz. So heftig, wie du noch nie in deinem Leben gekommen bist. Verstanden?"

Sie nickte hektisch.

Ich fickte sie hart und tippte mit dem Finger auf ihren Kitzler. „Auf die Plätze ..."

Meine Hoden zogen sich zusammen. Ich wollte ebenso dringend kommen wie Joy. „Fertig ..."

„Bitte!", heulte sie.

13

JOY

I<small>CH</small> <small>SCHRIE</small>, weil es sich so fantastisch anfühlte. Dieser Orgasmus war kein kleiner, der kurz durch mich bebte, sondern erschütterte meinen ganzen Körper, nein er war *welt*erschütternd.

Wahrscheinlich hatte mich sogar der Nachbar auf der anderen Seite meines Hauses gehört. Meine Hüften zuckten und meine inneren Muskeln verkrampften sich immer wieder um Wes' Schwanz, wodurch ihm noch mehr Sperma abgepresst wurde.

Er knurrte und ich spürte, wie er mich mit einem Strahl nach dem anderen füllte, bis mir das Sperma an den Schenkeln hinablief.

Er streichelte langsam über meinen Kitzler und ich kam noch einmal – mein Becken und meine inneren

Muskeln zuckten erneut. Dieses Mal schrie ich nicht, sondern wimmerte.

Er drängte sich an mich, drückte mich fester gegen die Sofalehne und vergoss noch mehr von seiner Essenz.

Ich war fix und fertig und vergrub meine Stirn in dem weichen Sofakissen.

„Rühr dich nicht vom Fleck, Honey. Ich bin gleich wieder da", versprach er.

Mein Gesicht war zur Seite gedreht, sodass ich beobachten konnte, wie Wes seinen Schwanz einpackte und ins Bad ging. Er kam mit einem feuchten Waschlappen zurück und wischte meine Pussy und meine Innenschenkel ab.

„Fuck", knurrte er.

Er schien in letzter Zeit oft zu knurren, wobei ich nicht wusste, was dieses Mal der Grund dafür war.

„Was ist?", fragte ich und richtete mich auf.

Wes half mir auf die Beine.

„Ich muss wieder zur Arbeit."

„Okay."

Der Mann war schwer, zu durchschauen. Stand er auf mich? Wollte er nur Sex? Es war schwer, zu wissen, wo man bei einem Mann weniger Worte stand, der wie ein mürrischer Bär wirkte, wenn er sprach.

Doch ich wusste, dass er ein guter Kerl war.

Und das nicht nur im Bett.

Er hatte mich letzte Nacht gerettet – und er hatte echte Angst um mich gehabt, als er mich auf dem Dach gefunden hatte. Er hatte keine Sekunde gezögert, zu mir zu kommen.

„Wenn ich die Plane jetzt spanne, steigst du dann

wieder auf das Dach?" Er deutete in die Richtung meines Hauses.

Ich wandte ihm den Rücken zu und streckte meinen Hintern raus. Ich musterte meine Kehrseite und meinte: „Ich glaube, diese Handabdrücke sind Antwort genug."

Er strich mit den Fingern über eine brennende Stelle. „Das stimmt. Wenn du noch einmal da raufgehst, bestrafe ich beim nächsten Mal deinen Arsch von innen."

Mein Verstand setzte für einen Moment aus. Meinte er …

Ach du Scheiße.

„Ich werde nicht noch einmal auf das Dach gehen."

Seine Mundwinkel verzogen sich zu einem angedeuteten Lächeln. Ich hätte zu gern gewusst, was nötig war, um ihm ein richtiges Grinsen zu entlocken. „Dir gefällt die Vorstellung, dass ich dir etwas in den Hintern stecke, sei es ein Finger, ein Analplug oder mein Schwanz."

„Das stimmt nicht!", stammelte ich.

„Tja, nun, du läufst bis zu deinen Brüsten rot an und deine Nippel sind hart. Dein Körper lügt nicht, Honey."

„Ich … ich werde nicht aufs Dach gehen."

„Braves Mädchen. Ich bringe jetzt die Plane am Dach an, bevor ich zur Arbeit zurückfahre. Du hast gesagt, die Leute von der Versicherung kommen erst in ein paar Tagen?"

Ich nickte. „Ja. Wegen des Gewitters haben sie eine Menge Schadensmeldungen bekommen. Deshalb wollte ich jetzt alles abdecken. Ich weiß nicht, wie lange es dauert, bis die eigentlichen Reparaturarbeiten beginnen."

Wes runzelte die Stirn und rieb sich über den Bart, sein für ihn typisches mürrisches Gesicht war zurück. „Du wirst hier wohnen, bis alles repariert ist."

Hier?

Er war so herrisch. Er hatte es nicht einmal als Frage formuliert, sondern als Befehl.

Ich liebte es.

Da ich meine depressive Mutter bemuttern musste, war es schön, zur Abwechslung mal jemanden zu haben, der das Kommando übernahm. Der sich um mich kümmerte.

Dennoch wollte ich niemandem zur Last fallen. „Aber …"

Er unterbrach mich. „Du schläfst auf keinen Fall nebenan mit einer Plane über der Seite deines Hauses und einer zweiten über dem Dach. Das hält weder Leute noch Viecher ab."

Ich öffnete den Mund zu einer Antwort, klappte ihn jedoch wieder zu. Sein Argument mit den *Viechern* überzeugte mich und das wusste er auch.

„Na schön."

Ich sah wieder den Schatten eines Lächelns auf seinem Gesicht. „Hast du mehr Angst vor einem Waschbären oder einem Bösewicht in deinem Haus?"

„Eindeutig vor einem Waschbären."

Seine Lippen bogen sich höher. Das war fast ein Lächeln.

Ich betrachtete das als Sieg.

14

WES

Iᴄʜ ʜᴏʟᴛᴇ Remy von der Preschool ab und wir fuhren zu einem Drive-in, wo wir Hamburger und Pommes kauften, bevor wir zum Baumarkt gingen und Sperrholz besorgten.

Obwohl es auf der Ranch eine Menge Arbeit zu erledigen gab, trafen sich Johnny und Colton mit mir bei Joys Haus, um vorübergehend das klaffende Loch in ihrem Fenster zu vernageln.

Ich hatte die Plane über das Loch im Dach gespannt, sie würde das Haus jedoch nicht einmal eine Nacht lang schützen können. Ich musste etwas Stabileres bauen, um ihr Haus wetterfest zu machen und ihre Habseligkeiten zu schützen.

Das Schicksal allein wusste, wie lange es dauern würde, bis ihre Versicherung das Dach reparierte, wenn der Gutachter sich erst in ein paar Tagen blicken lassen würde.

Mir war inzwischen klar, dass ich vom Sex benommen gewesen und von meinem Beschützerinstinkt beherrscht worden war, als ich sie informiert hatte, dass sie bei mir wohnen würde. Da hatte mein Wolf aus mir gesprochen.

Es lief nämlich direkt meinem Plan zuwider, Remy vor Joys Ausstrahlung zu schützen.

Wenn ich nicht wollte, dass Remy dachte, sie würde eine Mommy bekommen, warum zur Hölle hatte ich Joy in mein Haus eingeladen?

Aber ich konnte das schaffen. Joy würde hier wohnen, solange ihr Haus repariert wurde, nicht weil ich mit ihr zusammen war. Ich tat ihr einen Gefallen als guter Nachbar. Wir halfen einander aus. So musste ich es Remy erklären.

Es lag nicht daran, dass wir miteinander gevögelt hatten. Oder daran, dass ich es noch einmal tun wollte. Und noch einmal.

„Kann ich dir helfen, Joys Fenster zu reparieren, Daddy?", fragte Remy, als ich in Joys Einfahrt bog.

Ich löste ihren Sicherheitsgurt und ließ sie allein aussteigen. „Du kannst mich beaufsichtigen", antwortete ich. Ich hatte vor langer Zeit gelernt, dass es viel einfacher war, einem Kind zu sagen, was es tun *konnte*, anstatt, was es nicht tun konnte.

„Du willst, dass ich dir sage, wie du es machen musst?" Remy zog ihre kleine Nase kraus.

Ich gab dieser mit dem Finger einen Stups. „Du musst

dich auf unsere Veranda stellen und uns sagen, ob wir alle Löcher abgedeckt haben oder nicht. Das ist wichtig, denn wir wollen nichts übersehen. Okay?"

„Okay." Sie sah enttäuscht aus.

„Außerdem kannst du für die Jungs Bier aus dem Kühlschrank holen. Das wäre eine große Hilfe."

Remy strahlte und rannte los. „Okay, ich hole das Bier!" Sie rannte zur Haustür und schlug mehrmals mit der Hand dagegen, als würde sie sich dadurch auf magische Weise öffnen.

Unterdessen war Joy aus ihrer geöffneten Garage gekommen, wahrscheinlich um zu schauen, warum ich in ihrer Einfahrt und nicht in meiner geparkt hatte.

Ich betrachtete das freistehende Gebäude. Sie benutzte es nicht für ihr Auto. Die Garage war ein Kunststudio. Auf einer Seite befand sich eine Töpferscheibe und hinten in der Ecke war ein Brennofen. Regale mit schlichten, weißen Töpferwaren standen an einer Wand. Die Regale an der anderen Wand enthielten die fertigen Stücke. Schöne Vasen, Schalen, Tassen und Teller in bunten Farben reihten sich ordentlich aneinander.

„Zum Glück hat der Baum nicht die Garage getroffen", brummte ich.

Joys Augen wurden groß und ein breites Lächeln erhellte ihr Gesicht. „Das habe ich auch gesagt! Ich hatte wohl Glück im Unglück."

Ich legte den Kopf schief und dachte über diese Logik nach. Ich gehörte zu den Leuten, für die ein Glas halb leer war, weshalb ich nur den Schaden an ihrem Haus sah. „Ich würde da nicht von Glück reden", grummelte ich. „Du hättest sterben können."

„Daddy! Mach die Tür auf!", rief Remy von unserem Haus herüber.

„Komm und hol den Schlüssel", entgegnete ich. Sie würde die Tür wahrscheinlich nicht mit dem Schlüssel öffnen können, doch ich war dafür, ein Kind erwachsene Dinge ausprobieren zu lassen. Auf jeden Fall würde es sie ein paar Minuten beschäftigen.

„Oh, ich weiß nicht. Ich würde schon sagen, dass ich großes Glück hatte." Bei der Anspielung in Joys Ton wurde meine Schwanz umgehend hart.

„Hör zu ... was das angeht und dass du bei uns übernachten wirst ..." Ich rieb mir über den Nacken.

Remy kam angerannt und ich gab ihr den Schlüssel für die Haustür. „Hi, Joy!", grüßte sie. „Ich werde alles beaufsichtigen und Bier holen!" Sie rannte weg, da sie größeres Interesse an ihrer Aufgabe als an ihrer Nachbarin hatte. Bei mir verhielt es sich umgekehrt. Ich war wegen der Arbeit hier, meine Aufmerksamkeit galt allerdings Joy.

„Ich muss nicht bei dir übernachten." Joy wedelte mit einer Hand durch die Luft, als würde das meine Bedenken zerstreuen. „Ich habe kein Problem damit, hier unter der Plane zu campieren, selbst wenn da Waschbären sind." Sie strahlte mich an und ich nahm ihr diese Fröhlichkeit tatsächlich ab.

Diese Frau konnte sogar aus einem Berg Zitronen Limonade machen. Selbst wenn sie glaubte, dass ich sie gerade wieder ausgeladen hatte.

„Nein, nein. So meinte ich das nicht." Ich senkte meine Stimme. „Ich möchte nicht, dass Remy erfährt ..." Ich sprach nicht weiter, sondern schluckte. Zum Teufel. Ich musste unverblümt mit ihr sprechen, weshalb ich ihr in die blauen Augen blickte. „Dass ich an dir Interesse habe. Ich möchte nicht, dass sie das durcheinanderbringt, verstehst du?"

Joys Gesicht nahm sanfte Züge an. „Natürlich. Das verstehe ich vollkommen. Ich werde nur die Nachbarin sein, die auf dem Sofa übernachtet. Ich meine, wenn es dir wirklich nichts ausmacht, dass ich bei euch schlafe."

„Es macht mir nichts aus", entgegnete ich etwas zu schnell. „Wolken ziehen auf und du wirst auf keinen Fall in deinem Haus bleiben, wenn es noch ein Unwetter gibt."

Mein Wolf brauchte sie unter meinem Dach. Ich würde nicht schlafen können, wenn ich befürchten musste, dass sie es nicht bequem hatte und in Gefahr war.

„Also du bist ... an mir *interessiert*?" Ihre Grübchen zuckten, als sie schelmisch grinste. Beim Schicksal, sie war niedlich.

Ich runzelte die Stirn. „Ich würde meinen, dass es sehr offensichtlich ist."

„Nun, ich wusste nicht, ob es nur um Sex geht. Was auch okay wäre." Sie zuckte mit den Achseln. „Ich meine, ich bin diejenige, die sich quasi auf dich gestürzt hat."

Und wieder versuchte sie, das Beste aus einer Situation zu machen. Es war, als hätte sie gelernt, von anderen nicht zu viel zu erwarten, um nicht enttäuscht zu werden. Ich kannte das Gefühl, aber mich machte es absolut mürrisch, wohingegen es sie fröhlich machte.

Unsere Gemüter waren so unterschiedlich, wie sie nur sein konnten.

Ich räusperte mich und nahm meinen Cowboyhut ab, um mir über die Stirn zu reiben. „Fuck, Joy. Ich, äh ...“ Beim Schicksal, ich war nicht gut in so etwas. „Um ehrlich zu sein, war ich seit Remys Geburt kaum auf Dates, nun, streng genommen auf gar keinem.“ Jemals. Ich hatte nur bei den Mondläufen Sex, bei denen schon vorher klar war, dass der Sex keine Bedeutung hatte. „Sie hat all meine Aufmerksamkeit gebraucht. Aber ich bin definitiv an dir interessiert. Ich muss nur ... vorsichtig sein. Wegen Remy.“

Fuck. Ich hörte mich wie ein Feigling an.

War ich ein Feigling? *Ja. Denn du hast gesagt, dass du sie als Babysitterin wolltest.* Vollidiot.

Sie nickte verstehend. „Natürlich. Wir können uns im Schutz der Dunkelheit ins Zimmer des anderen schleichen oder so.“ Joy schenkte mir erneut ein breites Grinsen.

Ich spürte, wie etwas Fremdes meine Kehle hinaufschoss. Ein Glucksen. Oder der Anfang von einem. Es zog meine Mundwinkel nach oben. Ihr Lächeln war beinahe ansteckend.

Ihr Vorschlag bedeutete allerdings, dass sie nach wie vor nur an heimlichen Sex dachte. Ich musste sie dazu bringen, sich zu verlieben. In mich. Was schwierig werden würde, da ich nur wusste, wie ich sie ficken musste.

„Also, ich dachte eher an ein Date, allerdings habe ich keinen Babysitter.“ Alles war so verdammt kompliziert mit einem Kind. Und ein Date? Ich war nie auf einem gewesen. Was zur Hölle wusste ich schon darüber? „Vielleicht könnte ihre Preschool-Lehrerin Riley auf sie aufpassen."

„Codys neue Frau? Sie ist toll."

Johnnys Truck fuhr vor und er und Colton sprangen heraus. „Hey, Jungs!" Joy winkte ihnen zu und ich hätte den beiden am liebsten in die Fresse geschlagen.

Als ich die beiden um Hilfe gebeten hatte, hatte ich nicht bedacht, wie mein Wolf reagieren würde.

Wie ein besitzergreifender Mistkerl, der ihnen die Augen ausstechen wollte, wenn sie Joy in den sexy Shorts auch nur ansahen. Wenn sie Joy anlächelten, würde ich beide umbringen müssen.

Da ich die beiden mochte, war das ein verdammtes Problem.

Joy ging bereits auf sie zu, um sie zu begrüßen. „Was macht ihr beiden denn hier?"

Ich schoss vor, um mich zwischen die drei zu schieben. Auf keinen Fall würden sie sich die Hand geben oder noch schlimmer ... umarmen. „Ich habe sie gebeten, mir zu helfen, deine Wand abzudichten, damit es heute Nacht nicht reinregnet. Aber eigentlich brauche ich ihre Hilfe gar nicht", prahlte ich und sah meine beiden Freunde finster an. „Ihr könnt wieder zur Ranch zurückfahren."

Colton nahm seinen Hut ab und blickte von mir zu Joy. Vielleicht war es meine Verpisst-euch-Haltung. Vielleicht war es das Knurren in meiner Stimme. Vielleicht hatte er das selbst durchgemacht und verstand die Gefühle, die ich gerade empfand, denn er fragte: „Ist das so?"

„Ja. Macht euch vom Acker." Ich deutete auf ihren Truck. „Ich komme klar."

Ein Lächeln umspielte seine Lippen. Ich wollte ihm in seine süffisante Visage hauen.

Zum Glück blieb Johnny ruhig. Ich konnte es mit zwei Gestaltwandlern gleichzeitig aufnehmen, vor allem wenn meine Gefährtin bedroht wurde, doch trotz meiner Besessenheit wusste ich, dass das eine schlechte Idee war.

„Hey ihr! Hier ist euer Bier!" Remy kam mit drei Bierflaschen im Arm aus dem Haus gerannt. Ich hatte nicht einmal mitbekommen, dass sie es geschafft hatte, die Tür aufzuschließen. Ich hatte überhaupt nicht auf sie geachtet und das machte mich zu einem beschissenen Dad.

Natürlich entglitt ihr eine Flasche, fiel auf den Bürgersteig und zerbrach. Bier spritzte schäumend heraus.

Remy blickte entsetzt nach unten und brach in Tränen aus.

„Beweg dich nicht", rief ich, denn sie war barfuß und vor ihr lagen Glasscherben.

Sie war zwar ein Gestaltwandler-Welpe und heilte schnell, aber ich wollte nicht, dass sie sich verletzte. Erst recht nicht, weil das *mehr* Tränen bedeuten würde.

Natürlich wurde ihr Weinen bei meinem lauten Schrei zu einem ausgewachsenen Heulen.

Ich lief zu ihr und hob sie hoch. Joy war direkt neben mir.

„Sieh dir nur den ganzen Schaum an!", rief Joy, als hätte Remy ein wissenschaftliches Experiment gemacht und

wäre nicht wegen eines Missgeschicks in Tränen ausge-
brochen.

Remy hörte auf, zu weinen, und starrte sie an.

Joys volle Lippen dehnten sich zu einem breiten
Lächeln. Sie deutete auf den Schaum auf dem Gehweg und
ihre Augen leuchteten auf. „Ist das nicht fantastisch?"

Remy war nicht sicher, ob sie das glauben sollte.

Joy zwinkerte ihr zu. „Als ich klein war, habe ich gerne
Dosen mit Sprudelwasser geschüttelt, bevor ich sie geöffnet
habe, um zu beobachten, wie alles rausspritzte. Hast du das
schon mal gemacht?"

Remy schüttelte langsam den Kopf.

Joy nahm ihr die beiden anderen Bierflaschen ab und
stellte sie auf den Boden, bevor sie die Arme nach Remy
ausstreckte. „Komm. Ich habe eine Dose Sprudelwasser
mit Traubengeschmack in meinem Haus. Probieren wir es
aus."

Und damit war das Problem gelöst. Remy griff nach Joy,
die ihre Hand nahm, und die beiden verschwanden in Joys
Haus. Ich stand da und starrte ihren Rücken nach,
während Johnny und Colton mich anstarrten.

„Verpisst euch", knurrte ich, als sie zu mir kamen.

„Wie lange weißt du es schon?", fragte Colton.

„Ich sagte, *verpisst euch*", blaffte ich.

„Was weiß er? Ohhhh." Johnny brauchte etwas länger,
bis er es verstand. Er deutete mit dem Daumen auf Joys
Haus, während ich mich hinhockte, um die Scherben
aufzusammeln. „Sie ist seine Gefährtin? Ich dachte, er

würde sich einfach nur wie üblich wie ein Arsch aufführen."

„Sie ist eindeutig seine nicht markierte Gefährtin", antwortete Colton. „Warum würde er uns sonst um Hilfe bitten und dann versuchen, uns zu töten, wenn wir uns ihr auf zwei Meter nähern?"

„Ich habe es heute Morgen rausgefunden", gab ich grummelnd zu. „Letzte Nacht war ich zu aufgebracht, weil sie beinahe von dem Baum erschlagen worden wäre."

Johnny grinste. „Habt ihr beide ..."

Ich stand auf und machte drohend einen Schritt auf ihn zu. „Ich bringe dich um, wenn du sie noch einmal erwähnst."

Johnny lachte, wich zurück und hob abwehrend die Hände.

„Lasst uns den Baum von dem Haus wegräumen", sagte Colton. „Wir werden nicht einmal mit ihr reden."

„Gut."

„*Du* hingegen solltest das tun", riet er mir und blickte über seine Schulter.

„Ernsthaft? Verpiss dich." Ich stürmte in mein Haus, um die Scherben zu entsorgen und einen Besen zu holen.

Als ich zurückkam, waren Johnny und Colton auf Joys Dach und hoben den umgestürzten Baum vom Haus.

Ich sah mich schnell um. Wenn Menschen das mitbekamen, waren wir geliefert, denn sie wendeten dort oben viel zu viel Kraft an. Andererseits gab es keine einfache Methode, so zu tun, als würde man einen Baum von einem

Haus heben. Mit ihren Gestaltwandler-Fähigkeiten konnten sie es schnell und mühelos erledigen. Wir mussten nicht auf die elend langsamen Handwerker warten.

„Ist unten alles frei?", fragte Colton, während sie den riesigen Baumstamm hielten.

„Ja. Werft ihn hierher." Ich stand unten und konnte den Baumstamm notfalls in eine andere Richtung schubsen. Dass die beiden den Baumstamm von Joys Dach hoben und auf meines warfen, war das Letzte, was wir brauchten.

Die beiden fingen an, den Stamm zu schwingen. „Auf drei. Und aufgepasst ... eins ..." Sie schwangen ihn in meine Richtung, dann zurück. „Zwei ... drei!" Sie hievten den Stamm vom Dach.

Ich ließ ihn sicher zwischen die beiden Häuser fallen, wo er in mehrere Teile zerbrach, die besser zu handhaben waren.

Auf Joys Terrasse war ein schrilles, freudiges Kreischen von Remy und das Zischen einer geöffneten Sprudeldose zu hören.

Alles in mir wurde ganz weich.

Joy war bei meiner Kleinen, genau wie an dem Tag, als ich sie kennengelernt hatte, und bespaßte sie mit Leichtigkeit. Sie wurden Freundinnen und redeten miteinander.

Colton und Johnny sprangen vom Dach, ohne die Leiter zu benutzen. Sie sollten tagsüber wirklich vorsichtiger sein.

„Sie kann gut mit der Kleinen umgehen, hm?", fragte Colton, der die Mädels ebenfalls gehört hatte.

Ich bemühte mich, den emotionalen Aufruhr in meiner

Brust zu verbergen. Meine Kehle war wie zugeschnürt. „Ja. Sieht so aus."

„Natürlich kann sie das. Das Schicksal hat sie schließlich für dich ausgesucht." Johnny klopfte mir auf die Schulter. Es ergab Sinn, dass er das verstand, denn Emma, seine Gefährtin, war ein eineiiger Zwilling. Und obwohl sie ihrer Schwester wie ein Ei dem anderen glich und sie sogar die gleiche DNA hatten, hatte er seine Gefährtin erkannt.

Ich konnte nichts sagen. In meinem Kopf wirbelten Argumente, warum es nicht funktionieren konnte. Außerdem plagten mich die Fragen, wie ich Joy dazu bringen sollte, sich in mich zu verlieben, und was ich tun sollte, wenn Remy verletzt wurde. Doch ich wollte nichts davon mit den Idioten besprechen. Ich machte ein finsteres Gesicht.

„Aw, schau mal", gluckste Johnny. „Selbst eine Gefährtin zu haben, macht Wes mürrisch." Er sprang schnell zurück für den Fall, dass ich nach ihm schlagen würde.

Coltons Handy klingelte und er fischte es aus seiner Hosentasche. „Ja?" Er blickte zum Himmel hoch. „Geht klar. Wir sind in einer halben Stunde zurück."

Er legte auf. „Das war Rob. Er braucht uns auf der Ranch. Wir müssen die Rinder über den Bach treiben, bevor er wieder übers Ufer tritt, wenn es noch mehr regnet."

Scheiße. Die Ranch. Ich hatte mich auf meine Mädels konzentriert anstatt auf meinen Job. Aber die Wolf Ranch bezahlte meine Rechnungen und Rob war mein Alpha.

Wenn er wollte, dass wir die Rinder über einen Bach trieben, dann taten wir das.

Ich fuhr mir mit einer Hand über den Nacken. „Scheiße, er wird sauer sein, dass wir uns in der Stadt herumtreiben, obwohl es so viel zu tun gibt."

Colton lachte. „Nein, nicht wenn er den Grund dafür erfährt."

Dass ich meine Gefährtin gefunden hatte. Dass sie ein Mensch war.

„Komm schon", sagte er und klopfte mir auf die Schulter. „Lass uns das Sperrholz aus dem Truck holen und die Wand vernageln."

Ich stand da und sah meinen Freunden widerwillig zu – einerseits war ich dankbar, dass sie hier waren und mir halfen, andererseits wollte ich sie immer noch umbringen, weil sie sich in Joys Nähe aufhielten. Beide hatten ihre eigenen vom Schicksal vorherbestimmten Gefährtinnen, weshalb sie keinerlei Interesse an ihr hatten, dennoch konnte ich den Drang nicht abschütteln.

„Daddy! Der Traubensprudel hatte auch ganz viele Blasen. Und er schmeckt lecker!" Remy kam mit der Dose in der Hand angerannt.

Ihr Mund hatte einen lilafarbenen Rand.

„Das sehe ich", erwiderte ich.

Joy folgte ihr in einem etwas gemächlicheren Tempo.

„Kannst du dir dein Gesicht und deine Hände waschen? Wir fahren nämlich mit Mr. Johnny und Mr. Colton zurück zur Ranch."

Ich war mir nicht sicher, wie das funktionieren würde, aber mir würde schon etwas einfallen.

Ich sah Joy an. „Der Bach ist letzte Nacht nach dem Unwetter über die Ufer getreten. Die Rinder sitzen auf der falschen Seite fest. Der Wasserpegel ist mittlerweile gesunken und wir können sie über den Bach treiben, aber es wird bald wieder regnen und wir müssen das erledigen, bevor ..."

Joy hob die Hand. „Das verstehe ich. Dein Job hat keine festen Arbeitszeiten. Wie wäre es, wenn ich für dich auf Remy aufpasse?"

Ich starrte sie an. Blinzelte. Das war genau das, was ich von ihr gewollt hatte, als wir uns das erste Mal begegnet waren. Nur das. Dass sie unsere Babysitterin wurde. Und jetzt? Sie bot freiwillig an, bei Remy zu bleiben, und es fühlte sich nicht an, als wäre sie *nur* eine Babysitterin.

Sie war meine Gefährtin, die bei meinem Welpen blieb. Das war eine große Sache. Ich vertraute ihr natürlich mit Remy, aber es wäre das erste Mal, dass die beiden miteinander allein wären. Würde Remy sich dadurch zu sehr an sie gewöhnen und dann schlimmer verletzt werden?

Johnny schlug mir auf den Rücken und riss mich aus meinen Gedanken.

„Im Ernst?"

Sie lächelte ... und mein Wolf streckte stolz die Brust raus.

„Natürlich. Kein Problem. Ich werde eine Weile in meiner Werkstatt arbeiten und sie kann währenddessen selbst ein kleines Projekt anfangen. Dann können wir zusammen essen und uns einen Film ansehen."

„Darf ich? Darf ich?" Remy zog an meinem Arm und hüpfte auf und ab. „Ein Film mit Joy! Darf ich, Daddy?"

Das waren meine Bedenken. Joy war zu sympathisch. Mir blieb jedoch keine andere Wahl. Nicht nur, weil ich auf die Ranch musste, sondern auch, weil mein Wolf mir sagte, ich sollte mich zusammenreißen und meine Gefährtin meinen Welpen hüten lassen. Denn es war genau das, was sie tun sollte.

Sie sollte mit Remy in unserem Haus sein, auf sie aufpassen und sie lieben.

„Ähm, okay. Klar. Wir sollten unsere Handynummern austauschen für den Fall, dass du mich erreichen musst. Und ihr geht nicht in dein Haus."

Sie nickte. „Wir werden nicht in mein Haus gehen. Geht klar."

„Juhu!", quietschte Remy.

Ja, es war wahr.

Es lief blöd für mich. Anstatt dass ich Joy kennenlernte, damit sie sich in mich verliebte, übernahm das Remy.

Ich hatte mich nicht mehr so überfordert gefühlt, seit Soraya mich mit einem drei Wochen alten Welpen und keinerlei Erziehungskompetenzen allein gelassen hatte.

Doch ich hatte das mit Remy hingekriegt. Oder wir waren zumindest zurechtgekommen.

Vielleicht würde mir das bei Joy auch gelingen?

Das Schicksal wusste, sie war es wert.

15

JOY

REMY WAR SO BRAV, dass es beinahe unnatürlich wirkte. Sie war süß, hörte auf mich und hatte gute Manieren. Sie tat, was ich sagte, während wir in meiner Werkstatt waren und ich zwei Vasen fertigstellte. Unterdessen machte sie eine kleine Tonskulptur ihres Pferdes, bis sie sich mit einem der Werkzeuge in ihren kleinen Finger schnitt. Sie weinte wegen des Schnitts. Ich wickelte ein Papiertaschentuch um die Verletzung und trug sie in Wes' Haus. Im Bad suchte ich nach einem Pflaster und konnte keines finden. Ich sah mir den kleinen Schnitt noch einmal an und er war … verschwunden.

Genauso wie Remys Tränen. Da wir schon im Bad waren, überlegte ich mir, dass es an der Zeit wäre, sie zu baden, anstatt weiter an dem Tonpferd zu arbeiten. So konnte ich mich vergewissern, dass der Schnitt wirklich verschwunden war – oder hatte es ihn überhaupt gegeben? – oder zumindest gesäubert wurde. Sie veranstaltete einen kleinen Aufstand, aber ich lockte sie damit, dass sie die Rasiercreme ihres Vaters benutzen durfte. Da er einen Bart hatte, ging ich davon aus, dass es ihn nicht stören würde, wenn wir die Creme benutzten. Ich verteilte einen Teil davon auf den Fliesen, damit Remy die Creme verschmieren und damit spielen konnte. Natürlich wollte sie das Bad dann gar nicht mehr verlassen.

Nach vielem Drängen und Locken war das müde Kind endlich im Pyjama und auf dem Sofa. Sie hatte auf den Film mit der Prinzessin bestanden, die angeblich so aussah wie ich.

Sobald ich mich neben sie gesetzt hatte, klingelte es an der Tür.

Da es nicht mein Haus war, wusste ich nicht, mit wem ich rechnen sollte. Wes wäre einfach ins Haus gekommen.

„Wer könnte das sein?", fragte ich Remy, die sich an mich gekuschelt hatte.

Sie zuckte mit den Achseln und schaute weiter fernsehen. Woher sollte sie das wissen? Sie war vier Jahre alt.

Es hatte noch nicht zu regnen begonnen, der Abendhimmel hing jedoch voller schwerer, dunkler Wolken und der Wind hatte zugelegt.

Ich blickte durch ein Fenster, bevor ich die Tür öffnete. Das war ein wenig lächerlich, da kein Bösewicht dort stehen würde mit einem Schild, auf dem stand: *Ich bin gefährlich.*

Auf der Veranda stand eine Frau.

Eine sehr hübsche Frau. Unnatürlich hübsch. Rabenschwarzes Haar. Weit auseinander stehende grüne Augen. Volle Lippen. Sie war groß, schlank, aber kurvig. Ich war sehr neidisch.

„Hi, kann ich dir helfen?"

Wohingegen ich die Frau innerhalb von drei Sekunden kurz eingeschätzt hatte, musterte sie mich von oben bis unten, als würde sie eine Kuh bei einer Auktion bewerten. Sie betrachtete meinen unordentlichen Dutt, das ungeschminkte Gesicht, mein altes T-Shirt, die abgeschnittene, ausgefranste Jeans und die nackten Füße.

Jeder Zentimeter von mir wurde inspiziert. Dann schnupperte sie.

Gott, stank ich? Es war ein warmer Tag und ich hatte mit Ton gearbeitet, allerdings glaubte ich nicht, dass ich so stank, wie ihre gekräuselte Nase vermuten ließ.

„Ich will zu Wes." Sie lehnte sich zur Seite, um an mir vorbei ins Haus zu blicken.

Ich drehte den Kopf und sah Remy auf dem Sofa sitzen. Sie war ganz in den Film vertieft. „Tut mir leid, er ist gerade nicht da."

„Er ist nicht da? Und wer bist du?", fragte sie.

„Ich bin Joy. Bist du eine Freundin von Wes?"

Sie lachte und legte sich eine Hand auf die Brust. Sie hatte sogar hübsch manikürte Finger. „Eine Freundin? Oh, Schätzchen, ich würde sagen, wir sind mehr als nur Freunde."

Ich runzelte die Stirn. Waren die beiden zusammen? Wollte sie das damit andeuten?

„Ok-*ay*." Ich zog das Wort in die Länge.

„Er hat Remington mit dir allein gelassen?"

Remington? Das war anscheinend Remys ganzer Name. Niedlich. Ich hatte Wes den Namen jedoch nie sagen hören.

Was wollte sie? War sie eine Ex-Freundin? Eine abgewiesene Geliebte? Ich kannte sie nicht aus Cooper Valley, sie könnte jedoch neu in der Gegend sein.

„Ähm, ja."

Remy drehte den Kopf, als ihr Name fiel. Der Film war zu Ende, weshalb das kleine Mädchen vom Sofa kletterte und zu mir kam. „Hi. Kennst du mich?", fragte Remy in dem unschuldigen Ton eines Kindes.

Die Frau streckte die Hand aus und wuschelte Remy durch die Haare, was diese nicht zu mögen schien, denn sie wich zurück und lehnte sich an mein Bein. „Ja, Remington. Ich kenne dich schon seit deiner Geburt."

Remy zuckte mit den Achseln. „Ich erinnere mich nicht."

Vielleicht war ich eifersüchtig. Wenn das eine Ex- oder Möchtegern-Geliebte von Wes war, hasste ich sie jetzt schon. Sie hatte eine negative Ausstrahlung und ich wollte, dass sie verschwand. „Tja, es ist schon spät und Remy muss jetzt ins Bett."

Die Frau schnupperte noch einmal und sah mich kalt an. „Sag Wes, dass Soraya da war. Er hat meine Nummer." Sie sah Remy an. „Gute Nacht, Rem-Rem." Ihr süßlicher

Ton sorgte nur dafür, dass sich Remy noch stärker an mich drückte.

„Ich heiße Remy", verkündete sie von ihrer Position hinter meinem Bein.

Soraya drehte sich um und ging.

„Das war seltsam", murmelte ich, schloss die Tür und verriegelte sie.

Remy gähnte. „Ich mochte sie nicht." Sie klang nüchtern. „Auch wenn sie eine Wölfin ist."

Eine Wölfin! Wie süß. Ich mochte ihre kindliche Fantasie. Diese Frau *hatte* tatsächlich wie ein Raubtier gewirkt. Und sie hatte lange Fingernägel gehabt.

„Ich auch nicht", stimmte ich zu. „Komm, ich sehe, dass du gähnst. Ich lese dir vor dem Einschlafen noch eine Geschichte vor."

„Okay." Remy führte mich zu ihrem Schlafzimmer. Sie suchte ein Buch über Meerjungfrauen aus und schlüpfte unter die Bettdecke.

Ich setzte mich neben sie auf das Bett und fing an, ihr vorzulesen. Remys Lider wurden schwer und sie gähnte wieder. Ich gab meiner Stimme einen leisen und beruhigenden Klang. Als die Geschichte zu Ende war, bewegte ich mich nicht. Remy befand sich bereits im Halbschlaf und hatte sich an mich gekuschelt. Ich klappte das Buch leise zu und sie seufzte, während ihr kleiner Körper immer schwerer wurde.

Ihr Atem wurde langsamer.

Verdammt, sie war niedlich. Ich beugte mich vor und küsste sie auf den Kopf.

Aus Angst, mich zu früh zu bewegen und sie wieder aufzuwecken, blieb ich noch zehn Minuten sitzen und genoss es, dass ein winziger Mensch an mich gelehnt schlief. Der Moment war so kostbar, wie ich es noch nie erlebt hatte, und meine Brust verkrampfte sich leicht.

Ich hatte immer Kinder gewollt.

Ich wusste nicht, wohin diese Sache mit Wes führen würde, aber es schreckte mich nicht ab, dass er ein Kind hatte und es die beiden nur im Doppelpack gab. Alleinerziehende Väter waren kein Hinderungsgrund für mich. Wenn überhaupt, machte es Wes attraktiver. Ich liebte es, ihn im Daddy-Modus zu beobachten und zu sehen, wie seine ruppige Schale weicher wurde, wenn er mit Remy sprach. Ich mochte auch, dass sie der Mittelpunkt seines Lebens war.

Ich wusste, dass er dadurch weniger Aufmerksamkeit für mich hatte, doch das störte mich nicht. Er war mit seinen Kumpels bei meinem Haus aufgetaucht, um es zu reparieren, obwohl es auf der Ranch viel zu tun gab und er sich bereits Zeit genommen hatte, um mich zu ähm ... *bestrafen.*

Und was für eine heiße Bestrafung das gewesen war!

Ich hörte das Geräusch seines Trucks, der in die Garage fuhr, und mein Herzschlag beschleunigte sich. Es war, als wäre mein Körper bereits darauf konditioniert, erregt zu werden, sobald Wes in der Nähe war.

Ich löste mich behutsam von Remy, um ihn zu begrüßen.

Wes kam durch die Tür und raubte mir den Atem. Er

war die Verkörperung eines muskulösen, männlichen Ranchers und ich fand es unglaublich sexy, dass er körperlich schwere Arbeit verrichtete.

Ich lächelte und ging auf ihn zu. „Wie ist es gelaufen?"

Er nahm seinen Hut ab und stapfte in seinen Cowboystiefeln zu mir. Seine Hände legten sich auf meine Hüften. „Okay. Wie ist es hier gelaufen?"

„Super. Sie ist vor etwa einer Viertelstunde eingeschlafen. Aber du hattest Besuch."

Er zog die Brauen zusammen. „Besuch?", fragte er ratlos. „Wen?"

Ich zuckte mit den Achseln. „Jemand namens Soraya."

Die Farbe wich ihm aus dem Gesicht. „Soraya. *Fuck.*"

„Was?", fragte ich und war sofort alarmiert, weil er so wüst geflucht hatte. „Wer ist sie?"

Er rieb sich mit einer Hand über das stoppelige Kinn und sah auf einmal erschöpft aus. „Sie ist Remys Mutter."

16

WES

DAS BLUT GEFROR mir in den Adern.

Joy streckte die Arme nach mir aus. Ich hatte meine Hände auf ihr Hüften gelegt, bevor sie mir von Soraya erzählt hatte, und jetzt ahmte sie diese Geste nach, berührte mich an der Taille und sah besorgt zu mir auf.

Sie war der einzige Grund, aus dem ich keine Möbelstücke gegen die Wand schleuderte.

„Fuck", wiederholte ich. Mein Wolf lief knurrend hin und her. Er war sehr unglücklich, dass die Wölfin vorbeigekommen war.

„Ihre Mutter? Remy hat sie nicht einmal erkannt." Joys Stimme klang schockiert.

Ich blickte in ihre großen blauen Augen. Ein Teil von

mir wollte ausrasten, der andere fühlte sich von der Anwesenheit dieses Weibchens besänftigt.

Was Sinn ergab.

Sie war meine Gefährtin.

Im Gegensatz zu Soraya, die nichts weiter gewesen war als eine schnelle Nummer bei einem Vollmondlauf – dem Gestaltwandler-Äquivalent zu einem betrunkenen One-Night-Stand.

Ich strich mit den Fingerrücken über ihre Wange und wollte das Wohlbehagen aufsaugen, das sie ausstrahlte. Oder das sie in mir auslöste.

Es war, als wäre ihre Nähe für mich heilend.

Der brodelnde Zorn, den ich in mir trug, seit Soraya ihren wenige Wochen alten Welpen im Stich gelassen hatte, wurde von der Berührung dieses sanften Weibchens besänftigt. Von ihrem Mitgefühl.

Ich war nicht der Typ, der viel von sich selbst erzählte. Ich behielt alles für mich. Ich teilte kaum etwas mit irgendjemandem, aber Joy war meine Gefährtin. Sie verdiente die Wahrheit über meine Vergangenheit. „Sie ist wenige Wochen nach Remys Geburt abgehauen. Sie kam nicht damit klar, Mutter zu sein."

„Oh, Mist." Joy sah zu mir auf. „Arme Remy. Und du Armer. Das ist furchtbar."

„Es war wirklich übel. Nicht, weil sie mir das Herz brach, zur Hölle nein, sondern weil sie aufgab." Ich fuhr mit einer Hand über mein Gesicht, da ich wusste, dass ich verschwitzt und dreckig vom Viehtrieb war. Meine anstrengende Arbeit war jedoch nichts im Vergleich zu den ersten

Monaten mit Remy. „Ich wusste nicht das Geringste darüber, wie man für ein Neugeborenes sorgt. Ich war Rodeoreiter. Ich hatte dummerweise angenommen, mein Job würde für Soraya und den Welpen sorgen können."

„Der Welpe?" Joys Lippen verzogen sich und sie sah mich fragend an.

Scheiße. *Scheiße.* „Ich meine, das Baby. Habe ich Welpe gesagt?" Ich schüttelte den Kopf. „Fuck, es war ein langer Tag."

„Das war es." Sie nahm meine Hand und führte mich zum Sofa. Sie brachte mich erneut vollkommen aus dem Konzept, als sie mir die Cowboystiefel auszog.

Das war irgendwie intimer als der Sex, den wir gehabt hatten. Intimer als das heiße Spanking, das ich ihr am Nachmittag gegeben hatte. Intimer als alles, was wir bisher getan hatten. Es war eine simple Geste. Ruhig. Ich mochte die Vorstellung, zu ihr nach Hause zu kommen. Dass sie sich um mich kümmerte. Es war sexy und freundlich zugleich.

Es war etwas, was eine echte Partnerin tun würde. Jemand, mit dem man seit Jahren zusammen war und mit dem man ein gewisses Maß an Vertrautheit und gegenseitiger Fürsorge erreicht hatte.

Ich blinzelte angesichts der Emotionen, die plötzlich in mir aufwallten – eine Mischung aus Sehnsucht und Dankbarkeit.

Ich konnte sie bloß voller Begehren und Bewunderung anstarren. Voller Verlangen und mit dem Bedürfnis nach einer tiefen Verbindung. Ich atmete tief durch und genoss ihren vertrauten Geruch. Ich würde ihn – und sie – überall wiedererkennen.

Ich packte sie an der Taille und zog sie auf meinen Schoß. „Das war so verdammt süß", knurrte ich an ihrem Hals, damit sie nicht sah, wie viel mir das bedeutet hatte.

Sie schlang ihre Arme um meinen Nacken, fuhr mit den Fingern durch meine Haare und verwuschelte sie dort ein wenig, wo der Hut sie plattgedrückt hatte.

„Vorsicht, Honey, ich stinke", warnte ich.

Sie lachte. „So wie Soraya an mir geschnuppert hat, rieche ich wohl auch ziemlich übel."

Ich erstarrte. Fuck. Soraya wusste, dass Joy ein Mensch war. Spielte das eine Rolle? Ich hatte keine Ahnung, warum sie vorbeigekommen war, vermutete jedoch, dass ich es bald erfahren würde. Ihr Besuch war keine einmalige Sache. Sie würde wiederkommen, davon war ich überzeugt.

„Dann war sie kein Teil von Remys Leben?", fragte Joy. „Hast du das alleinige Sorgerecht?"

„Sorgerecht ... Scheiße. Ich habe keinerlei Dokumente. Ich meine, sie ist abgehauen und ich habe mein Bestes gegeben."

„Und sie ist nie wieder aufgetaucht?"

Hier war die dunkle Wahrheit, für die Joy mich vielleicht verurteilen würde. Menschen glaubten an Dinge wie gemeinsames Sorgerecht und so einen Unsinn.

„Ich, äh, ich habe mit dem Rodeo aufgehört, jedoch gehört, dass sie in unsere Heimatstadt zurückgezogen ist.

Deshalb habe ich lieber einen Job hier auf der Wolf Ranch angenommen."

„Ich mache dir keinen Vorwurf, dass du auf diese Weise Grenzen gesetzt hast", sagte Joy sofort. „Ich meine, das Letzte, was du willst, ist, dass Remy sich an sie gewöhnt und sie Remy wieder sitzenlässt. Ein Neugeborenes ist eine Sache; die erinnern sich nicht. Aber eine Vierjährige wird das nicht vergessen."

Erleichterung durchströmte mich. „Genau. Ich bin so froh, dass du das verstehst."

„Dann hat sie Remy nicht mehr gesehen, seit sie abgehauen ist?"

Ich schüttelte den Kopf. „Nein. Wie gesagt, wir sind von einem Rodeo zum nächsten gezogen. Wir sind durch Montana gekommen und Boyd Wolf – ein alter Kumpel von Rodeo – hat uns besucht. Als er sah, dass ein Kind mit mir reiste, hat er mir einen Job auf der Wolf Ranch angeboten. Damals war ich dankbar für die Gelegenheit, mich von unserer Heimatstadt und ihr fernhalten zu können. Außerdem hoffte ich, dass sie mich hier nicht so leicht finden würde. Uns. Sie ist abgehauen. Sie hat ihre Wahl getroffen."

„Was denkst du, was sie nun will?", fragte Joy.

Ich presste die Kiefer zusammen und hielt Joy fester. Ich wollte mir die Kleider vom Leib reißen, mich verwandeln und laufen gehen. Ich wollte Soraya aufspüren und sie zum Reden zwingen. Doch ich würde meine Mädels nicht alleinlassen. Nicht jetzt. Auf keinen Fall. „Remy natürlich. Sie ist wegen Remy hier. Die Frage ist, warum?"

„Könnte sie deinetwegen wiedergekommen sein?" An der Art, wie Joy sich bei dieser Frage anspannte, erkannte ich, dass ich diesen Teil von Anfang an hätte klarstellen müssen.

„Wir waren nie zusammen. Es war keine Liebe im Spiel. Wir waren kein Paar." Ich versuchte, es auf jede erdenkliche Art zu erklären, damit sie verstand, dass es für sie keine Konkurrenz gab. „Es war ein One-Night-Stand, bevor ich zum Rodeo zurückkehrte. Ich wusste nicht einmal, dass sie schwanger war, bis ich sechs Monate später zurückkam. Sie hat es mir nie erzählt. Zur Hölle, wir hatten nicht einmal Telefonnummern ausgetauscht. Als ich davon erfuhr, versuchte ich, das Richtige zu tun, indem ich ein anständiges Haus mietete und sie bei mir einziehen ließ. Ich kaufte alles Nötige für das Baby und machte das Haus kindersicher. Doch machte sie sich bei der erstbesten Gelegenheit aus dem Staub." Ich legte meine Hand auf Joys Wange. „Wir waren kein Paar. Niemals, Honey. Ich kenne dich erst seit zwei Tagen und empfinde mehr für dich, als ich jemals für diese W..." Ich hielt mich gerade noch davon ab, *Wölfin* zu sagen.

„Dieses Weib empfunden habe."

Joy zog lachend die Augenbrauen hoch. „Weib?"

Ich zuckte mit den Achseln. „Ich wollte sie vor dir kein Miststück nennen."

Sie lachte und etwas von dem Zorn über Sorayas unerwartetes Erscheinen löste sich in mir auf.

„Ich mag dein Lachen."

Sie wurde leiser, ihr breites Lächeln blieb jedoch, als sie meine Lippen berührte. „Ich möchte deines hören."

Meine Mundwinkel zuckten. „Das würde womöglich mein Gesicht zerstören", wiederholte ich die Bemerkung, mit der mich die Kerle auf der Ranch ständig aufzogen. Sie hatten schon oft gesagt, ich hätte ein „resting bitch face".

Wieder lachte sie. „Ich bin bereit, das Risiko einzugehen."

Verdammt. Sie brachte mich tatsächlich zum Lächeln. Und es tat nicht einmal weh.

Nein, es fühlte sich gut an. Seltsam, aber gut.

Sie neigte das Gesicht und küsste mich auf die Lippen. Ich hob sie an der Taille hoch, damit sie sich rittlings auf meinen Schoß setzen konnte und mir zugewandt war, bevor ich den Kuss erwiderte.

„Joy, ich möchte, dich kennenlernen. Ich möchte mit dir ausgehen. Deine Familie kennenlernen. *Und* dich um den Verstand ficken."

Sie grinste und öffnete ihr Neckholder-Top am Hals, sodass es nach unten fiel.

Mein Wolf war beim Anblick ihrer perfekten Brüste sofort hellwach und ich befürchtete, meine Augen würden glühen.

„Wie wäre es, wenn wir heute Abend damit anfangen?", fragte sie mit belegter Stimme.

Ich zog ihr Becken über meines. Mein Schwanz war bereits steif. „Da bin ich dabei."

17

WES

„Was denkt ihr, was wir heute finden werden?", fragte ich Johnny und Boyd, während ich die Decke auf Sunshines Rücken zurechtzog.

Sunshine. Ich musste an Joy denken. Ich hatte noch ihr Aroma auf der Zunge von unserem Schäferstündchen heute Morgen, bevor Remy aufgewacht war.

Wir waren im Stall der Wolf Ranch und sattelten unsere Pferde. Die morgendlichen Aufgaben waren erledigt und es war an der Zeit, zum westlichen Teil des Anwesens zu reiten, um nach Sturmschäden zu suchen. Der Bach hatte im Osten an mehreren Stellen einige Zaunpfähle weggeschwemmt – und eine paar Rinder isoliert, sodass wir in der anderen Richtung mit einer ähnlichen Situation rechneten. „Umgestürzte Bäume?"

„Hey, Johnny. Findest du, Wes sieht aus, als würde er lächeln?", fragte Boyd und hob den Sattel vom Halter.

Ich konnte spüren, wie mich Johnny musterte. „Ich glaube, du hast recht. Vielleicht hat es ihn von seiner mürrischen Art geheilt, seine Gefährtin zu finden."

„Wir haben immer nach dem Stock in seinem Arsch gesucht. Womöglich musste er nur flachgelegt werden."

„Ach, haltet die Fresse", knurrte ich, auch wenn ich nicht verhindern konnte, dass meine Mundwinkel nach oben zuckten.

„Das *ist* ein Lächeln", stellte Johnny fest, zeigte auf mich und grinste ebenfalls.

Boyd kam herüber und schlug mir auf die Schulter. „Freut mich für dich, Kumpel."

„Was freut dich für Wes?" Rob betrat die Scheune.

„Er hat seine Gefährtin gefunden. Die Nachbarin."

„Klingt ein bisschen wie bei dir, Bruder", sagte Boyd zu Rob. Robs Gefährtin war Willow, die, soweit ich das mitbekommen hatte, früher auf einer Ranch gelebt hatte, die direkt an seine grenzte.

Als Alpha war Rob schweigsamer als Boyd. Ruhiger. Er sprach selten, doch wenn er es tat, hörten alle zu. Und das lag nicht daran, dass er einen Alphabefehl benutzte. Er war aus gutem Grund zum Alpha gemacht worden.

„Ist das so?" Rob hakte seine Daumen in die Hosentaschen seiner Jeans.

„Ja. Joy Wallace."

„Sie töpfert, nicht wahr?", fragte Rob.

Ich nickte.

„Jemand hat uns eine ihrer Vasen zur Hochzeit geschenkt. Sie steht auf der Anrichte im Esszimmer."

„Wir sprachen gerade von seinem Lächeln", erzählte Boyd.

„Dann hast du sie wohl markiert. Glückwunsch." Jetzt lächelte sogar Rob.

Ich schüttelte den Kopf und tätschelte Sunshines weiche Nüstern. „Noch nicht. Ich habe sie erst vor zwei Tagen kennengelernt, als ich eingezogen bin. Eine menschliche vorherbestimmte Gefährtin ist schwierig."

Alle drei lachten zustimmend.

„Verdammt, denkst du, wir wissen das nicht?", fragte Boyd. „Ich musste wegen Audrey meine Heilungskräfte verlangsamen, nachdem mich ein Bulle auf seine Hörner gespießt hatte."

„Ich musste Emma erzählen, dass ich nicht nur ein Gestaltwandler, sondern auch ein Vollstrecker bin. Was für ein Spaß", fügte Johnny hinzu.

Rob knurrte: „Nun, erledige das möglichst bald." Was bedeutete: Sorge dafür, dass Joy sich in dich verliebt. Dass sie einverstanden ist, die Deine zu werden. Dass sie kein Problem damit hat, dass Remy und du Gestaltwandler seid, du sie beißen und markieren willst. Und, ach ja, bring sie dazu, sich in dich zu verlieben.

„Ich darf nichts überstürzen", erklärte ich. „Ich muss auch an Remy denken."

Rob lehnte sich an die Stallwand. „Was hast du denn für Bedenken? Mag Joy keine Kinder?"

Es schnürte mir die Kehle zu, als ich daran dachte, wie

süß sie mit Remy umging. „Nein, sie und Remy kommen glänzend miteinander aus. Aber was, wenn es nicht funktioniert? Ich will nicht, dass Remy verletzt wird."

Rob sah mich ernst an. „Wenn es nicht funktioniert, sind die Gefühle einer Vierjährigen dein kleinstes Problem."

Ich wurde sauer. „Inwiefern?", fragte ich.

Er zog die Augenbrauen hoch. „Mondwahnsinn."

Mondwahnsinn. Mist. Daran hatte ich gar nicht gedacht. Da ich kein Jungspund mehr war, war ich sogar anfälliger für den Wahnsinn. Ich war zwar nicht der Alpha meines Rudels, jedoch durch und durch ein Alpha – das war eine weitere Eigenschaft, die den Wahnsinn wahrscheinlicher machte, der einsetzte, wenn ein Wolf seine vom Schicksal vorherbestimmte Gefährtin nicht markierte.

„Hinzu kommt noch, dass wir alle ein Problem haben, wenn du ihr sagst, dass du ein Gestaltwandler bist, und sie dir den Laufpass gibt, anstatt sich markieren zu lassen", sagte Rob.

Ich fuhr mir mit einer Hand über den Nacken. „Scheiße. Und ich mache mir nur Sorgen, dass Joy *mich* nicht genug mögen könnte, um zu bleiben. Ich will nicht, dass Remy sich an sie gewöhnt und dann traurig ist, wenn Joy geht. Ihre Mutter hat ihr das angetan, aber zum Glück erinnert sie sich nicht daran."

Meine Kiefer spannten sich bei dem Gedanken an, dass Soraya gestern Abend unangekündigt aufgetaucht war. Ich musste herausfinden, was zur Hölle sie im Schilde führte.

„Wenn sie noch immer mit dir zu tun haben will,

nachdem du gestern so mürrisch warst, besteht Hoffnung."
Johnny zog den Sattelgurt etwas fester.

„Ich weiß. Ich muss sie dazu bringen, sich in mich zu verlieben. In mich *und* Remy. Denn Remy hat Vorrang. Falls Joy nicht die Richtige ist, irrt mein Wolf sich vielleicht darin, dass sie meine Gefährtin ist."

„Oder du wirst mondwahnsinnig und wir müssen dich töten", ergänzte Rob.

Colton schüttelte den Kopf. „Scheiße, und wer ist hier jetzt der Mürrische? Könnt ihr euch nicht für den armen Kerl freuen?"

Rob zuckte mit den Achseln. „Ich bin der Alpha. Ich muss an das Rudel denken. Sag Bescheid, wenn wir irgendwie helfen können."

„Um ehrlich zu sein ...", begann ich.

Ich bat nicht gern um Hilfe. Ich war ein einsamer Wolf, aber das Rudel der Wolf Ranch lehrte mich mehr über Vertrauen.

Die drei Männer starrten mich an.

„Remys Mutter ist aufgetaucht. Sie kam gestern Abend zu meinem Haus, als wir die Rinder über den Fluss getrieben haben."

„Will sie dich zurückhaben?", fragte Colton.

„Ich weiß nicht, was sie will. Soraya ist ... nun, sie ist ein Miststück, und sie hat ihr Kind im Stich gelassen."

Sie kannten meine Geschichte bereits, schüttelten jedoch trotzdem die Köpfe bei der Vorstellung, dass eine Mutter ihren eigenen Welpen im Stich ließ.

Ich zuckte mit den Achseln. „Sie ist mit Sicherheit nicht

meinetwegen da. Ein Fick bei Vollmond reicht dafür nicht aus. Sie ist nicht hier, weil sie mehr davon will, erst recht nicht nach vier Jahren."

„Sie ist wegen Remy hier", mutmaßte Rob.

Ich nickte. „Das nehme ich auch an. Aber warum jetzt?"

Rob sah zu Johnny und neigte sein Kinn. „Kümmre du dich darum. Finde so viel wie möglich über sie heraus, damit wir wissen, was sie vorhat. Ich nehme dein Pferd, während du damit anfängst."

Johnny war der neue Vollstrecker unseres Rudels. Als Rob seine Hilfe angeboten hatte, hatte ich an Babysitten oder so etwas gedacht. Aber das hier? Ich seufzte, denn es fühlte sich gut an, ein Rudel zu haben, das mir den Rücken freihielt. Ich war mit dieser Sache nicht allein.

Johnny nickte. „Wird erledigt, Alpha." Er sah mich an, lächelte ermutigend und verschwand aus dem Stall.

„Es wird vielleicht ein bisschen dauern, aber er wird herausfinden, was sie vorhat", versicherte Rob mir. „Wenn jemand aus meinem Rudel bedroht wird, will ich das wissen, auch wenn eine Wölfin die Gefahr darstellt."

Ich neigte den Kopf. „Danke."

Er sah mich an. „Deine Aufgabe ist nach wie vor, dafür zu sorgen, dass sich dein Mensch in dich verliebt. Die Alternativen sind nicht besonders gut."

Wie Colton gesagt hatte, wer war denn hier jetzt der Mürrische?

18

JOY

ES WAR SCHON DUNKEL, als ich endlich mit einem langen Seufzer unter den heißen Duschstrahl trat. Ich würde nach dem Duschen zu Wes gehen, wenn ich mich mehr wie ich selbst fühlte.

Ich senkte mein Kinn, schloss die Augen und ließ mir von der einzigen teuren Anschaffung, die ich mir beim Kauf des Hauses geleistet hatte – den luxuriösen Brausekopf –, das heiße Wasser auf den Rücken prasseln. Ich war gerade erst von einem Besuch bei meiner Mutter nach Hause gekommen und kämpfte gegen das Gefühl der Niedergeschlagenheit an.

Ich war niemand, der sagte, er hätte einen Scheißtag gehabt, aber ... wenn ich so jemand wäre, dann war dies so ein Tag. Definitiv.

Ich stöhnte laut und das Geräusch hallte von den Avocado-grünen Wänden wider.

Nein, ich sollte dankbar sein. Ich hatte den Tag mit Wes' Kopf zwischen meinen Beinen begonnen und würde ihn wahrscheinlich auch so beenden. Zu sagen, dass er eine sehr talentierte Zunge hatte, wäre eine Untertreibung. Vielleicht war ich unersättlich. Vielleicht war er einfach so gut, jedenfalls kam ich schnell. In Rekordzeit.

Ich hatte keinen Grund zur Klage.

Meine Situation könnte viel schlimmer sein. Ich könnte unter Depressionen leiden wie meine Mom.

Sie war heute extrem niedergeschlagen gewesen, weshalb ich zu ihr gegangen war. Sie war nicht in der Lage gewesen, eine neue Klimaanlage zu besorgen, was bedeutete, dass sie nicht gut schlief. Das wiederum bedeutete, dass sie sich nicht zusammenreißen konnte. Sie hatte in Erwägung gezogen, Clydes Einladung zu einem Date anzunehmen, was sie jedoch nervös gemacht hatte. Was, wenn er seine Meinung geändert hatte und sie zurückwies? All die üblichen Frauen-Gedanken waren ihr durch den Kopf gegangen.

Sie hatte sich auf der Arbeit krankgemeldet, weil sie nicht aus dem Bett gekommen war. Als ich sie besucht hatte, war sie in einer sehr schlechten Verfassung gewesen. Ich wusste nie, wann es so schlimm war, dass ich sie in ein Krankenhaus bringen sollte.

Sie hatte nie versucht, sich selbst zu verletzen. Daher musste ich mir wenigstens darüber keine Sorgen machen.

Doch sie war meine Mom und ich wollte, dass sie

glücklich war. Es war schwer, jemandem zuzusehen, der nicht einmal versuchte, etwas zu ändern.

Meine eigene schlechte Stimmung hatte sich noch mehr verdüstert, als der Versicherungsgutachter aufgetaucht war, um den Schaden zu begutachten. Bei ihm hatte es sich so angehört, als würde es Wochen dauern, bis ich überhaupt erfuhr, wie viel sie für die Reparatur zahlen würden. Ich könnte jemanden anheuern, der die Reparaturen schon früher erledigte, und würde die Kosten erstattet bekommen, allerdings konnte ich mir das nicht leisten.

Ich musste auf meine Idee zurückkommen, wieder ein paar Schichten bei Cody zu arbeiten, damit etwas mehr Geld in die Kasse kam. Das bedeutete, den ganzen Tag in meiner Werkstatt zu arbeiten und bis spät in die Nacht hinein Drinks auszuschenken.

Ich seufzte wieder, denn allein bei dem Gedanken wurde ich müde.

Das Positive. Denk an das Positive. Mein Geschäft lief großartig und die Rückschläge bekamen die Kunden gar nicht mit. Ich stellte Töpferwaren her. Die gingen kaputt. Es hätte so viel schlimmer kommen können. Ich hatte Glück, dass ich Cody kannte und schon mal für ihn gearbeitet hatte. Es wäre kein Problem für mich, wieder in der Kneipe zu arbeiten. Ich hatte Glück, in einer so kleinen Stadt einen Job zu haben, in dem ich je nach Bedarf arbeiten konnte.

Ich hatte Glück.

Oder?

Ich stieg aus der Dusche, wickelte ein Handtuch um

mich und ging ins Schlafzimmer, um mir etwas anzuziehen. Hier drin sah es immer noch furchtbar aus. Das Bett
lag auf der Seite und blockierte Teile meines Kleider-
schranks. Ich hatte den Schutt noch nicht einmal mit
einem Besen beseitigt, weil ich mir nicht sicher war, ob das
Dach in diesem Fall auf mich fallen würde. Es gab auch
kein Licht, weil die Decke heruntergekracht war und die
Lampe mitgerissen hatte, sodass mir nur das Licht vom
Flur geblieben war.

„Joy?" Der Klang von Wes' tiefer Stimme, die mich von
der Hintertür aus rief, erschreckte mich nicht. Eine Welle
aus Lust und Behaglichkeit durchfuhr mich. Als gehörte
Wes in mein Haus. In mein Leben.

„Ich bin im Schlafzimmer", rief ich.

„Das kann doch wohl nicht wahr sein!"

Ich lächelte über sein herrisches Knurren.

„Na ja, meine Kleidung ist hier drin. Ich kann ja
schlecht nackt herumlaufen, oder?"

Seine schweren Schritte kündigten ihn an. „Das ist
nicht sicher." Binnen weniger Sekunden kam er ins Schlafzimmer, packte mich an der Taille und wirbelte mich
herum, um mich in den Flur zu stellen. Mein Handtuch
löste sich und fiel im Türrahmen zu Boden.

„Fuck, Honey." Seine Augen schienen hellgrün zu
leuchten, als er mich böse ansah. Sein Blick wanderte zu
meinen Brüsten und er gab ein tiefes, animalisches
Knurren von sich. „Es ist definitiv nichts verkehrt daran,
nackt zu sein", murmelte er und bückte sich, um das Hand-

tuch aufzuheben. Dabei betrachtete er meinen Körper ausgiebig.

Ich kicherte und spürte, wie meine Brustwarzen hart wurden.

Nachdem er sich an mir sattgesehen hatte, wickelte er das Handtuch langsam, viel langsamer als nötig war, wieder um mich. „*Ich* werde deine Sachen dort rausholen. Fuck, es tut mir leid, dass ich gestern nicht daran gedacht habe. Wieso bist du überhaupt hier? Es ist nicht nur so, dass dein Dach einstürzen könnte, es hängen auch überall zerrissene Kabel herum. Du könntest einen Stromschlag kriegen."

Ein Teil der Niedergeschlagenheit breitete sich wieder in mir aus. Wes half mir nicht dabei, positiv zu bleiben.

Mein Haus war eine einzige Katastrophe und ich würde wochen- oder gar monatelang so leben müssen.

„Warum hast du nicht bei mir geduscht?", wollte er wissen.

Ich ließ die Schultern hängen. „Ich ... hatte einen harten Tag. Ich musste einfach ein Weilchen allein sein, um mich zu sammeln, bevor ich zu dir gehe."

„Sammeln?" Ehe ich wusste, wie mir geschah, hob Wes mich hoch, wobei er einen Arm unter meinen Hintern legte. Er drückte mich an die Wand im Flur und presste seinen Körper an mich, sodass sich unsere Nasenspitzen berührten und meine Füße ein Stück über dem Boden baumelten. Ich konnte seinen steifen Schwanz durch seine Jeans hindurch spüren. Er drückte ihn direkt an meine

Pussy. Ich wimmerte und ließ mein Becken kreisen. „Was soll das heißen?"

Ich seufzte. „Das bedeutet, dass ich dich oder Remy nicht mit meiner schlechten Laune oder meinem miesen Tag belasten wollte."

Er lachte schnaubend. „Du? Schlecht gelaunt? Ich dachte, ich bin derjenige, der immer schlechte Laune hat. Honey, du musst dich nicht meinetwegen zusammenreißen. Du musst deine schlechten Tage nicht vor mir verbergen. Und vor Remy auch nicht. Sie ist vier. Ich weiß, dass du sie schon bei einem Ausraster erlebt hast. Und ich, tja, ich schätze, ich habe ständig die erwachsene Version eines Ausrasters."

Meine Augen brannten. Verdammt. Ich wollte nicht heulen, auch wenn seine Worte lustig waren. Und stimmten.

Ich versuchte, ihn zu küssen und die aufkommenden Gefühle umzulenken, doch er hielt still und erwiderte den Kuss nicht.

Ich lehnte mich irritiert zurück.

„Ich werde dich um den Verstand vögeln, wenn du das wirklich brauchst, Joy, aber vielleicht musst du dich stattdessen einmal richtig ausheulen. Wenn das der Fall ist, möchte ich dich lieber in den Armen halten und dir zuhören."

Ein Schluchzen stieg in meiner Kehle auf. Ich *wollte* nicht heulen. Nicht einmal hier, inmitten der Katastrophe, die mein Haus aktuell war, obwohl es der ideale Ort war, um mich von meinen Gefühlen überwältigen zu lassen.

„Lass mich runter", krächzte ich.

Wes zog die Augenbrauen zusammen. Er stellte mich auf meine Füße, ließ mich allerdings nicht los. Ich gab ihm einen spielerisch Schubs gegen die Brust, damit er sich bewegte, denn ganz sicher wollte ich hier nicht herumstehen und mich so entblößt fühlen, während er mich anstarrte. Doch er bewegte sich keinen Zentimeter.

Gott, ich fühlte mich emotional entblößter als vor einer Minute, als das Handtuch zu Boden fiel und meinen Körper enthüllte.

„Wes", hauchte ich.

„Mir scheint", sagte er langsam und musterte mich, „dass du die Art Person bist, die sehr gut darin ist, andere zu unterstützen. Du bist fröhlich und warmherzig. Du bist der Sonnenschein mitten in einem Gewitter."

Ich blinzelte hektisch, aber die Tränen fielen trotzdem.

„Das liebe ich an dir", gab er zu.

Er liebte das an mir.

„Es ist allerdings auch okay, wenn du mal nicht okay bist."

Ich lehnte meine Stirn an seine breite, muskulöse Brust und fing nun an, richtig zu weinen. Er legte seine Arme um mich.

„Du musst nicht immer Limonade aus Zitronen machen. Manchmal sind die Dinge halt Scheiße. Oder sie gehen kaputt, so wie dein verdammtes Dach. Wir können uns gemeinsam unter die Bettdecke kuscheln, einander in den Armen halten und einfach gemeinsam den Schmerz aushalten. Solange das in meinem Bett stattfindet und nicht in deinem."

Oh mein Gott.

Ich verlor komplett die Fassung.

Ich schluchzte an Wes' Brust und wusste nicht einmal, woher all diese Emotionen kamen. Wahrscheinlich rührten sie daher, dass ich mein halbes Leben lang den Depressionen meiner Mutter mit Fröhlichkeit begegnet war.

Was würde passieren, wenn Mom mich weinen sah? Würde sie noch tiefer in einer ihrer depressiven Phasen versinken? Ich musste ihr immer zeigen, wie es aussah, wenn man fröhlich war.

Wes bewegte sich nicht, er streichelte nur mit seiner großen Hand meinen Rücken. Er war mein Fels und hielt mich in den Armen, während ich mir gestattete, alles rauszulassen.

Dann, weil es sich so unbeherrscht und gleichzeitig so gut anfühlte, zu weinen, fing ich trotz der Tränen an, zu kichern.

Wes zog mein Gesicht von seinem nun feuchten Hemd und blickte besorgt auf mich herab. „Lachst du etwa?"

„Ja. Nein. Ich glaube schon", antwortete ich lachend und weinend zugleich. „Das Weinen fühlt sich gut an, deshalb lache ich." Ich lachte heftiger, während mir die Tränen über die Wangen liefen.

Ein leises Lachen kam über seine Lippen.

„Du hast gelacht!", beschuldigte ich ihn und deutete mit dem Finger auf sein Gesicht. Sein Lächeln brachte mich so heftig zum Lachen, dass sich mein Magen verkrampfte. Ich krümmte mich und schlug ihm auf die Brust.

Er gluckste.

Ich lachte heftiger.

Dann befanden wir uns plötzlich auf dem Boden im Flur, ich lag in Wes' Schoß und lehnte mich in seine starken Arme. Ich wischte meine Tränen weg und lachte und weinte abwechselnd.

Wes gluckste, küsste mich auf den Kopf und wiederholte beides einige Male.

Schließlich lehnte ich mich erschöpft in seinen Armen zurück und seufzte.

Er streichelte meinen Arm. „Was ist heute passiert, Honey?"

„Es war eigentlich nichts. Es ist nur so, dass ich das Geld für die Reparaturarbeiten frühestens in einem Monat von der Versicherung bekommen werde und dann ist da noch ... meine Mom."

„Ist sie okay?"

„Ja. Ich meine, körperlich schon. Mental, geht es ihr schlecht. Seit der Scheidung von meinem Vater leidet sie unter Depressionen."

Wes grunzte. „War es eine schwierige Trennung?"

Ich nickte. „Schwierig ist gar kein Ausdruck. Es gab eine Schlammschlacht um das Sorgerecht, die sich über Jahre hinzog. Wahrscheinlich ging es vor allem darum, dass mein Dad keinen Unterhalt für mich zahlen wollte, und weniger darum, dass er mich wirklich bei sich haben wollte. Meine Mom kam mit all dem Stress nicht klar."

Wes küsste meine nackte Schulter. „Und du hast die Aufgabe übernommen, für sie gute Laune zu verbreiten."

Ich hielt inne. Hatte ich das getan? „Ja." Ich drehte den Kopf, um ihn anzusehen. „Du hast recht. Ich schätze, das habe ich getan."

„Psychologisch betrachtet ergibt das Sinn. Sie war deine Mom, die Person, auf die du als Kind angewiesen warst. Natürlich war ihr mentales Wohlergehen für dein eigenes Überleben total wichtig. So wurdest du zu Miss Sonnenschein."

Das brachte mich wieder zum Weinen, da sich Mitgefühl für mein jüngeres Selbst in mir ausbreitete. „Ja, Miss Toxische Positivität."

„Nicht toxisch", versicherte Wes mir. „Aber vielleicht meidest du unangenehme Emotionen, weil sie dir Angst machen."

Ich blinzelte heftig. „Ja." Erinnerungen an meine Mom, die ganz aufgelöst gewesen war, wenn ich krank oder traurig gewesen war, kamen mir in den Sinn. „Ich wollte sie nicht traurig machen. Und ich wollte auf keinen Fall so werden wie sie."

„Dann geht es ihr aktuell nicht gut?"

„Heute? Nein. Sie schläft nicht gut, was ihre Depression verschlimmert. Ich habe ihr Abendessen gebracht und versucht, sie aufzumuntern, aber ..." Ich seufzte.

„Wie kann ich helfen?"

„Hast du zufällig eine Klimaanlage übrig?", witzelte ich.

„Ehrlich gesagt, ja."

Ich hob ruckartig den Kopf. „Im Ernst?", fragte ich verblüfft.

Er grinste. Grinste wirklich. Es veränderte sein ganzes Gesicht und wärmte meine Brust. „Ja, auf der Ranch. Letzten Sommer gab es anscheinend eine Hitzeperiode und Johnny kaufte sich eine Fenster-Klimaanlage für sein Zimmer in der Wohnbaracke."

„Er benutzt sie nicht mehr?"

Wes schüttelte den Kopf. „Nein. Rob hat eine Klimaanlage installieren lassen. Ich bringe das andere Klimagerät morgen mit und wir können es deiner Mom geben. Ich baue es ein. Wie klingt das?"

„Das klingt fantastisch. Vielen Dank."

„Gut." Er hob mich von seinem Schoß und stand auf. „Und jetzt werde ich deine Kleider aus dem Schlafzimmer holen und du wirst deinen süßen Hintern zu meinem Haus schwingen. Und heute Nacht, wenn Remy im Bett ist, werde ich dich bestrafen, weil du dich wieder in Gefahr gebracht hast." Wes' Gesicht nahm wölfische Züge an.

Meine Pussy zog sich zusammen. Meine Brustwarzen richteten sich auf.

„Ach ja? An was für eine Bestrafung denkst du?" Ich legte ein Schnurren in meine Stimme.

„Die Art, bei der du am Ende einen roten Hintern und eine feuchte Pussy hast." Wes' Stimme war schroff und rau und schlug wie ein Blitz in meiner Mitte ein.

Mein Kitzler pulsierte langsam und stetig. Ich liebte es, wenn er so herrisch war. Ich liebte es, wenn er mürrisch war. Und ich liebte es, wenn er heldenhaft war und sich um mich kümmerte, wie es noch nie jemand getan hatte.

Es schien verrückt und viel zu früh zu sein, doch ich verliebte mich in den Kerl. Heftig.

Er drückte meinen Hintern grob und besitzergreifenden, bevor er mich küsste, als meinte er es ernst.

„Ich kann es kaum erwarten", hauchte ich, als er den Kuss beendete.

Seine Augen schienen in der Dunkelheit grün zu leuchten. „Fuck. Ich auch nicht."

19

WES

Am nächsten Abend brachten Remy, Joy und ich die Klimaanlage nach der Arbeit zum Haus von Joys Mutter.

Da wir uns angekündigt hatten, wartete Mrs. Wallace an der Haustür auf uns, als wir vorfuhren. Wenn Joy mir nicht gesagt hätte, dass sie in einer Depression steckte, hätte ich das nicht gemerkt. Sie und Joy sahen einander mit dem hellen Haar und den blauen Augen sehr ähnlich. Zwar wirkten die Augen von Mrs. Wallace nicht so lebhaft wie die ihrer Tochter, aber sie leuchteten eindeutig auf, als sie Remy erblickte.

Ich würde in Remys heiße Schokolade eine extragroße Portion Marshmallows tun, da sie sich vom ersten Moment an hervorragend mit *Miz Wall* verstand. Sie kaute ihr das

Ohr ab, erzählte alles über ihren Tag in der Preschool und schaffte es, die ältere Frau dazu zu bringen, Kekse zu backen.

Ich hatte ihr lediglich die Hand gegeben, nachdem Joy uns miteinander bekannt gemacht hatte, bevor ich die Klimaanlage an ihrem Schlafzimmerfenster installiert hatte.

Als ich sah, wie glücklich – ja, glücklich – alle drei waren, beschloss ich, die Frauen ihr Ding machen zu lassen, und machte mich auf den Heimweg.

Zum Glück hatte ich das getan.

Nur zehn Minuten nach meiner Rückkehr tauchte Soraya auf. Ich war mir nicht sicher, ob ihr Timing Absicht war oder nicht.

„Ich bin wegen Remington hier", verkündete sie, nachdem ich die Tür geöffnet hatte. Ich lehnte mich in den Türrahmen, da ich sie nicht ins Haus lassen würde, was ich mit dieser Geste sehr deutlich machte.

„Sie wird *Remy* genannt, was du wissen würdest, wenn du dich mal hättest blicken lassen."

Soraya legte eine Hand auf ihre Hüfte und ließ nieder-schlagen die Schultern hängen. „Ich will eine Mom für sie sein."

Ich hatte Soraya in all der Zeit nie gesehen. Sie hatte sich nicht verändert. Sie sah sogar gut aus. Glattes, dunkles Haar. Blasse Haut. Groß und schlank. Aber ich kannte ihr Herz. Ich kannte ihr Wesen, und das war hässlich.

„Tja, ich schätze, dann hättest du vor vier Jahren nicht einfach abhauen sollen", erwiderte ich.

„Ich weiß, ich hätte nicht fortgehen sollen. Ich hatte einfach Angst. Ich wusste nicht, wie man einen Welpen großzieht, und sie war so winzig und hilflos."

Beim Schicksal, ich erinnerte mich an die langen Nächte, in denen ich einen schreienden Säugling im Arm gehalten hatte, der nicht hatte schlafen wollen. Dabei hatte ich Soraya unablässig verflucht, weil sie uns verlassen hatte.

„Ich wusste auch nichts darüber", erwiderte ich. „Aber ich habe den kleinen Welpen nicht im Stich gelassen, dessen Leben von mir abhängig war."

„Ja, ich wusste, dass du besser darin sein würdest als ich. Ich ging davon aus, dass ich es vermasseln würde. Ich hatte mein Leben nicht im Griff. Doch ich habe mich jetzt zusammengerissen und will sie zurückhaben. Sie ist meine Tochter."

„Was ist die weibliche Variante eines Samenspenders? Leihmutter? Du warst nur eine Gebärmutter, in der sie heranwachsen konnte. Weiter nichts."

Brutal? Und ob.

Ich sah, wie sich ihr Gesicht verhärtete. Was auch immer sie mir vorhin vorgespielt hatte – dass, sie reumütig oder aufrichtig war – war nur das. Ein Spiel.

„Was willst du wirklich, Soraya?"

„Ich will Remy." Sie verschränkte die Arme vor der Brust. Der Unterschied zwischen Soraya und Joy war groß. Soraya strahlte Gier aus. Sie wollte Remy aus irgendeinem Grund und erwartete, sie zu bekommen. Ich dachte an das, was Joy mir über ihren Vater erzählt hatte, der um das

Sorgerecht für sie gekämpft hatte, nur damit er keinen Unterhalt hatte zahlen müssen. Wollte Soraya Remy möglicherweise, damit sie Unterhalt von mir verlangen konnte?

Sie irrte sich gewaltig, wenn sie glaubte, dass ich jemals mein Kind hergeben würde. Ich hatte ein Herz. Im Gegensatz zu ihr.

Sie war vorbeigekommen, als würde sie nur nach einer Tasse Zucker fragen, den ich ihr einfach geben würde, woraufhin sie gehen würde. Denn Zucker gab man nicht zurück.

Joy war eine Geberin. Sie gab und gab, bis sie leer war. Ich wusste, wie sie sich benahm, wenn das passierte. Es würde meine Aufgabe als ihr Gefährte sein, dafür zu sorgen, dass sie ihre Energiereserven auflud, wenn sie erschöpft waren, denn ihre Fröhlichkeit verlieh mir Energie.

Soraya hingegen? Sie war ein Blutsauger.

„Das kommt nicht infrage."

Sie zog eine Augenbraue hoch. „Ach ja? Das entscheidest nicht du."

„Das tue ich nicht? Bist du wahnsinnig? Sie ist meine Tochter seit der Sekunde, als du mir gesagt hast, sie wäre zu viel für dich und du bräuchtest Abstand. Sie ist mein Kind. Mein verdammtes Leben. Ich treffe *alle* Entscheidungen in Bezug auf sie."

Sie gab nicht nach, nicht im Mindesten. „Wenn der Rat erfährt, dass du mit einem Menschen zusammenwohnst, dann werden sie sie mir zusprechen."

Mir wurde kalt. Eiskalt. Ich wollte sie packen und würgen, aber das würde sie nicht töten. Sie drohte mir mit Joy.

„Ich kann sie an dir riechen." Sie verzog die Nase, als wäre es ein ekelhafter Geruch.

Ich liebte es, Joys Geruch überall an mir zu haben. Das beruhigte meinen Wolf.

Ich hob das Kinn an. „Scher dich zum Teufel, Soraya. Verzieh dich in das Loch, aus dem du gekrochen bist. Lass uns verdammt nochmal in Ruhe."

Sie machte einen Schritt auf mich zu und reckte das Kinn, sodass wir einander in die Augen sahen. „Ich werde eine Ratssitzung einberufen und der Rat wird sich auf meine Seite stellen."

„Tja, viel Glück dabei", knurrte ich, obwohl ich mir nicht sicher war.

Würde der Rat sich auf ihre Seite stellen? Traf er Entscheidungen im Sinne der Wölfinnen aufgrund ihrer Biologie? Wollten sie verhindern, dass Welpen in gemischten Familien aufwuchsen?

„Ich komme wieder." Soraya ging den Weg hinunter und warf ihr langes, dichtes Haar nach hinten.

Ich sah zu, wie sie in ihren Wagen stieg und die Straße hinunterfuhr. Dann holte ich mein Handy heraus und rief Johnny an.

„Hast du schon etwas herausgefunden?", fragte ich.

Johnny lachte. „Gleichfalls Hallo. Bist du wieder dein mürrisches Selbst? Sollte deine Gefährtin nicht …"

Ich schnitt ihm das Wort ab. „Soraya ist wieder vorbei-gekommen. Sie ist wegen Remy hier."

„Scheiße, Mann. Sorry. Ich checke schnell meine E-Mails, ob sich mein Kontakt in deinem alten Rudel gemeldet hat."

Ich ging ins Haus, schloss die Tür und lief auf und ab. Zum Glück waren die Mädels nicht da. Ich hätte momentan beiden eine Höllenangst gemacht. Fuck sei Dank, dass morgen Vollmond war und wir laufen gehen konnten.

„Bisher habe ich noch keine Nachricht erhalten."

Ich seufzte und rieb mir über die Stirn. „Scheiße."

„Falls es etwas gibt, finden wir es", versprach er.

„Es muss etwas geben. Die Frau ist wie Jekyll und Hyde. Sie gibt sich viel Mühe, nett zu sein, damit ich einfach nachgebe, doch wenn ich mich wehre, fährt sie die Krallen aus."

„Sie klingt spaßig", murmelte Johnny.

„Sie hat erwähnt, dass sie die Angelegenheit dem Rat melden wird."

„Von der Seite habe ich noch nichts gehört", sagte er. „Ich würde es wissen, denn du gehörst zu meinem Rudel und ich beschütze dich."

Johnny war im Vergleich zu mir noch ein Kind, aber es war seine Aufgabe, mich zu beschützen. Ich war dankbar dafür.

„Sag Bescheid, wenn du etwas hörst."

„Mache ich."

Jetzt musste ich abwarten. Ich versuchte, wie Joy zu sein und mich heiter zu fühlen, wusste allerdings schon nach zwei Sekunden, dass das nicht funktionieren würde.

Meine Ex war hinter Remy her. Ich würde nicht glücklich sein, bis diese verdammte Sache geklärt wurde.

20

JOY

ICH ERINNERTE MICH NICHT, wann ich meine Mutter zuletzt so ... fröhlich erlebt hatte.

Die kleine Remy setzte die Waffen einer Vierjährigen ein und bekam Kekse. Heiße Schokolade. Einen Prinzessinnenfilm. Eine spezielle Film-Decke – eine alte rosafarbene Decke, die meine Mom im Schrank gefunden hatte. Sie bekam sogar Apfelsaft mit zwei Maraschinokirschen darin.

Zu sagen, dass Remy verwöhnt wurde, wäre eine Untertreibung.

Zu sagen, dass es mir egal war, weil Mom jeden Moment genoss, wäre ebenfalls eine Untertreibung.

Mom lächelte.

Mom lachte.

Mom kuschelte.

Mom war die Mom, an die ich mich aus der Zeit erinnerte, als ich noch klein war.

Dachte ich, ihre Depressionen wären damit geheilt? Zur Hölle, nein.

Aber es war ein guter Tag und hoffentlich konnten sie und Remy wieder einmal Zeit miteinander verbringen. Als Wes uns abholte, musste er Remy zum Auto tragen, weil sie tief und fest schlief. Sie wachte auch nicht auf, als er sie daheim ins Bett legte und zudeckte.

„Was ist los?", fragte ich, nachdem er die Tür zum Kinderzimmer geschlossen hatte. Ich wusste, sein Schweigen im Auto hatte nichts damit zu tun gehabt, dass er seine Tochter nicht aufwecken wollte. Wenn sie ein Gewitter und das Krachen eines Baums verschlief, der auf mein Haus fiel, dann würden unsere Stimmen sie auch nicht aufwecken.

Nein, etwas stimmte nicht. Ich war seine mürrische Laune gewohnt, aber er strahlte Wut und Frust aus. Ich schlang meine Arme um ihn.

„Erzähl es mir", sprach ich in sein Hemd.

„Soraya war wieder da."

Ich lehnte mich zurück und blickte zu ihm auf.

„Was ist passiert?"

„Sie hat gesagt, dass sie Remy will. Ich habe ihr gesagt, dass sie sich verpissen soll."

„Hat sie gesagt warum?"

Er knirschte mit den Zähnen und schüttelte den Kopf.

Ich ergriff seine Hände. „Was machen wir jetzt?"

Ich hatte keine Ahnung von den Gesetzen bezüglich

des Sorgerechts, wusste jedoch, was für ein guter Vater er war. Wenn Soraya ihre eigene Tochter direkt nach der Geburt im Stich gelassen hatte, musste es dafür einen Präzedenzfall geben, der Wes das Sorgerecht zusprach. Dennoch war es beängstigend, dabei war Remy nicht einmal mein Kind.

Mir lagen die beiden am Herzen. Es schmerzte mich um Wes' willen und ich empfand stark für Remy, denn diese Frau hatte keinerlei mütterliche Instinkte.

Sein Mundwinkel hob sich. „Es gefällt mir, dass du ‚wir' gesagt hast."

Ich kletterte auf seinen Schoß und umfasste sein Gesicht. „Du hast mir geholfen, jetzt helfe ich dir."

Irgendwie.

„Wir müssen abwarten und sehen, was als Nächstes passiert. Und dann entsprechend reagieren."

Das war eine furchtbar vage Antwort, aber es gab tatsächlich nichts, zu tun, bis es etwas gab, worauf wir reagieren und antworten konnten.

Bis dahin hieß es abwarten. Ich musste Wes irgendwie beruhigen. Worte konnten ein wenig helfen, doch ich wusste, was ihn wirklich beruhigen würde. Als ich wegen des umgestürzten Baums erschüttert gewesen war, hatte er schließlich auch gewusst, was mich beruhigen würde.

Ich küsste ihn stürmisch.

Er erwiderte den Kuss und übernahm die Führung. Ja, er brauchte das. Ich würde ihm das geben.

Ich schaukelte mit dem Becken und meine Pussy rieb dabei wundervoll über den rauen Stoff seiner Jeans.

„Wes", flüsterte ich.

„Mein", knurrte er. Dann packte er mich an den Hüften und stand auf.

Ich schlang meine Beine um seine Taille, als er mich in sein Schlafzimmer trug. Wir würden einen Weg finden, mit Soraya fertigzuwerden. Gemeinsam.

21

JOY

AM NÄCHSTEN ABEND saß ich mal wieder auf der Wiese hinter dem Ranchhaus von Rob und Willow Wolf. Marina hatte mich eingeladen, Zeit mit den Frauen der Wolf Ranch zu verbringen, während die Männer Rinder auf eine andere Weide trieben.

Da mein Haus zumindest vorübergehend mehr oder weniger abbruchreif war und die Chance bestand, dass diese durchgeknallte Soraya wieder auftauchte, war ich begeistert, den Abend fern von Wes' Haus zu verbringen.

Remy war im Haus der Wolfs und sah sich mit Lily einen Film an. Sie war die Tochter von Clint, einem anderen Rancher.

Da ich mein ganzes Leben in Cooper Valley verbracht hatte, kannte ich die meisten Frauen hier, es war jedoch toll, sie besser kennenzulernen. Wir tranken Wein und ließen uns eine köstliche Auswahl an Häppchen schmecken. Anscheinend konnte Marina nicht nur gut backen. Es gefiel mir, in ihre Gruppe einbezogen zu werden. Auf der Ranch herrschte ein tolles Gemeinschaftsgefühl, nicht nur unter den Männern, sondern auch unter den Frauen. Zu meinem Glück schienen sie mich als Teil ihrer Gemeinschaft zu betrachten, seit ich angefangen hatte, Wes zu daten.

Ich fühlte mich geehrt.

Zu der Gruppe gehörten Marina, die ich liebte, und ihre Schwester Audrey, Boyd Wolfs Ehefrau und eine örtliche Gynäkologin. Dann war da noch Becky, die als Krankenschwester mit Audrey zusammenarbeitete. Das Kleinkind, Lily, war ihre Tochter.

Codys Frau Riley war hier, ebenso wie Emma, ein Neuankömmling aus Los Angeles, die mit Johnny zusammen war. Natalie besaß die Ranch neben der Wolf Ranch und die Letzte in unserer Runde war Charlie, die Tierärztin der Ranch.

„Wo ist Willow?", erkundigte ich mich nach Rob Wolfs Frau.

„Oh, sie hilft den Männern", antwortete Marina lachend.

„Finde ich gut." Ich steckte mir eine Olive in den Mund. Willow schien knallhart zu sein. Wenn ich es richtig verstanden hatte, hatte sie im Auftrag des FBI undercover auf Natalies Ranch gearbeitet, als sie Rob kennengelernt hatte. Irre!

Da kam Lily aus dem Haus gerannt und die Fliegengittertür fiel hinter ihr zu. „Mommy, ich will auch mit den Wölfen laufen!"

Einige der Frauen sahen in meine Richtung und lachten, während Becky das Kind auf ihren Schoß hob und mit ihm kuschelte.

„Sind wir *Die Wolfsfrauen*?" Ich erinnerte mich an das Buch, das vor Jahren mal auf dem Nachttisch meiner Mutter gelegen hatte.

Marina lachte auf. „Ich meine, das hier *ist* die Wolf Ranch, daher sollten wir alle Bezüge zu Wölfen herstellen, die wir finden können."

„Genau", stimmte ich zu und stand auf. „Ich sehe mal nach Remy", sagte ich, da sie nun allein im Haus war. Sie war zwar öfter als ich hier gewesen, denn sie verbrachte ihre Zeit hier, während Wes arbeitete, aber das Haus war groß und ich wusste, dass sie ein bisschen Angst vor der bösen Königin in dem Film hatte.

„Sie ist gegangen, um mit den Wölfen zu laufen", berichtete Lily und kuschelte sich an die Brust ihrer Mutter.

„Ach ja?", fragte ich fröhlich. „Tja, dann sollte ich das vielleicht auch tun." Ich ging zum Wohnzimmer, wo die Mädchen sich einen Film angeschaut hatten, doch Remy war nicht da.

Wo war sie?

Ich sah im Bad und in der Küche nach, aber da war sie auch nicht. „Remy?", rief ich.

Ein Hauch von Unbehagen breitete sich in mir aus.

„Remy?", schrie ich.

Jetzt verstand ich, warum Wes bei unserer ersten Begegnung so schlecht gelaunt gewesen war. Er hatte sich Sorgen gemacht, als er sein Mädchen nirgends hatte finden können. Natürlich hatte er das getan. Und jetzt, wo ich das gleiche Problem hatte, musste ich gegen die aufkommende Panik ankämpfen.

Ich lief rasch zurück zum Garten. „Lily, was hast du gesagt, wohin Remy gegangen ist?"

Lily deutete vom Haus weg. „Raus. Um mit den Wölfen zu laufen."

Raus. Okay.

Es gab wahrscheinlich keinen Grund zur Sorge. Die Ranch war sicher. Remy war bestimmt nur auf der Veranda vor dem Haus.

Das hoffte ich. Mein Puls raste trotzdem, als ich die Richtung änderte und wieder durch das Haus zur Eingangstür joggte – nur für den Fall, dass sie sich im Haus versteckt hatte.

„Remy?" Ich riss die Fliegengittertür auf und betrat die Veranda.

Remys winzige Kleidung war auf der Treppe verstreut.

Hä?

Becky war mir mit Lily auf dem Arm nach draußen gefolgt. „Hast du sie gefunden?"

„Nein, sie nicht, aber ihre Kleider." Ich deutete auf den kleinen Haufen.

„Hm", machte Becky.

„REMY!" Ich hob die Stimme und schrie in die kühle

Montana-Nacht. Es war Vollmond, sodass ich zumindest ein bisschen sehen konnte, während ich den Blick über die Landschaft schweifen ließ.

„Sie hat sich ausgezogen, um wie ein Wolf zu sein", erklärte Lily.

„Ohhh." Becky schien ihre Tochter besser zu verstehen als ich. „Wollte sie ihren Daddy suchen?"

Lily nickte mit ihrem blonden Kopf. „Ja. Sie ist in die Berge gelaufen."

Oh, Scheiße.

„Was?" Ich versuchte, ruhig zu sprechen, um Lily keine Angst einzujagen, aber jetzt machte ich mir ernsthaft Sorgen. „In die Berge?"

Remy war nackt in die Berge gerannt? Mist!

Beckys Stimme war so angespannt, wie ich mich fühlte. „Okay, weit kann sie noch nicht gekommen sein. Ich werde die anderen holen, dann teilen wir uns auf und suchen sie."

„Gut." Ich lief los, um mein Handy zu holen, damit ich es als Taschenlampe benutzen konnte. Unterdessen kamen die anderen Frauen von der Wiese hinter dem Haus.

„Ich sollte Wes anrufen", sagte ich und wählte seine Nummer.

„Ich, äh, glaube nicht, dass sie da draußen Empfang haben", sagte Audrey. „Wir sind für den Moment auf uns allein gestellt, aber wir werden sie finden. Sie kann nicht weit gekommen sein."

„Richtig. Lily ist ja gerade erst nach draußen gekommen", stimmte Becky zu und setzte ein nervöses Lächeln auf. „Wahrscheinlich gleich, nachdem Remy gegangen ist."

„Nein, ich habe mir den Film eine Weile angeschaut", erzählte Lily. „Sie ist gegangen, bevor die Mäuse angefangen haben, zu tanzen."

Ich kämpfte gegen die Panik an und rannte nach draußen. „REMY!"

„In welche Richtung ist sie gegangen, Lils?", fragte Becky ihre Tochter, wobei sie an meiner Seite blieb.

Ich wartete, bis das Kind in eine Richtung zeigte, dann gingen wir beide in diese Richtung los.

„Marina und ich gehen hier entlang", sagte Audrey und deutete nach rechts. „Riley, du gehst mit Emma dorthin." Sie deutete auf ein Gebiet links von Becky und mir.

„Ich werde ein Pferd nehmen", bot Charlie an. „Ich kann losreiten und versuchen, die Männer zu holen, damit sie sich an der Suche beteiligen."

„Ich komme mit dir", sagte Natalie.

Remy geht es gut. Remy geht es gut, redete ich mir selbst ein.

Genau so, wie sie vollkommen sicher gewesen war, als sie auf meiner Veranda gesessen und ein Eis gegessen hatte, als Wes sie am Tag ihres Einzugs nicht hatte finden können. In diesem Augenblick war sie wahrscheinlich vollkommen sicher.

Andererseits war sie nachts nackt in den Bergen unterwegs. Das Wetter war gut, in den letzten Nächten waren keine Gewitter vorhergesagt worden und es war warm. Aber es bestand die Möglichkeit, dass sie sich verirrte oder von einer Klapperschlange gebissen wurde oder …

Nein, ich musste damit aufhören.

Ich durfte nicht so denken. Wir würden sie finden.

Meine Brust zog sich vor Liebe für das Mädchen zusammen. Meine Augen wurden feucht bei der Erinnerung daran, wie sie an mich gelehnt eingeschlafen war, wie sie gestern Abend fröhlich mit meiner Mutter geplaudert hatte und wie sie mich jedes Mal stürmisch umarmte, wenn sie mich sah.

Allerdings gab es keinen Grund zum Weinen. Es ging ihr gut. Gut! Wir würden sie finden.

„Remy!", rief ich.

Ich hörte von rechts Audrey und Marina rufen, und Emma und Riley riefen zu unserer Linken. Das Geräusch von Pferdehufen war kurz zu hören, als Natalie und Charlie den Weg in die Berge nahmen.

„Remy?" Mein Herz schlug bis zum Hals und ich hatte einen Knoten im Bauch. Das Atmen fiel mir schwer. Je mehr Zeit verstrich, ohne dass wir sie fanden, desto mehr verlor ich die Fassung.

„Eine von uns hätte zurückbleiben sollen", realisierte ich und blieb einen Moment stehen. „Geh du zurück", sagte ich zu Becky, denn eine Zweijährige bei einer Nachtwanderung zu tragen, war sicher anstrengender, als sie sich anmerken ließ. „Für den Fall, dass sie doch noch im Haus ist oder wieder dorthin zurückkehrt."

„Gute Idee", sagte Becky und nickte. „Gib mir deine Nummer, dann rufe ich dich an, wenn ich irgendetwas erfahre oder sie wirklich nur Verstecken spielt."

„Oh Gott, ich habe die Nummern der anderen gar

nicht!" Mit zitternden Fingern wischte ich über den Bildschirm, um ihre Nummer einzutippen.

„Ich werde eine Gruppennachricht schicken, dann hast du alle Nummern", beruhigte mich Becky. „Ich habe die App schon geöffnet, gib mir einfach deine Nummer."

Ich nannte ihr die Zahlen und drückte sie einmal kurz an mich, bevor wir getrennter Wege gingen. Als ich allein war, fiel es mir noch schwerer, positiv zu bleiben.

Remy könnte verletzt sein oder sich verlaufen haben.

Was, wenn wir sie nicht fanden, bevor etwas Schlimmes passierte?

Was, wenn ... oh Gott! Was, wenn ihre Mom auf die Ranch gekommen war und sie entführt hatte?

Nein, das konnte nicht sein. Lily hatte gesagt, Remy wollte mit den Wölfen laufen. Sie hätte es erwähnt, wenn Remy mit jemandem mitgegangen wäre.

Ich wanderte weiter und rief Remys Namen, bis ich heiser war.

In der Ferne hörte ich das Heulen eines Wolfs.

Mir standen die Haare zu Berge. Als weitere Wölfe auf das Heulen antworteten, bekam ich richtig Angst. Was, wenn das der Siegesschrei nach einer Jagd war?

Was, wenn diese Jagd ihnen ein vierjähriges Mädchen eingebracht hatte?

Meine Knie gaben vor Angst nach. „Remy?", kreischte ich. „REMY! Wo bist du?"

WES

R<small>OB RIEF</small> uns mit seinem unverkennbaren Heulen zu sich,
weshalb wir alle stehenblieben und uns auf den Weg zu
ihm machten. Sobald ich die Pferde roch, wusste ich, dass
etwas nicht stimmte. Die Frauen mussten hierher geritten
sein, weil etwas passiert war. Es gab keinen anderen
Grund, aus dem sie das getan hätten. Sie wussten, dass es
eine Ablenkung für uns war und es die Pferde nervös
machte.

Ich rannte zu dem Gipfel, auf dem Rob in seiner
menschlichen Gestalt zusammen mit Charlie und Natalie
stand.

„Remy ist irgendwo in den Bergen unterwegs", berichtete er knapp, ohne darauf zu warten, dass ich mich
verwandelte. „Sie sagte, sie wolle mit den Wölfen laufen.

Die Frauen versuchen, sie zu finden. Lauf los, ich schicke dir die anderen hinterher."

Ich wirbelte herum und rannte den Berg so schnell hinab, dass meine Pfoten immer wieder den Halt auf den Felsen verloren. Ich blieb stehen, als ich Stimmen hörte. Es waren die Frauen, die Remys Namen riefen. Ich spitzte die Ohren und lauschte auf die Antwort meiner Tochter.

Da.

Ich war mir nicht sicher, ob ich ihre Stimme wirklich laut gehört hatte oder ob das nur mein Wolfsinstinkt war, aber ich wusste, in welche Richtung ich gehen musste.

Ich drehte mich um und rannte den Berg hinab. Joys verzweifelte Stimme, die Remys Namen rief, wurde lauter. Meine Gefährtin war ebenfalls auf dem richtigen Weg.

Natürlich war sie das. Weil sie meine Gefährtin war. Mensch hin oder her, die Instinkte für ihren Welpen waren stark ausgeprägt. Und, ja, ich glaubte jetzt, dass Remy Joys Welpe war, obwohl wir uns noch keine Woche kannten. Sie empfand mehr Liebe für meine Tochter und übernahm mehr Verantwortung für ihre Fürsorge, als es Soraya je getan hatte.

Aber ich konnte jetzt nicht an Remys biologische Mutter denken.

Das war ein ganz anderer Schlamassel.

Im Augenblick musste ich Remy finden.

„Joy!"

Da.

Ich hörte sie – die Stimme meiner Tochter. Der Laut war schwach und dünn, aber ich war mir sicher, dass sie es war. Ich blieb lange genug stehen, um in den Himmel zu heulen und dem Rudel mitzuteilen, dass ich auf ihrer Fährte war. Dann sprintete ich in die Richtung, aus der ihre Stimme kam.

„Remy?" Joy hatte sie ebenfalls gehört. „Wo bist du, Baby? Ich komme!"

Ich schlitterte bis zum Rand einer großen Spalte und blickte über deren Kante. Mein kleines Mädchen war dort unten. Nackt, bis auf ihre kleinen Sandalen.

Das Schicksal mochte mir beistehen.

Ich hob meine Schnauze zum Mond und heulte, um dem Rudel mitzuteilen, dass ich sie gefunden hatte.

„Daddy!", rief Remy, als sie meinen Wolf erkannte. Sie winkte mit ihren kleinen Armen. „Ich bin hier unten!"

„Ich sehe dich Remy!" Joy rutschte und schlitterte bereits auf der anderen Seite des Abhangs nach unten. Scheiße, sie könnte sich verletzen!

Ich sprang zu dem Felsvorsprung unter mir, dann auf einen tieferen und stieg den steilen Abhang in kleinen Etappen hinab, bis ich unten war.

Ich rannte zu Remy, die ihre Arme um meinen Hals schlang und anfing, zu weinen.

„Remy – beweg dich nicht!" Für einen kurzen Moment verstand ich die Anspannung und Angst in Joys Stimme nicht.

Dann wurde mir klar, dass sie Angst vor *mir* hatte.

Ihrem eigenen Gefährten.

Sie hatte mich noch nie in Wolfsgestalt gesehen. Sie wusste noch immer nicht, was ich war.

Das Jaulen meiner Rudelgefährten, die näher kamen und sich an der Felskante über uns versammelten, verstärkte Joys Angst nur noch. Sie sah kurz zu ihnen hoch, während sie sich bückte, um einen großen Stein aufzuheben. Sie näherte sich uns auf langsam und auf leisen Sohlen. Sie hielt den Stein vor sich, als wäre sie bereit, ihn zu benutzen.

„Entferne dich langsam von dem Wolf, Remy", warnte Joy. Ihre Stimme klang ruhig und fest, doch ich hörte die Angst darin. Schweiß stand ihr auf der Stirn und ihre Augen waren wild. Sie wog den Stein in ihrer Hand wie einen Softball.

„Ich will nicht", jammerte Remy, die nicht verstand, warum sie ihren Vater verlassen sollte.

„Es ist alles okay. Komm zu mir." Joy winkte sie mit der freien Hand zu sich und kam weiterhin langsam auf uns zu.

Dann holte sie wie ein Softball-Pitcher aus und schleuderte den Stein auf mich. Ich musste mich zur Seite ducken, damit ich nicht am Kopf getroffen wurde. Hätte das jemand anderes getan, wäre ich sehr wütend. Doch ich war stolz auf meine energische Gefährtin. Sie hatte verborgene Talente!

Remy schrie. „Lass das!" Sie warf ihre Arme wieder um meinen Hals. „Tu meinem Daddy nicht weh!"

„Remy!", schrie Joy alarmiert.

Verdammt. Es war mir egal, ob Rob und das gesamte Rudel dabei zusahen, wie ich die Rudelregeln brach. Joy war meine Gefährtin. Ich würde sie nicht gehen lassen. Aber ich hatte keine Ahnung, was sie tun würde, um Remy vor der vermeintlichen Bedrohung zu schützen. Einen Stein hatte sie bereits geworfen. Ich konnte das überleben, aber wenn sie noch verzweifelter wurde, würde sie vielleicht kopflos handeln und sich selbst verletzen. Und Remy ebenfalls.

Sie war die Richtige für mich und wir würden einen Weg finden, wie wir als Gestaltwandler, Gestaltwandlerwelpe und Mensch zusammen sein konnten. Dafür würde ich alles geben.

Das bedeutete, dass sie wissen musste, was ich war.

Ich verwandelte mich und stand neben Remy.

Joy schrie, taumelte rückwärts und landete auf ihrem Hintern.

„Es ist okay. Ich bin es." Ich sprang vor, hob sie hoch und zog sie grob an meinen Körper. Sie zitterte, schwitzte und atmete schwer.

Aus dem Augenwinkel sah ich, wie sich das Rudel zurückzog, um uns mehr Privatsphäre zu geben. „Ich werde dir nichts tun."

Joy starrte mich an und dann lachte sie wie bei dem einen Mal, als sie beim Weinen zu kichern angefangen hatte. „Wes?" Sie lächelte breit, als wäre es ein lustiger Zufall, dass wir uns hier draußen auf dem Berg begegneten, während ich vollkommen nackt war, da ich gerade meine Gestalt gewechselt hatte.

„Du hast ... du hast keine Angst?"

„Vor *dir*?" Sie lachte noch mehr und schlang ihre Arme um mich. „Warum sollte ich vor dir Angst haben?"

Remy legte von hinten ihre kleinen Arme um Joys Taille.

„Ähm, du weißt schon. Wegen der Wolfssache?" Ich wuschelte durch Remys Haare, bevor ich zurücktrat und sie auf meine Arme hob, damit mich überzeugen konnte, dass sie in Sicherheit war.

Joy schloss sie in unseren kleinen Kreis ein und fing richtig an, zu lachen. „Du bist ein Wolf."

Lachen schien ihre Standardreaktion zu sein, um Emotionen rauszulassen. Lachen oder Sex. Sie zog es eindeutig vor, nicht zu weinen, doch damit würde ich ihr helfen. Ich wollte, dass sie sich sicher genug fühlte, um all ihre Emotionen auszudrücken, sogar die traurigen.

Sie würde später überschüssiges Adrenalin in sich haben und ich konnte ihr das definitiv wieder aus dem Körper ficken. Fürs Erste würde ich sie einfach im Arm halten. Meine *beiden* Mädchen.

„Daddy ist ein Wolf!", rief Remy stolz. Dann drehte sie sich zu mir um und klatschte mit ihren kleinen Händen auf meine Wangen. „Ich wollte heute Nacht mit dir laufen, Daddy."

„Ja, Baby, damit hast du uns große Sorgen gemacht." Gestaltwandler waren es gewohnt, einander nackt zu sehen, weshalb sich Remy nicht an meinem unbekleideten Zustand störte. „Du kannst dich noch nicht verwandeln. Erst wenn du in die Pubertät kommst und größer bist. Viel größer. Bis dahin musst du während der Vollmond-Läufe bei den Menschen bleiben. Das weißt du doch."

Sie seufzte. „Aber ich wollte die Wölfe *sehen*."

Ich sah zu Joy auf. Ich musste ihr so viel erklären. „Tja, wir haben sie dir heute Nacht nicht gezeigt, weil Joy nicht wusste, dass wir Wölfe sind. Erinnerst du dich daran, wie wir besprochen haben, dass es ein Geheimnis ist?"

„Aber Joy ist eine von uns", beharrte Remy und nickte. Ihre Haare waren zerzaust und ihr Gesicht war mit Dreck beschmiert.

Aus irgendeinem Grund trieb mir das die Tränen in die Augen. Ich sah meine wunderschöne Gefährtin an und schlang meinen Arm fester um ihre Taille. „Das ist sie. Zumindest hoffe ich, dass sie es sein wird."

Joy hatte ebenfalls Tränen in den Augen. „Ich weiß nicht, was das bedeutet." Sie lachte wieder. „Fragst du mich, ob ich mich in einen Wolf verwandeln kann?"

Jetzt war ich derjenige, der lachte – es war ein fremder Laut, der aus meiner Kehle brach und mich überraschte.

Das brachte Joy erst recht zum Kichern. Und Remy ebenfalls.

Ich schüttelte den Kopf. „Nein, Honey. Ich möchte einfach nur, dass du meine Gefährtin wirst. Dass du unser Rudel geheim hältst. Dass du meinen Geruch an dir trägst."

„Ähm ... okay." In Joys Stimme schwang noch immer ein Lachen mit.

Ich war mir nicht sicher, ob sie das Ganze ernst nahm oder verstand, auf was sie sich einließ, aber ich würde ihr alles erklären, sobald wir wieder zu Hause waren. Jetzt musste ich meine beiden Weibchen erst einmal aus dieser Schlucht herausholen und vom Berg führen.

Als wollte sie diesen Gedanken unterstreichen, jammerte Remy: „Ich will nach Hause."

„Steig auf meinen Rücken, Baby, ich bringe meine Mädchen nach Hause", sagte ich, sank auf alle viere und verwandelte mich in meine Wolfsgestalt. Remy saß auf meinem Rücken und Joy ging neben mir her, während ich die direkte Route zur Ranch wählte. Und dann würden wir nach Hause fahren.

23

JOY

WES WAR EIN WOLF. Ein *riesiger* schwarzer Wolf.

EIN WOLF.

Ein Wolf mit grünen Augen, die im Mondlicht glänzten. Ich hatte diese grünen Wolfsaugen zuvor durchschimmern sehen, hatte jedoch nicht einmal im Traum an so ein Geheimnis gedacht.

Ich bemühte mich immer noch, das alles zu verarbeiten. Die Tatsache, dass mein neuer Nachbar – mein neuer Freund – in Wirklichkeit ein *Wolf* war. Es ergab keinen Sinn, aber ich hatte es mit eigenen Augen gesehen.

Es war real.

In der einen Sekunde hatte Remy den Wolf im Arm gehabt – was an sich schon verrückt war – und in der nächsten war er auf einmal Wes gewesen. Puff! Oder Plopp!

Oder ... Stöhn? Remy war kein bisschen überrascht gewesen, dass ihr Vater ein Wolf war und sich in einen Menschen zurückverwandelt hatte. Sie war ruhig geblieben, weil sie es wusste. Vierjährige hatten kein Problem mit verrückten Dingen, wenn sie normal waren. Sie wussten ja nicht, dass es *nicht* normal war.

Andere Hinweise, die ich übersehen hatte, kamen mir in den Sinn. Sie hatte gesagt, sie wollte mit den Wölfen laufen. Das ergab nun viel mehr Sinn, als ich verstand, dass ihr *Dad* einer dieser Wölfe war. Sie hatte auch ihre Mutter als Wölfin bezeichnet. Was hatte sie gesagt, als Soraya zum Haus gekommen war? *Ich mag sie nicht, auch wenn sie eine Wölfin ist.*

Ich fragte mich, woher sie es gewusst hatte. Sie sah für mich jedenfalls nicht anders aus als eine Zicke. War da etwas an der Erscheinung eines ... eines Gestaltwandlers, auf das ich achten sollte? Wie beispielsweise, dass Wes' Augen manchmal grün schimmerten? Ich hatte gedacht, das wäre eine optische Täuschung durch das Licht.

Es musste mehr als diese Augen-Sache geben. Oder?

Als wir auf dem Rückweg zu Robs und Willows Ranch waren, ging ich neben Wes her und bewunderte, was für ein schönes Tier er war – das dichte, glänzende, schwarze Fell, die breiten, muskulösen Schultern, die sich elegant bewegten, während er auf seinen kraftvollen Beinen lief. Verdammt, sein Wolf war groß genug, dass ein Kind auf seinem Rücken reiten konnte wie auf einem Pferd!

Meine Gedanken wanderten zu dem Kreis aus Wölfen,

die am Rand der Schlucht gestanden hatten. Sie waren direkt nach Wes aufgetaucht.

Gott, waren das die Leute von der Wolf Ranch gewesen? Es konnte nicht anders sein. Waren sie alle ... gemeinsam unterwegs gewesen?

Und warum?

Die Frauen hatten, tja, sie hatten gelogen und behauptet, die Männer würden Rinder treiben. Wohl kaum! Das bedeutete, die Frauen wussten Bescheid. Natürlich taten sie das. Sie waren entweder mit den Männern zusammen oder mit ihnen verheiratet.

Ich hatte mein ganzes Leben in Cooper Valley gelebt und nie gewusst, dass die Wolf Ranch buchstäblich eine Ranch von Wölfen war! Sie hatten wirklich gute Arbeit geleistet und ihr Geheimnis erfolgreich gewahrt.

Alle warteten auf der Veranda vor dem Haus auf uns. Sie gingen geradewegs zu Remy, umarmten sie und schenkten ihr jede Menge Aufmerksamkeit. Wes, der nun kein Wolf mehr, aber nackt war, verschwand unterdessen, um seine Kleider anzuziehen, die er irgendwo abgelegt hatte.

„Ich wette, du hast Fragen", sagte Marina zu mir und zog mich beiseite. „Es tut mir leid, dass wir gelogen haben, aber es ist kein kleines Geheimnis."

„Jetzt ist es raus und ich werde alle Fragen beantworten, die Joy in den Sinn kommen", knurrte Wes, der hinter uns auftauchte. Er legte einen starken Arm um meine Taille und küsste mich auf die Schläfe. „Bist du okay?", murmelte er. Er war verschwitzt und schmutzig. Er hatte sogar einen Zweig im Haar. „Hast du Angst?"

„Ich ... nein, ich bin okay." Ich nickte. Ich hatte keine Angst. Ich war eher fasziniert. Neugierig. Ich konnte es kaum erwarten, mehr zu erfahren.

„Nun, wenn du morgen darüber reden willst, ruf mich an", bot Marina an. „Es war auch für mich ein Geheimnis. Ich weiß, wie es ist, wenn man herausfindet, dass der eigene Freund einer anderen Spezies angehört und dich für immer als Gefährtin markieren will."

Ich blinzelte. „Er will *was* tun?"

„Du machst alles nur schlimmer", knurrte Wes Marina an. Er hatte die Brauen gesenkt und sein typisches, mürrisches Gesicht aufgesetzt, doch ich spürte, dass es daran lag, dass er sich Sorgen machte, wie ich alles verkraftete. Er warf mir ständig fragende Blicke zu.

„Wenn es okay ist, wasche ich Remy schnell, da sie ziemlich dreckig ist und auf dem Heimweg garantiert einschlafen wird", sagte Wes.

„Natürlich", antwortete Marina. „Ich hole eines meiner T-Shirts für sie. Sie kann es wie ein Nachthemd tragen."

Wir sprachen nicht, während ich Wes half, die müde und nun schlecht gelaunte Remy in die Badewanne zu verfrachten. Wir badeten sie blitzschnell, zogen ihr anschließend Marinas Shirt an und stiegen in den Truck. Wie erwartet, schlief Remy schon, bevor Wes auf den Feldweg bog.

„Erzähl es mir." Ich nahm seine Hand, die auf seinem

Oberschenkel lag, und zog unsere ineinander verschränkten Finger auf mein Bein.

Er warf mir noch einen dieser fragenden Blicke zu, während er fuhr. „Nun, du weißt jetzt, dass ich ein Gestaltwandler bin."

„Also ist jeder auf der Wolf Ranch einer?"

„Fast alle." Er drückte meine Finger. „Heute war Vollmond und wir haben das Bedürfnis, in seinem Licht zu laufen. Es ist eine Tradition des Rudels, sich jeden Monat zu treffen und gemeinsam laufen zu gehen. Alle, die zurückgeblieben sind, sind Menschen."

Ich zählte alle auf, nur um sicherzugehen. „Marina, Charlie, Natalie, Emma, Riley und Audrey. Oh ... und Becky."

„Das stimmt. Sie sind alle mit Gestaltwandlern verpaart."

„Verpaart. Ist das so was wie ... verheiratet?"

„Das Schicksal hat sie füreinander bestimmt. Die Jungs haben ihre Gefährtinnen am Geruch erkannt."

Ich schnappte nach Luft, da nun noch eine Sache Sinn ergab. „Deshalb hat Soraya an mir geschnuppert!"

Wes' Lippen hoben sich kurz. „Ja. Sie hat geprüft, ob du ein Wolf bist."

„Sie ist ein Wolf. Remy sagte das, als Soraya an dem Abend ging, aber ich habe nicht verstanden, was sie meinte."

Er nickte. „Ja."

„Das bedeutet also, dass Remy auch ein Wolf ist."

„Ja. Aber sie verwandelt sich erst in der Pubertät."

Ich schüttelte ungläubig den Kopf. „Erstaunlich."

Ich wusste nicht, warum Wes angenommen hatte, ich würde durchdrehen. Ich hätte nicht begeisterter sein können. Es war, als würde man erfahren, dass Magie echt war.

Wes warf mir einen Blick zu. „Du findest das erstaunlich."

„Ich finde es unglaublich." Ich erinnerte mich daran, wie er als riesiger schwarzer Wolf ausgesehen hatte. „Du bist unglaublich."

„Du tust nicht einfach nur so, als wärst du okay, und bist in Wirklichkeit kurz davor, durchzudrehen?"

Ich lachte. Er hatte mich durchschaut. „Nein, ich tu nicht nur so. Sollte ich durchdrehen?"

„Nein, Honey. Ähm, es gibt ein paar Dinge, die ich noch nicht erklärt habe."

„Nur ein paar?"

Jetzt war er es, der lachen musste. Sein Lachen hatte einen kräftigen, tiefen Klang, den ich liebte. „Na schön. Mehr als nur ..."

Ich keuchte, als mir ein Licht aufging. „Du heilst schnell, nicht wahr?"

Er warf mir kurz einen Blick zu, dann schaute er wieder auf die Straße. „Ja. Das war der Grund, warum ich in Panik geriet, als du auf deinem Dach warst. Wäre ich runtergefallen, hätte es zwar tierisch wehgetan, aber mir wäre es innerhalb von Minuten wieder gut gegangen. Wenn dir etwas passiert wäre – fuck. Ich hätte mir das nie verziehen."

„Deswegen ist Remys kleiner Schnitt so schnell verheilt!"

Er drehte sich und sah mich verwirrt an.

„An dem Abend, als ich auf Remy aufgepasst habe, hat sie mit dem Ton gearbeitet und sich mit einem meiner Werkzeuge geschnitten. Es hat ein wenig geblutet, war jedoch verheilt, bevor ich in deinem Bad überhaupt ein Pflaster finden konnte."

„Ich habe gar keine."

Hm. Das musste praktisch sein.

Wir bogen in seine Einfahrt und er stellte den Wagen ab. Die Stille der Nacht senkte sich auf uns.

Ich sah Wes an. Er sah mich an.

In der Luft hing jetzt etwas anderes. Es war kein Geruch oder so etwas, sondern ein Gefühl. Da ich sein großes Geheimnis kannte, hatte ich das Gefühl, wir wären uns näher. Als gäbe es weniger Barrieren zwischen unserem Verständnis füreinander. Wir wussten jetzt, wer wir wirklich waren.

„Was sind die Dinge, die du mir noch nicht erklärt hast?", fragte ich. Ich wollte alles wissen.

Die Beziehung mit Wes war neu, aber ich war schon mit ganzem Herzen dabei. Alles an ihm fühlte sich richtig an, einschließlich seiner niedlichen Tochter und der wundervollen Gruppe von Leuten, mit denen ich den Abend verbracht hatte.

„Was Marina erwähnt hat … dass ich dich für immer als meine Gefährtin markieren möchte?" Seine Stimme klang zögernd, als wäre dies ein heikles Thema.

„Ja, was bedeutet das?"

„Wolfsgestaltwandler können das haben, was du als normale Beziehung bezeichnest. Sie können daten. Manche folgen menschlichen Traditionen und heiraten standesamtlich. Sie können Familien haben – all das. Aber es besteht auch die Chance, seine vom Schicksal vorherbestimmte Gefährtin zu finden – was du wahrscheinlich als ‚die Eine' bezeichnen würdest."

Ich versuchte vergeblich, zu schlucken. Aus einem unerklärlichen Grund fing mein Herz an, wie wild gegen meine Rippen zu hämmern.

Was wollte er damit sagen?

„Es heißt, dass ein Wolf seine vorherbestimmte Gefährtin an ihrem Geruch erkennt. Man weiß nicht, was das bedeutet, bis man es selbst erlebt. Zumindest war das bei mir so." Seine Augen leuchteten grün in der Dunkelheit.

Ich sah seine Wolfsaugen. Wollte er damit sagen ...

„Bin ich ... bin ich deine Gefährtin?", flüsterte ich.

Er hob unsere nach wie vor ineinander verschränkten Hände an seinen Mund und küsste erneut meine Fingerknöchel. „Ja. Ich hätte es in der Sekunde wissen müssen, als ich deinen Geruch auffing, aber ich war zu aufgebracht, weil Remy verschwunden war. Dein Geruch hat in mir einen unbändigen Anfall von Lust ausgelöst, doch zum damaligen Zeitpunkt wusste ich nicht, dass es daran lag, dass du meine Gefährtin bist."

Ich lachte wieder. „Ein unbändiger Anfall von Lust?"

Seine Augen wurden schmal und seine Stimme senkte

sich. „Wie würdest du es nennen? Wie wir zusammenka-men. Ich erinnere mich, dass du vor mir auf die Knie gegangen bist."

Ich schluckte schwer. Das war eine Nacht, die ich nie vergessen würde.

„Unbändiger Anfall von Lust passt schon", krächzte ich und rutschte auf meinem Sitz hin und her.

Mein Höschen war feucht und ich bereit für eine weitere Runde seiner unbändigen Lust.

„Und jetzt, Honey, möchte ich, dass du die Meine wirst. Ich möchte, dass du meine Gefährtin bist."

Die Vorstellung war aufregend, aber ich verstand es noch immer nicht ganz. „Was genau bedeutet das?"

„Männliche Wölfe markieren ihre Gefährtinnen mit einem Paarungsbiss. Damit betten sie ihren Geruch dauer-haft in der Haut ihres Weibchens ein, sodass alle anderen Wölfe wissen, dass sie beansprucht wurde."

„Beansprucht? Klingt ziemlich sexistisch", neckte ich ihn und bemerkte, dass ich immer feuchter wurde, je länger das Gespräch dauerte.

Wes' Lippen zuckten. Ich liebte es, auch nur den Anflug eines Lächelns auf seinem schönen Gesicht zu sehen. „Männliche Wölfe sind sehr territorial. Wenn du markiert bist, kann mein Wolf einen Teil seiner Aggressivität zügeln, die ihn dazu anstiftet, andere Männchen von dir fernzuhal-ten. Als ich Colton und Johnny neulich bat, bei deinem Dach zu helfen, wollte ich beide umbringen, weil sie in deiner Nähe waren."

Ich lachte. „Im Ernst?"

Die beiden Männer waren attraktiv, doch Wes stellte beide in den Schatten.

„Honey, wenn ein Wolf eine Gefährtin hat, wird er alles geben, um sie zu beschützen, für sie zu sorgen und die anderen Männchen von ihr fernzuhalten."

Ich lächelte. Irgendwie gefiel es mir, dass er in Bezug auf mich so besitzergreifend war. Dass er dachte, ich wäre es wert, verteidigt zu werden, sorgte dafür, dass ich an meine feminine Macht glaubte.

Ich hob meine freie Hand. „Ähm, also, du hast von *beißen* gesprochen?"

Wes schenkte mir ein Grinsen – ein echtes. Ein gieriges. Seine Augen leuchteten hellgrün. „Das stimmt, Honey." Seine Stimme war ein tiefes, kehliges Grollen, als wäre er erregt. Als wäre mich zu beißen, das Sexyeste, was wir je tun würden.

Mein Puls raste. Zwischen meinen Beinen pochte es.

„Zeigst du es mir?", hauchte ich.

Er nickte und wir stiegen aus dem Truck. Wes hob Remy aus ihrem Kindersitz und trug sie ins Bett. Anschließend brachte er mich zur Dusche.

24

WES

REMY MOCHTE ZWAR von ihrem kurzen Bad sauber sein, aber Joy und ich waren beide schmutzig. An Joys Kleidung klebten Dreck und einige kleine Blätter. Da ich nackt gelaufen war, sah mein Körper aus, als hätte ich mich im Schlamm gewälzt und anschließend geschwitzt.

Trotz der Zweige und des Drecks war sie noch immer das Schönste, was ich je gesehen hatte. Und das sagte ich ihr auch. „Honey, du bist einfach umwerfend."

Ich packte den Saum ihres schmutzigen T-Shirts und hob ihn an.

Sie wurde knallrot, ich konnte jedoch in ihren Augen erkennen, dass ihr das Kompliment gefiel. Ihre Mutter war eine nette, aber hilfsbedürftige Frau. Ich fragte mich, ob sie ihre Tochter jemals ermutigte oder oft genug an ihren Wert erinnerte.

Ich würde das tun. Jeden Tag ihres Lebens.

„Haben Gestaltwandler Probleme mit den Augen?", fragte sie. Ihre Lippen zuckten, da sie sich selbst offensichtlich nicht schön fand.

Ich streckte die Hand aus und zupfte einen Grashalm aus ihrem Haar. „Du bist Remy nachgegangen, ohne dabei an dich oder die Gefahr zu denken, in die du dich begeben könntest."

Um meine Worte zu unterstreichen, fuhr ich mit einem Finger über den Kratzer an ihrem Unterarm. Eine aufgerissene rote Linie. Ich hasste es, auch nur eine kleine Verletzung an ihrem hübschen Körper zu sehen. „Tut das weh?"

Sie schüttelte den Kopf.

„Tut dir irgendetwas anderes weh?"

„Nein, aber morgen werde ich das heutige Abenteuer bestimmt merken."

Sie stand in BH und Shorts, Schuhen und Socken vor mir.

„Ich werde dich ausziehen und jeden Zentimeter von dir untersuchen." *Anschließend werde ich dich ficken, bis du deinen Namen vergisst und meinen schreist.*

Sie schluckte und das Pochen ihres Pulses war an ihrem Hals nicht zu übersehen. Das war die Stelle, wo ich sie beißen wollte, doch ich würde sie wahrscheinlich einige Zentimeter tiefer markieren.

„Okay."

Ich griff in die Dusche und stellte das Wasser an, damit es warm wurde.

Dann konzentrierte ich mich auf meine Gefährtin. Ich ging vor ihr auf die Knie, öffnete ihre Shorts und schob sie nach unten. Als ich ihre Füße aus dem Stoff befreite, zog ich gleichzeitig ihre Schuhe und Strümpfe aus.

„Fuck, du bist die Meine. Ich kann nicht fassen, wie perfekt du bist." Ich küsste ihren Bauch. Kostete ihren salzigen Schweiß. Atmete den scharfen Duft ihrer Anstrengung und das süße Moschusaroma ihrer Erregung ein.

„Wes." Sie vergrub ihre Finger in meinen Haaren. Sie hielt inne und zog etwas aus meinen Haaren. Ein Zweig.

Sie lächelte.

Ich konnte nicht anders, als ebenfalls zu lächeln. Mein Welpe war in Sicherheit und schlief in seinem Bett. Meine Gefährtin stand beinahe nackt vor mir. Mit einer Drehung meines Handgelenks öffnete ich den Verschluss ihres BHs und das schlichte, aber sexy Kleidungsstück glitt über ihre Arme.

Meine Selbstbeherrschung löste sich allmählich in Luft auf, aber dieses Mal musste ich langsam vorgehen. Ich wollte jeden Zentimeter von ihr genießen.

Ich hakte meine Finger in das Gummiband ihres Höschens und zog es nach unten bis zu ihren Knöcheln.

Mit den Händen strich ich sanft über ihre Haut. Ich drehte sie sogar um, damit ich ihre Kehrseite betrachten konnte.

Aus meiner Position auf den Knien küsste ich ihre pralle Pobacke.

Sie versteifte sich und keuchte leise auf.

„An dieser Stelle werde ich dich nicht beißen“, murmelte ich, packte sie an den Hüften und wirbelte sie erneut herum. „Mmm, hier wäre nett.“ Mein Mund befand sich knapp über ihrem gestutzten Schamhaar.

„Wes“, hauchte sie.

Das Bad füllte sich mit Wasserdampf. Zeit, meine Frau zu waschen, damit wir versaute Dinge tun konnten. Und ich sie zur Meinen machen konnte.

25

JOY

Iсн dachte, er würde mich in der Dusche ficken. Das stand
definitiv auf meiner Liste von Orten, an denen ich Sex mit
Wes haben wollte. Stattdessen wusch er mich von Kopf bis
Fuß. Wusch meine Haare mit Shampoo und Conditioner.
Küsste und streichelte mich überall, während er mich
einmal um meine eigene Achse drehte und sich vergewisserte, dass ich abgesehen von dem Kratzer an meinem Arm
keine weiteren hatte.

Dann seifte er sich schnell ein, spülte sich ab und half
mir aus der Dusche.

Wer konnte denn ahnen, dass diese Art, zu duschen,
das beste Vorspiel war?

Wes leckte und küsste meinen Körper, während er mich
abtrocknete. Ich erzitterte wegen seinen Berührungen,

jedes Nervenende war aktiv und reagierte sensibel auf seine Berührungen, seinen Atem und sein anerkennendes Knurren.

Ich war wunderbar benommen vor Lust und etwas noch Berauschenderem – der Vorstellung, dass das mit Wes etwas Ernstes war.

Dass ich von diesem muskulösen, mürrischen Kuschel-Dad beansprucht werden würde. Von einem Mann, der mich beißen und als die Seine markieren wollte. Gott, das war jenseits von romantisch. Es fühlte sich natürlich und richtig an.

Vielleicht hatte ich Verlassensängste, seit mein Vater ausgezogen war. Vielleicht lag es an der Angst, meine Mom zu verlieren, die mich jedes Mal packte, wenn sie unter Depressionen litt.

Oder vielleicht war es einfach so, dass ich das fühlte, was auch Wes fühlte – dass er ‚der Eine' war. Das Schicksal hatte eingegriffen, als es dafür gesorgt hatte, dass Wes nebenan eingezogen war.

Als Künstlerin vertraute ich auf das Schicksal. Als ich mit dem Töpfern anfing und meinen Lebensunterhalt damit verdienen wollte, überließ ich die Entscheidung dem Universum. Ich dachte, wenn es so sein sollte, dann würden sich meine Sachen verkaufen. Wenn ich genug mit dem Töpfern verdiente, um meinen Job als Kellnerin bei Cody aufzugeben, dann wäre das ein Zeichen, dass ich auf dem richtigen Weg war. Mit der Zeit war ich in der Lage gewesen, meinen Job zu kündigen.

Ich verdiente keine sechsstellige Summe, aber ich

verdiente genug für eine Anzahlung für mein Haus. Ich verdiente genug, um allein vom Töpfern zu leben.

Deshalb glaubte ich nun daran, dass das Schicksal mir den einen Mann gebracht hatte, der für mich bestimmt war. Der Eine, zu dem ich passte. Der mich verstand. Bei dem ich mich seit unserer ersten Begegnung zu Hause fühlte, obwohl er sich damals wie ein grummeliges Arschloch benommen hatte.

Ging das Ganze schnell? Ja. Furchtbar schnell. Wenn mir eine Freundin erzählt hätte, dass sie vor kurzem jemanden kennengelernt hatte, sie verliebt war und sich seinen Namen dauerhaft auf den Körper tätowieren lassen wollte, hätte ich ihr geraten, kräftig auf die Bremse zu treten.

Doch ich wusste es einfach, obwohl ich keinen inneren Wolf oder eine Supernase hatte.

Ich wollte Wes einfach. Und Remy.

Wes ließ das Handtuch zu Boden fallen und hob mich in seine Arme.

„Mein", knurrte er und trug mich in sein Schlafzimmer.

Meine Pussy zog sich zusammen. Ich *liebte* diese Beteuerung so sehr.

Ich liebte die Vorstellung, die Seine zu sein. Ich wollte, dass er im Gegenzug der Meine war.

Ich stellte mir vor, wie es wäre, bei ihm einzuziehen. Remy gemeinsam großzuziehen. Ihr Geschwister zu schenken.

Es fühlte sich alles perfekt an.

Ich könnte mein Haus in eine Künstlerwerkstatt

umbauen. Vielleicht ließe sich der Wohnbereich als Ausstellungsraum umfunktionieren, sodass ich meine Sachen von zu Hause aus verkaufen konnte.

Ich war womöglich etwas voreilig.

Vielleicht sollte ich gedanklich mal auf die Bremse treten.

Wes legte mich auf den Rücken und betrachtete mein Gesicht. „Jetzt drehst du durch."

„Ich drehe nicht durch", verneinte ich und schüttelte den Kopf. „Aber ich frage mich, ob das alles zu schnell geht."

Er fuhr mit einer Fingerspitze um meine Brustwarze. „Du musst vor nichts Angst haben. Nicht bei mir. Wenn du möchtest, dass ich mit dem Markieren warte, dann tue ich das. Ich werde dir für den Rest meines Lebens jeden Tag beweisen, dass ich es wert bin dein Gefährte zu sein, wenn du das brauchst. Ich möchte dich einfach in meiner Nähe haben. Ich möchte, dass du ein Teil unseres Lebens bist."

Meine Augen wurden feucht und ich zog sein Gesicht für einen Kuss zu mir herab. „Das ist es nicht, ich habe nur …"

Er setzte sich rittlings auf meine Taille und hielt sanft meine Handgelenke neben meinem Kopf fest. Ich liebte es, von ihm gefangen genommen zu werden. Das gab mir ein Gefühl von Sicherheit. „Sag es mir."

Ich bog den Rücken durch und meine Brüste nach oben. Ich wollte mehr von seinen Berührungen, da mich die Position erregte, in der er mich festhielt.

„Sag mir alles, wovor du Angst hast. Lass uns alle

Karten auf den Tisch legen, dann wissen wir, womit wir es zu tun haben."

Ich zögerte. Ich war mir nicht sicher, ob meine Ängste Namen hatten oder überhaupt rational waren.

„Ich fange an", verkündete er. „Ich habe Angst, dass dich diese Wolfsache in Panik versetzt. Dass du zu dem Schluss kommst, dass es nichts für dich ist. Ich befürchte, es könnte zu viel für dich sein, dass es mich nur im Doppelpack mit Remy gibt." Er wandte für einen Moment den Blick ab, dann sah er mich wieder an. „Und ... ich habe Angst, dass Remy verletzt wird. Dass sie sich zu sehr an dich gewöhnt und es ihr das Herz schlimmer brechen wird, als keine Mom zu haben, wenn es zwischen uns nicht funktioniert."

Mir traten um seinetwillen Tränen in die Augen. Um Remys willen. Wegen dieses Moments der Verletzlichkeit. Es war so unglaublich von ihm und er war so mutig, weil er sich mir anvertraut hatte. Seine Ängste waren berechtigt und ergaben Sinn.

Er schien zu merken, dass es nicht der richtige Moment für Fesselspiele war, denn er ließ meine Handgelenke los und ließ zu, dass ich meine Arme um seinen Hals schlang und ihn umarmte.

Es war leichter, zu reden, wenn meine Lippen an seinem Hals ruhten und mein Gesicht versteckt war. „Ich befürchte ... keine Ahnung, dass ich gerade zu impulsiv oder irrational handle. Dass mich die Leute für mein übereiltes Handeln verurteilen werden, wenn es zwischen uns nicht funktioniert. Ich weiß, es ist bescheuert, sich darüber zu sorgen, was andere Leute denken, aber ...“

Er strich mit dem Daumen über meine Wange. „Das ist nicht bescheuert. Ich verstehe das. Was noch? Ich möchte all deine Bedenken hören.“

„Okay ...“ Dies wurde plötzlich ein Spiel, an dem wir gemeinsam teilnahmen, anstatt eines Moments mit wichtigen Entscheidungen.

Wes drehte uns auf die Seite, sodass wir einander zugewandt waren, und vergewisserte sich, dass die Decke unsere nackte Haut bedeckte.

„Was, wenn du mich catfishen willst?“ Ich kicherte bei diesem absurden Gedanken. Ich kannte Rob und Boyd Wolf und die meisten anderen Männer auf der Ranch seit einer Ewigkeit. Wes war einer ihrer Freunde. Er war nicht irgendein Kerl, der Hintergedanken hatte und nur mit mir spielte. Doch allein es auszusprechen, beseitigte jeden Anflug von Sorge.

Wes gluckste ebenfalls. „Ich catfishe dich *definitiv*. Ich will Zugriff auf all deine schönen Töpferwaren und sie für mich behalten.“

Ich konnte nicht anders, als wieder zu kichern.

„Was, wenn du ein Narzisst bist, der mich mit heißem Sex und handwerklichen Gefälligkeiten ködert, bis ich anbeiße, und dann anfängt, mich zu kontrollieren und zu manipulieren?“ Noch während ich diese Worte aussprach, wusste ich, dass das unmöglich war. Ich hatte ihn mit seiner Tochter gesehen. Er war kein Narzisst. Er war das Gegenteil davon.

Er schien nicht beleidigt zu sein. „Was hast du noch zu bieten?"

Ich ließ meine Gedanken zu der allerschlimmsten Angst wandern. Es war vermutlich die eine Sache, vor der jede Frau auf dem Planeten auf der Hut sein musste. „Was, wenn du dich als Missbrauchstäter entpuppst und ich in einem Wolfskult lande, der mich nicht mehr rauslässt?"

Wes wurde sehr still und seine Augen weiteten sich. „Fuck, Joy. Das ist echt furchterregend." Er sagte nichts und beeilte sich auch nicht, mich zu beruhigen. Er ließ diese Angst einfach zwischen uns stehen, bevor sie sich auflöste.

Dann sagte er vorsichtig: „Missbrauch gibt es auch in Wolfsgemeinschaften, genau wie bei den Menschen. Aber ich habe noch nie gehört, dass es in einer vom Schicksal vorherbestimmten Beziehung vorgekommen ist. Mein Körper ist quasi darauf programmiert, deinen zu befriedigen. Deine Lust ist auch meine Lust. Dein Überleben ist meines. Deine Tränen verringern meine Aggression augenblicklich, falls ich der Auslöser für sie war, oder steigern meine Aggressivität, wenn es jemand anderes war. Ich wurde geboren, um dich zu lieben. Ich würde nie zulassen, dass dir jemand wehtut. Ich würde sterben, um dich zu beschützen. Ich werde leben, um dich sexuell, emotional und körperlich zufriedenzustellen. Und wenn das eines Tages bedeuten sollte, dich gehen zu lassen – wenn du jemals deine Freiheit haben willst – Honey, dann würde ich sie dir geben. Selbst, wenn mich das umbringen würde."

Die Intensität dieses Augenblicks fühlte sich an, als würde sie meine Brust aufbrechen. Ich wollte weder weinen noch kichern, um alles rauszulassen. Ich behielt das Gefühl einfach in meinem Herzen. In meiner Brust. Es war das Gefühl, sich vor einem Mann verletzlich zu machen. Zu lernen, darauf zu vertrauen, dass eine andere Person sich um meine Bedürfnisse kümmern würde, obwohl andere Menschen in der Vergangenheit darin versagt hatten.

War es das, wovor ich wirklich Angst hatte? Verletzt zu werden von der einen Person, der ich jetzt am meisten vertraute?

Und dann, weil wir aufrichtig miteinander sprachen, entschied ich mich, auch diese Gedanken laut auszusprechen. „Ich glaube, wovor ich wirklich Angst habe, ist die gleiche Angst, die du in Bezug auf Remy hegst." Tränen schwammen in meinen Augen. „Die Ehe meiner Eltern hat nicht funktioniert und es war für uns alle drei sehr schmerzhaft. Ich schätze, ich habe Angst, dass ich lerne, zu vertrauen, und dann verletzt werde. Ich weiß, wie das für ein Kind ist, und ich würde das auch nicht für Remy wollen."

Wes lehnte seine Stirn an meine. „Ich schätze, es gibt keine Garantien, oder? Ich fühle jeden Tag so wegen Remy. Ich liebe dieses Kind so sehr und wenn jemals etwas passieren sollte – wenn ich sie aus irgendeinem Grund verlieren sollte – ich weiß nicht, ob ich dann weitermachen könnte." Wes blinzelte energisch, als hätte er feuchte Augen. Ich fragte mich, ob er daran dachte, wie sie vorhin weggelaufen war.

Eine Träne löste sich aus meinem Auge, aber das war

mir egal. Ich musste die Tränen und den Schmerz nicht meiden. Wir stellten uns gemeinsam unserer tiefsten Dunkelheit.

Gemeinsam.

„Ich möchte das hier", sagte ich mit vollkommener Klarheit.

Es gab keine Garantien. Selbst wenn wir unser Leben gemeinsam verbrachten und glücklich miteinander waren, würde einer von uns zuerst sterben. Einem würde das Herz gebrochen werden. Es war eine Unvermeidbarkeit des Lebens. Wir hatten alle Herzen, die gebrochen wurden, und wir würden alle sterben. Nichts konnte uns vor diesen Dingen schützen und je mehr wir versuchten, das zu verhindern, desto weniger lebten wir. Desto weniger liebten wir. Desto weniger genossen wir das Leben, das uns gegeben wurde.

„Ich will dich", verkündete Wes. Sein Schwanz wurde an meinem Bauch hart und seine Augen leuchteten grün, doch er wartete. Ich konnte das Begehren in seinem Blick sehen, aber er stürzte sich nicht auf mich.

„Können wir zu dem Teil zurückkehren, wo du mich festhältst und unbändig über mich herfällst?", fragte ich.

Wes lächelte strahlend.

Ich hatte nie etwas so Blendendes gesehen.

Ich freute mich wahnsinnig darüber, denn ich hatte es ausgelöst. Ich war die Quelle seiner Freude.

Mit einer atemberaubenden Drehung warf er mich auf den Rücken und hielt meine Handgelenke wieder über meinem Kopf fest. „Jetzt steckst du ganz schön in Schwierigkeiten, kleiner Mensch", knurrte er.

Ich wand mich unter ihm und heiße Erregung pulsierte durch mich.

„Zeig es mir", forderte ich ihn heraus.

26

WES

ICH KONNTE keine Sekunde länger warten, sie zur Meinen zu machen. Ich neigte den Kopf und saugte an einer von Joys Brustwarzen, während ich die andere zwischen Daumen und Zeigefinger rollte. Mein Wolf verzehrte sich bereits nach ihr. Meine Zähne waren ausgefahren. Mein Schwanz pochte.

Ihr Geruch wirbelte um uns herum. Ich spürte sie weich, warm und wundervoll unter mir. Sie war sicher. Beschützt. Umsorgt. Ich hatte die Worte gesagt, jetzt galt es, sie mit Taten zu untermauern.

Dennoch würde ich mir Zeit lassen. Hier ging es ums Geben, nicht ums Nehmen. Ich würde Joy zeigen, was sie von mir erwarten durfte. Meine ganze Aufmerksamkeit, die ihrer Lust galt. Meine Zeit und meine Konzentration. Meine Liebe.

Verdammt, wir hatten uns noch nicht einmal unsere Liebe gestanden. Das war ihr als Mensch wahrscheinlich wichtiger, als zu hören, dass ich sie markieren wollte.

Also fing ich damit an, was mir gerade in den Sinn kam. Ich war kein Mann vieler Worte, doch Joy musste sie von mir hören. Ich musste ihr alles von mir geben, auch das, was mir schwerfiel. Ich fing mit etwas Einfachem an. „Ich liebe diese Brustwarze", sagte ich und lutschte dann an der anderen. „Und diese liebe ich auch." Ich ließ ihr die gleiche Behandlung angedeihen, bevor ich mit offenem Mund über Joys Bauch glitt und sie in die Seite biss, was sie zum Kichern brachte.

Ich zeichnete ihren Bauchnabel nach. „Ich liebe diesen Bauchnabel."

Ich zog eine Spur aus Küssen zu ihrem Venushügel und erkundete das kleine Häubchen, das sich unterhalb davon versteckte, mit meiner Zunge . „Ich liebe deinen kleinen Kitzler." Ich schnalzte mit der Zunge gegen die geschwollene kleine Perle und rollte sie herum. Anschließend fuhr ich ihre Schamlippen nach. „Ich liebe diese köstliche Pussy."

Ich drang mit der Zunge in sie. „Ich liebe den Honig, den du für mich machst."

Joys Pobacken zogen sich zusammen und ihre Innenschenkel drückten gegen meine Ohren. Frische Erregung tropfte aus ihr und lief über mein Kinn.

„Du bist einfach umwerfend." Ich hob den Kopf, um ihr

Gesicht zu beobachten, während ich mit zwei Fingern in sie drang und mit dem Daumen über ihren Kitzler rieb.

Sie erbebte unter mir, als sie einen Mini-Orgasmus hatte.

„Ich liebe deine Orgasmen." Ich fand ihren G-Punkt und umkreiste ihn tief in ihr.

Sie wimmerte bei der Empfindung. „Ja", stöhnte sie. „Bitte."

„Sag mir, was du brauchst, Joy."

Ihre Haut war heiß, ihr Atem ging stoßweise und ihr Körper war nachgiebig. „Ich brauche ... deinen Schwanz."

„Du willst diesen Schwanz?" Ich zog meine Finger aus ihr und leckte ihren Saft ab, dann richtete ich mich auf, sodass ich vor ihr kniete. Ihr Aroma auf meiner Zunge war himmlisch.

„Ja!" Sie umfasste mich mit den Beinen und verschränkte die Knöchel hinter meinem Rücken, um mein Becken an ihres zu ziehen.

Ich nahm ihre Handgelenke nun in eine Hand und packte mit der anderen meinen Schwanz, um mit der Eichel über ihre weichen Falten zu reiben.

„Gib mir diesen großen Wolfsschwanz."

Oh verdammt. Joy beherrschte Dirty Talk genauso gut wie ich. Das brachte mich dazu, Lusttropfen zu verspritzen.

„Ich will dich in mir."

Meine Fangzähne fuhren aus und mein Wolf brüllte. Da wäre ich beinahe gekommen, noch bevor ich in ihre enge Mitte gelangt war.

„Fick mich, Wes."

Schicksal steh mir bei – ich würde sie *verschlingen*. Mich durchfuhr das Begehren, sie zu beanspruchen.

Mit einer einzigen Bewegung drang ich in sie. Sie keuchte, als ich mich bis zum Anschlag in sie rammte.

Ich zwang mich, stillzuhalten für den Fall, dass es zu viel gewesen war oder sie Zeit brauchte, um sich anzupassen. „Gefällt dir das, Honey?"

Sie schaukelte mit den Hüften, um mich in ihr zu bewegen. Sie war wahnsinnig feucht, was mir das Eindringen erleichterte. „Ja, Fick mich endlich. Beanspruche mich."

Ein Knurren schoss aus meiner Kehle und ich fing an, sie ernsthaft zu ficken, bewegte mich rein und raus und rammte mich schnell und hart in sie. Das Bett knallte gegen die Wand.

„Ja", stöhnte sie und hob ihr Becken, um meinem zu begegnen. „Bitte, Wes."

Fuck.

Ich war erledigt.

Sie brachte mich um. Ich packte sie im Genick, um zu verhindern, dass ihr Kopf gegen das Kopfteil donnerte, während ich mich in sie hämmerte.

„Ja … ja!", schrie sie.

Ich konnte nicht länger warten. Mein Wolf war mehr als bereit. Ich musste sie haben. Musste sie für mich beanspruchen. Für immer.

„Komm für mich, Honey", knurrte ich.

„Ja! Okay!", schrie sie.

Ich drang tief in sie, kam und spritzte heiße Samenstränge in sie.

Sie gehorchte meinem Befehl, ihre Muskeln zogen sich um meinen Schwanz herum zusammen und verkrampften sich bei ihrem herrlichen Höhepunkt. Jedes Zucken molk mehr Sperma aus meinem Schwanz, jedes Beben pumpte mehr aus meinen Eiern.

Der Instinkt, meine Zähne tief in ihrem Fleisch zu versenken, packte mich, doch ich hielt mich zurück. Sie war ein Mensch – sie würde eine Narbe davontragen und wahrscheinlich ernsthaft verletzt werden, wenn ich nicht aufpasste.

Da wir uns beide dem Ende des Orgasmus näherten, bewegte ich mich langsam rein und raus, um ihr mehr Lust zu entringen. „Wo willst du ihn?"

Sie sah mich einen Moment lang verwirrt an, da sie noch etwas benommen von dem Orgasmus war.

„Darf ich dich beißen?"

Sie hielt meinen Blick und nickte. Ihr Mund war geöffnet, als würde sie das erregen. Sie deutete auf ihren Busen.

Ich umfasste ihn. „Hier?"

„Ja."

Mein Schwanz wurde in ihr länger. Ich musste mich drehen, um mit dem Kopf ihren Busen zu erreichen, aber ich schaffte es.

Vorsichtig – vorsichtig!, warnte ich meinen Wolf.

Nur ein kleiner Biss. Meine vier Fangzähne umrahmten den oberen Rand ihrer Brust, sanken in sie und durchstießen die Haut. Ich kam erneut und erschauerte von der intensiven Lust, meine Gefährtin zu markieren.

Joy schrie auf und ich hielt still, bevor ich zu tief drang.

Ganz behutsam zog ich meine Zähne aus ihrem Fleisch, um ihr zartes Gewebe nicht zu zerreißen.

Ich zog mich zurück, auf einmal entsetzt von der Vorstellung, sie könnte Schmerzen haben. Ich leckte über die Wunde, denn mein Speichel würde die Heilung beschleunigen. Ich schaute an ihrem Körper hoch und begegnete ihrem Blick. „Bist du okay? Fuck. Es tut mir so leid. Wie schlimm tut es weh?"

Joys Gesicht war gerötet und ihre Augen waren glasig. Sie griff zwischen ihre Beine und rieb ihren Kitzler.

Ich sah zu und war wie gebannt von meiner schönen Gefährtin, die sich selbst zu ihrem dritten Orgasmus brachte. Obwohl Blut aus der Bisswunde an ihrem Busen tropfte, schien sie keine Schmerzen zu haben.

Sie empfand Lust – genau wie ich.

Während sie sich zwischen ihren Beinen stimulierte, dann keuchte und das Becken anhob, sah ich zu und machte ein mentales Foto, um diesen unglaublichen Moment für immer in meinem Gedächtnis zu speichern.

Als ich sicher war, mir die Szene eingeprägt zu haben, schob ich ihre Finger beiseite und senkte meinen Kopf. Wenn meine Gefährtin mehr Wonne wollte, würde ich sie ihr selbstverständlich schenken.

Die ganze Nacht lang.

27

JOY

Aufgrund der aufregenden Nacht schlief Remy länger. Wir ebenfalls. Tatsächlich wachten wir erst auf, als sie hereinkam und zu uns ins Bett kletterte. Sie sagte nichts dazu, dass ich wieder im Bett ihres Vaters geschlafen hatte oder dass wir nackt waren. Nein, sie sagte etwas zu Marinas T-Shirt, das sie trug, wie sehr es ihr gefiel und dass sie es den ganzen Tag tragen wollte. Die Gedankengänge einer Vierjährigen waren so süß und unkompliziert.

Eine halbe Stunde später waren Remy und ich auf der Terrasse und aßen Joghurt mit Granola und Obst. Wegen der Hitze und weil ich fast den ganzen Tag in meiner Werkstatt arbeiten würde, trug ich meine alte abgeschnittene Jeans und ein Tanktop. Remy lief noch immer in Marinas T-Shirt herum, ihrem „schicken Kleid".

Wes war im Haus und machte frischen Kaffee.

Die Hintertür stand offen. Die Sonne schien. Die Vögel zwitscherten. Ich fühlte mich, als wäre mein Leben ein Disneyfilm. Vielleicht war ich tatsächlich die Prinzessin, von der Remy erzählt hatte.

Ich hatte meinen Prinzen bekommen. Ich legte eine Hand auf die Stelle meines Busens, wo Wes mich gebissen hatte. Gott, das hörte sich an, als ständen wir auf kinky Zeug. Vielleicht war es der ultimative Kink, auf einen Typen zu stehen, der sich in einen Wolf verwandeln konnte. Nein, der Kink war, dass ich mich von ihm hatte beißen lassen. Dass ich mich hatte markieren lassen. Denn als ich vorhin meinen BH angezogen hatte, hatte ich die roten Abdrücke des Bisses gesehen. Es tat nicht weh, außer wenn ich auf die Stelle drückte.

Meine Pussy war auch ein wenig wund von dem Sex, bei dem ich beinahe gegen das Kopfende des Bettes gekracht wäre.

Beides brachte mich zum Lächeln.

„Ich mag dieses knusprige Zeug in meinem Joghurt", sagte Remy und wedelte mit dem Löffel, womit sie mich aus meinen Gedanken riss.

„Das ist Granola", erklärte ich. Sie wiederholte das Wort, aber es kam als „Grola" heraus.

Wie auch immer.

Im Haus klingelte ein Handy. Es war nicht meins und Remy war vier Jahre alt, also musste es das von Wes sein.

„Ja?" Dieses eine Worte klang barsch und unwirsch. Als wüsste er, wer anrief, und hielt nicht viel von ihm.

„Was? Warum?"

Ich starrte Remy an, die damit beschäftigt war, mehr Frühstück in sich hineinzuschaufeln, und nicht einmal bemerkte, wie schlecht gelaunt ihr Vater auf einmal war.

Ich tippte ihr auf die Nase, als ich aufstand, und sie kicherte.

In der Küche lehnte Wes in Jeans und einem Hemd mit Druckknöpfen an der Anrichte. Ich ging zu ihm und er legte seinen Arm um mich.

„Ich habe mit dem Mitglied des Gestaltwandlerrats gesprochen, das für meine Region zuständig ist. Er ist ebenfalls der Meinung, dass Remy zu mir gehört. Daher werde ich morgen früh kommen und sie holen."

Oh Gott. *Remy gehörte zu ihr?* War das Soraya?

„Du wirst meine Tochter nicht bekommen, Soraya", knurrte er und bestätigte damit meine Befürchtungen.

Er zog seinen Arm weg und fing an, im Zimmer auf und ab zu gehen.

Ich blickte zur Hintertür hinaus und sah Remy, die fröhlich mit sich selbst plauderte. Sie kniete keine drei Meter entfernt am Tisch. Sie war in Sicherheit.

„*Unsere* Tochter", hörte ich durch das Telefon.

„Warum tust du das?", fragte er. „Warum *zur Hölle* tust du das jetzt?"

Sie lachte humorlos auf. „Weil du mit einem Menschen zusammen bist."

Ich schnappte nach Luft und begegnete Wes' grünem Blick.

Meinetwegen. Soraya wollte ihre Tochter, weil sie wollte, dass das Kind von mir weg kam.

Meinetwegen. Das alles passierte meinetwegen. Tränen traten mir in die Augen.

Soraya war *nach* dem Unwetter aufgetaucht. Nachdem ich in Wes' Haus gezogen war. Wölfe waren besitzergreifend, was ihre Gefährten und Welpen anging – also störte es sie wahrscheinlich ganz gewaltig, dass ich da war, obwohl sie Wes gar nicht wollte. Es war meine Schuld. Wenn ich in meinem Haus geblieben wäre, hätte sie nie erfahren, dass Wes und ich zusammen waren.

„Was zur Hölle hat das damit zu tun?"

Wes fluchte nicht vor Remy. Ich hatte ihn bisher nur selten fluchen hören. Dies war allerdings definitiv eine Situation, die solche Worte rechtfertigte. Ich wollte ihm das Handy wegnehmen und ihr selbst gehörig die Meinung geigen. Aber ich würde verlieren. Denn sie war im Vorteil. Ich *war* ein Mensch.

„Ich lasse meine *Gestaltwandler*-Tochter nicht von einem *Menschen* besudeln. Was bringt sie ihr denn bei? Wie soll sie ihr helfen, ein starkes und mächtiges Gestaltwandler-Weibchen zu werden?"

Sein Blick huschte zu mir, dann hinaus zu Remy.

Ich tat das ebenfalls und sah beide abwechselnd an.

„Und was hast *du* ihr in den letzten vier Jahren beigebracht?", erwiderte er.

„Ich fange jetzt damit an."

„Du kriegst sie *nicht*."

„Du fickst einen *Menschen*. Ich *werde* sie mitnehmen.

Der Rat steht bereits hinter mir. Ich bin die Mutter und man war sich einig, dass sich Remington nicht in einem Umfeld befindet, in dem sie gedeihen kann."

Wes machte große Augen und raufte sich das Haar. Er drehte sich im Kreis und blieb direkt vor der Hintertür stehen, sodass er sein Kind sehen konnte.

Es brach mir das Herz, das mitanzusehen. Zu hören, dass jemand gewillt war, Wes seine Tochter zu entreißen. Gott, er hatte mir erst letzte Nacht gestanden, dass es seine größte Angst war, Remy zu verlieren.

Ich durfte das nicht zulassen.

„Ich werde morgen früh um zehn Uhr da sein. Jemand vom Rat wird mitkommen, um sicherzustellen, dass du dich fügst."

Damit endete das Gespräch.

Wes warf sein Telefon auf die Granitarbeitsplatte und es schlitterte klappernd über die glatte Fläche.

Soraya war ein Miststück. Ich benutzte diesen Begriff nicht oft, aber wie beim Fluchen war jetzt der passende Zeitpunkt dafür. Schimpfwörter gab es schließlich zu kathartischen Zwecken. Ich hatte nie erwartet, dass jeder mein Freund war. Das war in Ordnung. Aber sie hasste mich. Ich hatte nur ein paar Sätze mit ihr gewechselt und nach einem einzigen Schnuppern hasste sie mich abgrundtief.

Sie zwang Wes, sich zwischen mir und seiner Tochter zu entscheiden.

Das war furchtbar.

Ich hatte Angst, ihn zu berühren. Er wirkte, als würde

er gleich in die Luft gehen. Als müsste sein Wolf heraus-
kommen und rennen oder kämpfen.

„Kann sie das tun?", flüsterte ich.

Er starrte Remy an und fuhr mit der Hand über seinen
roten Bart. „Ja", blaffte er. „Wenn sie sich wirklich an den
Rat gewandt hat."

„Was *ist* der Rat?", fragte ich und hielt meine zitternden
Finger an meine Lippen.

„Das ist eine Art leitendes Gremium. Richter,
Mitglieder aus den größten Rudeln der Region. Sie
befassen sich mit Rudel-internen Problemen oder Dingen,
die unsere Spezies als Ganzes betreffen. Ihr Wort ist Gesetz.
Bestrafungen werden von den Vollstreckern des Rats
durchgeführt. Eines unserer Rudelmitglieder dient dem
Rat als Vollstrecker – Johnny."

„Johnny?", fragte ich verblüfft. „Er ist doch höchstens
zweiundzwanzig."

Wes nickte. „Vor ihm war es Clint, aber er hat die Rolle
nach Lilys Geburt aufgegeben."

„Also, wenn sie so eine Ratsperson mitbringt, dann ..."

„Dann ist das nicht Johnny. Es wird jemand sein, der für
den Rat sprechen darf und dessen Entscheidung gilt. Das
bedeutet, sie nimmt mir Remy weg und ich kann nichts
tun, um das zu verhindern."

„Nimm sie und lauf weg!", schlug ich vor und geriet um
der beiden willen in Panik. Er würde sie auf keinen Fall
diesem Psycho-Miststück überlassen.

„Rob müsste Johnny hinter mir her schicken. Er müsste

...", Wes schluckte schwer, „mich töten und wäre gezwungen, Remy zu Soraya zu bringen."

„Was? Und das alles nur meinetwegen?"

Wes' Gesicht verzog sich zu einem gefährlichen Ausdruck. „Nicht deinetwegen. *Ihretwegen.*"

„Dann gehe ich. Wir trennen uns. Wenn ich das Problem bin, nehmen wir mich aus der Sache raus. Wenn wir nicht mehr zusammen sind, kann Soraya dem Rat keinen Grund nennen, wegen dem sie dir Remy wegnehmen müssen."

Wes wirbelte zu mir herum. „Du bist meine *Gefährtin*", knurrte er.

Ich deutete auf die Hintertür und ließ den Tränen freien Lauf. „Sie ist deine *Tochter*." Ich schluckte schwer und versuchte, die Tränen wegzuatmen, aber es funktionierte nicht. „Wir kennen uns noch keine Woche. Das hier", ich wedelte mit der Hand zwischen uns hin und her, „ist nicht genug. Ich werde nicht zulassen, dass Remy wegen ihrer streitenden Eltern leiden muss wie ich. Und ich werde mit Sicherheit nicht zulassen, dass sie dir weggenommen wird. Ich will nicht der Grund sein, aus dem man euch trennt."

„Nein." Sein Knurren war wild. Wäre mein Vertrauen in ihn nicht schon grenzenlos, hätte ich vielleicht Angst bekommen.

Ich schüttelte den Kopf. „Nein. Es ist vorbei. Du hast mir gestern Nacht gesagt, du würdest mich gehenlassen, wenn ich darum bitte. Ich bitte dich nun darum."

„Joy", bettelte er.

„Nimm einfach meine Sachen, die hier sind, und wirf sie in meinen Garten. Auf diese Weise können sie mich nicht riechen, wenn sie kommen."

„Dein Haus hat Löcher!" Er ballte seine Hände zu Fäusten.

Ich zuckte mit den Achseln. „Ich ziehe zu meiner Mutter."

Das war der letzte Ort, an den ich ziehen wollte, aber mir blieb keine andere Wahl. Es ging hier nicht um mich. Remy verdiente ihren Vater. Sie brauchte ihn.

Ich ging zu ihm, küsste ihn auf die Wange und floh, während mir Schluchzer die Kehle zuschnürten.

Ich würde sie für nichts auf der Welt in Gefahr bringen. Nicht einmal für die Liebe.

28

WES

Joy verliess mich. Sie rannte zur Tür hinaus. Weinend.

Mein Wolf tobte. Ich wollte die Wände meines Hauses einreißen. Randalieren. Um sie kämpfen.

Aber ich musste auch an meine Tochter denken.

Joy oder Remy.

Soraya ließ mir diese Wahl.

Nur hatte Joy die Entscheidung für mich getroffen.

Mein Wolf rastete aus, als sie weg war.

Er litt. Heulte. Lief herum.

Meine Sicht wechselte zwischen Wolf und Mensch, als würde ich mich gleich spontan verwandeln und die Bedrohung für meinen Welpen und meine Gefährtin bekämpfen.

„Daddy, ich habe Joghurt auf meinem Shirt!", rief Remy

und kam mit einem schmutzigen Löffel und Fingern voller weißem Joghurt ins Haus gerannt.

Ich atmete scharf ein, um mich zusammenzureißen. Ich musste meinen Wolf an die Leine legen, damit ich nachdenken konnte.

„Okay, dann machen wir dich mal sauber." Meine Stimme klang hohl in meinen Ohren. Ich holte einen nassen Lappen und wischte sie ab. Meine Bewegungen waren steif.

All das Licht, das Joy in mein Leben gebracht hatte, war verschwunden. Alles war schwarz und weiß und rot. Ich war … freudlos.

Fuck.

„Wo ist Joy?" Remy schien meine Gedanken zu lesen.

Ich räusperte mich, das änderte jedoch nichts daran, dass ich mich fühlte, als würde ein enges Band das Leben aus mir pressen. „Sie musste gehen."

„Aber sie wollte mir die Haare flechten", jammerte Remy.

Und sie wollte ihr Leben mit mir verbringen.

Zorn kochte wieder in mir hoch.

Wie konnte Soraya das nur tun? Warum? Ging es wirklich um Joy? Ich hatte noch kein Update von Johnny bekommen, aber bisher war es mir auch nicht so wichtig gewesen. Jetzt? Das Ganze war eine absolute Katastrophe.

Ich griff nach meinem Handy, das hinter den Toaster gerutscht war.

Dann rief ich meinen Alpha an.

„Wolf", sagte Rob.

„Rob?" Meine Stimme klang wie ein Bellen. „Ich, äh, ich brauche deine Hilfe." Es war schwer, die Worte hervorzubringen. Ich war ein stolzer Alpha-Wolf. Ich sprach kaum mit den Jungs, mit denen ich den ganzen Tag arbeitete. Um Hilfe zu bitten, war nicht meine Art, aber wenn ich sie je gebraucht hatte, dann jetzt.

„Was brauchst du?"

„Remys Mutter kommt morgen, um Remy mitzunehmen. Sie behauptet, sie würde ein Ratsmitglied zur Unterstützung mitbringen und dass der Rat hinter ihr steht, weil ich mit einem Menschen zusammen bin."

„Das ist doch Schwachsinn!", knurrte Rob.

Seine Worte gaben mir einen Hauch von Hoffnung. „Gibt es Gesetze, die das Sorgerecht regeln?"

„Nein. Wenn es einen Disput zwischen zwei Rudeln gibt, dann klären die Ratsmitglieder diesen."

Das erleichterte mich überhaupt nicht.

„Soraya ließ es so klingen, als hätte der Rat bereits eine Entscheidung getroffen. Ohne, dass man meine Version der Geschichte überhaupt angehört hat."

Ich hörte sein Knurren durch das Telefon. Ich spürte, wie es in meiner Brust widerhallte.

„Vielleicht bringt sie ein Rudelmitglied mit, um die Entscheidung vor Ort zu erzwingen, anstatt das nächste Treffen abzuwarten. Das wäre ungewöhnlich, aber wenn Zeit eine Rolle spielt, schickt der Rat vielleicht ein Mitglied, um den Streit auf diese Weise beizulegen."

Fuck.

„Hast du deine Gefährtin markiert?", fragte er.

„Ja." Ich musste die Erinnerung an das tränennasse, wunderschöne Gesicht meiner Gefährtin verdrängen, denn es machte mich rasend, dass sie mir weggenommen wurde. „Wird das gegen mich verwendet werden?"

„Keine Ahnung."

Mein Bauch verkrampfte sich.

„Johnny und ich werden dir bei dem Treffen zur Seite stehen. Wir haben keinen Repräsentanten im Rat, aber ich bin der Alpha eines starken Rudels in dieser Gegend und wer auch immer morgen kommt, sollte meine Anwesenheit respektieren. Mein Rudel hat mehrere Männchen, die mit Menschen verpaart sind. Wenn sie anfangen, uns deswegen zu diskriminieren, werden sie Probleme bekommen und das werde ich deutlich machen."

„Danke." Ich war mit dieser Sache nicht allein. Mein neues Rudel würde mich in dieser Notlage nicht hängenlassen.

„Wann kommen sie?", fragte Rob.

„Morgen um zehn."

„Wir werden da sein."

„Sie ist fort, Alpha", fügte ich hinzu.

„Wer?"

Die Frage war berechtigt, nachdem Remy in der Nacht zuvor weggelaufen war. Meine Tochter war eine Ausreißerin, daran musste ich arbeiten. Ein anderes Mal.

„Joy. Meine Gefährtin hat mich verlassen, damit sie nicht zwischen mir und meinem Welpen steht."

„Fuck. Eins nach dem anderen. Wir kümmern uns erst

um Remy und dann kannst du deine Gefährtin zurückholen. Komm jetzt zur Ranch. Johnny und ich werden in meinem Büro auf dich warten. Wir werden uns einen Plan überlegen."

29

JOY

„Hey, Mom." An jenem Abend trug ich einen kleinen Koffer ins Haus meiner Mutter. Ich hatte versucht, in meiner Werkstatt zu arbeiten – ich hatte mich dazu gezwungen, denn ich musste viel Ware produzieren, um die kaputten Stücke zu ersetzen – aber es war schwierig, den Ton zu sehen, während mir Tränen über die Wangen liefen.

Und ich weinte normalerweise nicht.

Ich redete mir immer wieder ein, dass es albern war, wegen eines Mannes zu weinen, den ich erst vor einer Woche kennengelernt hatte.

Vollkommen absurd.

Dass er nebenan wohnte, machte es noch schlimmer.

Zum Glück ruinierten Büsche und ein Zaun die Aussicht genauso sehr wie meine Tränen.

Aber mein wunder Busen erinnerte mich nach wie vor daran, dass es um weitaus mehr ging als eine Woche voller Sex. Wes hatte es ernst mit mir gemeint. Er glaubte, das Schicksal hätte uns zusammengeführt. Dass wir füreinander bestimmt waren. Dass ich „die Eine" war.

Und verdammt, er fühlte sich für mich ebenfalls wie der Eine an.

Vor allem, weil es mir so sehr im Herzen wehtat, dass ich ihn verlassen musste.

Ich wollte allerdings nicht schuld daran sein, dass er seine Tochter verlor. Dafür bedeutete er mir zu viel. Die Vorstellung, Remy müsste mit dieser furchtbaren Frau mitgehen ...

„Joy? Was ist passiert?"

Meine Mom war in der Küche, was ein gutes Zeichen war. Sie trug ihre Arbeitskleidung, was bedeutete, dass sie sich heute aus dem Bett gequält hatte und ins Büro gegangen war.

Es machte tatsächlich den Anschein, als wäre Remys Besuch eine Art Neuanfang für sie gewesen. Er hatte sie aus ihrem Loch herausgeholt. Kinder schafften so etwas. Man konnte sich nicht im eigenen Elend suhlen, wenn ein kleiner Mensch deine Aufmerksamkeit brauchte, um überleben zu können.

Remy würde das auch für Wes tun. Er würde einen Fuß vor den anderen setzen können, weil diese Vierjährige nicht nur süß, sondern auch anstrengend sein konnte. Ich glaubte ohnehin nicht, dass er ohne mich in Depressionen versinken würde, erst recht nicht nach so wenigen Tagen.

Allerdings hatte er fix und fertig ausgesehen, als ich ihn zum Abschied geküsst hatte. Vielleicht hatte das auch daran gelegen, dass man ihm seine Tochter entreißen würde.

Ich hingegen? Ich wusste nicht, wie ich Tür an Tür mit dem Mann weiterleben sollte, den ich liebte.

Ja, *liebte*.

Es erschien mir albern, das über jemanden zu sagen, den ich gerade erst kennengelernt hatte. Allerdings würde mein Herz nicht in so viele Teile brechen, wenn ich nicht bis über beide Ohren in Wes verliebt wäre.

Ich hatte in der Vergangenheit Affären gehabt, doch das hier war anders.

„Hi", sagte ich zu meiner Mutter und stellte den Koffer im Flur ab. „Ich bleibe hier, bis mein Dach repariert ist. Ist das okay?"

„Ja, natürlich, Schatz!", antwortete sie fröhlich. „Es ist toll, dich hier zu haben. Aber ich dachte, du wohnst bei Wes?"

Meine Mom drehte sich zu mir um und betrachtete interessiert mein Gesicht.

Sie freute sich für mich, nachdem sie Wes und Remy kennengelernt hatte. Sie war zum ersten Mal seit langer Zeit hoffnungsvoll.

Ich würde gleich ihre Träume zunichtemachen.

Sie würde nun doch kein niedliches, rothaariges Stief-Enkelkind bekommen.

Vielleicht würde ich es ihr noch nicht sagen. Ich mochte diese Version von ihr und wollte nicht der Grund sein, dass sie wieder in Depressionen versank.

Ihre Stirn legte sich jedoch besorgt in Falten, als sie mich ansah. „Etwas ist passiert, nicht wahr? Hattet ihr einen Streit? Er schien so ein netter Mann zu sein. Respektvoll und alles."

Ich ließ die Schultern hängen und Tränen brannten wieder in meinen Augen. Ich würde es nicht vor ihr geheim halten können. Ich konnte heute Abend nicht fröhlich für sie sein. Ich konnte mich nicht einmal um meinetwillen zusammenreißen.

Ich sank niedergeschlagen auf einen Küchenstuhl, seufzte und schniefte. „Kein Streit. Aber wir haben uns getrennt."

Sie machte große Augen. „Warum trennt ihr euch, wenn es keinen Streit gab?"

„Er und Remys Mutter streiten sich um das Sorgerecht und es erhöht seine Chancen, Remy zu behalten, wenn ich nicht involviert bin."

Ihre Kinnlade klappte schockiert herunter. „Was? Das ist absurd. Wenn du Teil seines Lebens bist, kann er Remy doch ein viel stabileres Zuhause bieten! Es ist ja nicht so, als wärst du ein Verbrecher oder Junkie oder so."

Ich ließ den Kopf in die Hände sinken und stützte die Ellenbogen auf den Tisch. „Ich möchte nicht darüber reden, Mom."

Ich *konnte* nicht darüber reden. Nicht ohne die Sache mit dem Wolf zu erklären, was ein Geheimnis war, das weder Wes noch sonst jemand aus dem Rudel mit anderen teilen wollte.

Mom setzte sich neben mich und streichelte meinen Rücken zwischen den Schulterblättern, wie sie es getan hatte, als ich noch klein gewesen war. „Spatz", ihre Stimme klang beruhigend. „Das tut mir so leid. Ich habe gesehen, dass dir die beiden sehr am Herzen liegen. Und ich gebe zu, ich mochte sie auch. Remy ist ... nun, sie erinnert mich sehr an dich. Sie ist aufgeweckt und klug. Und lebhaft."

Tränen liefen mir in die Hände, obwohl ich lachte. „Ich mag die beiden wirklich", sagte ich.

Sie legte den Kopf schief. „Also, kannst du mir helfen, es zu verstehen? Hat Wes dich gebeten, zu gehen?"

Ich schüttelte den Kopf. „Nein, aber seine Ex will nicht, dass ich mich in Remys Nähe aufhalte. Sie hat das sehr deutlich gemacht. Ich ... ich bin ein rotes Tuch für sie, nehme ich an. Es ist einfacher für die drei, diese Sache zu klären, wenn ich nicht Teil des Ganzen bin."

„Aber du *bist* doch ein Teil davon." Die Stimme meiner Mutter klang sanft, aber bestimmt. Sie legte ihre Hand auf meine.

„Mom, das ist nicht hilfreich", fauchte ich und bereute es sofort.

Mom stand auf und küsste mich auf den Kopf. Ich hörte, wie sie in der Küche herumging und das Abendessen vorbereitete.

„Es tut mir leid." Ich wischte mir die Tränen ab und stand auf, um ihr zu helfen.

Sie streckte die Hand aus. „Setz dich, Schatz. Ich kümmere mich um das Abendessen."

„Nein, ich möchte mich lieber nützlich machen." Ich deckte den Tisch und holte uns zwei Gläser mit Eiswasser.

„Du musst nicht die ganze Zeit stark sein", sagte meine Mutter nach einem Augenblick, ohne mich anzusehen.

Das klang wie etwas, was Wes sagen würde, weshalb es sofort eine frische Wunde in meiner Brust aufriss.

„Ich weiß, du hast als junges Mädchen nach der Scheidung zu viel Verantwortung übernommen", fuhr sie fort. „Ich hatte wegen der Depression solche Schwierigkeiten, richtig zu funktionieren. Du hast deine Jugend für mich geopfert."

Wow. Das war ein gewaltiges Eingeständnis.

Ich erstarrte bei ihren Worten mit den Servietten in der Hand. „Nein, Mom. Wir haben das Ganze gemeinsam bewältigt."

Sie drehte sich von der Anrichte weg und sah mich an. „Das hätte aber nicht so sein sollen. Ich war die Erwachsene. Ich hätte für dich da sein müssen. Stattdessen war es umgekehrt."

Die Worte meiner Mutter setzten mir noch mehr zu. Gott, warum fing sie jetzt damit an? Ich konnte ihre Wunden nicht heilen, solange ich selbst kaum in der Lage war, meine eigenen am Bluten zu hindern.

„Joy, du opferst dich immer für alle anderen." Sie kam zu mir, nahm mir die Servietten ab und legte sie auf den

Tisch. Dann ergriff sie meine Hand. „Du verwendest all deine Energie darauf, alle glücklich zu machen. Leute aufzumuntern. Vor allem mich."

„Ja und?", krächzte ich. Ich wusste wirklich nicht, warum wir ausgerechnet jetzt meine Charakterschwächen diskutieren mussten.

Sie drückte meine Hand erneut. „Ich möchte, dass du zur Abwechslung einmal egoistisch bist."

„Mom, jetzt ist nicht der richtige Zeitpunkt für Egoismus!", widersprach ich. „Ich habe dir doch gesagt, ich bin ein rotes Tuch für seine Ex. Ich muss mich aus der Situation raushalten."

„Nun, das mag stimmen", sagte sie mit sanfter Stimme. „Aber ich sehe, dass meine Tochter weint, was mir verrät, dass sie unglücklich über ihre Entscheidung ist. Weißt du, wenn wir glauben, es gäbe nur zwei Möglichkeiten, ist es manchmal an der Zeit, nach einer dritten Option zu suchen. Und vielleicht sollte ich das nicht dir, sondern erst einmal mir selbst sagen, hm?"

Ich stieß ein trauriges Lachen aus.

„Ich ... ich habe deinen Rat angenommen und Clyde gesagt, dass ich am Wochenende Zeit für einen Drink hätte." Meine Mom sah mich schüchtern und etwas verschämt an, dann kehrte sie an den Herd zurück und rührte in der Pfanne herum.

„Was?" Ich hob den Kopf. „Das hast du getan? Das ist großartig. Er steht schon so lange auf dich und ich bin froh, dass du ihm endlich eine Chance gibst. Ich freue mich so!"

Sie tat das Essen in zwei Schalen und stellte diese auf den Tisch.

„Ich mag ihn, aber ich habe Angst. Ich bin jedoch gewillt, es zu versuchen."

Wir setzten uns hin, ich nahm die Gabel in die Hand und schob das Essen hin und her, konnte allerdings nichts essen. Mein Magen wog zwei Tonnen.

„Wie würde es aussehen, wenn du um Wes kämpfen würdest?", fragte meine Mom leise. Ich merkte, dass sie nicht mehr über ihr Date mit Clyde sprechen wollte, und ich wollte sie nicht drängen. Ein Tag nach dem anderen, so lief das bei ihr, selbst wenn sie eine Reihe von guten Tagen hintereinander hatte. Also war es mein Liebesleben – oder das Fehlen von selbigem – über das wir redeten.

Ein Knoten formte sich in meinem Bauch. „Ich kann nicht." Meine Stimme klang trostlos. Ich spürte das Gewicht von tausend Pfund auf meinen Schultern.

„Du weißt nicht, wie du es anstellen sollst. Aber stell einfach weiter Fragen. Welche anderen Möglichkeiten gäbe es abgesehen von einer Trennung? Du musst mir nicht antworten. Ich möchte nur, dass du darüber nachdenkst. Denk über Möglichkeiten nach, bei denen du zur Abwechslung mal bekommst, was *du* willst."

Ich ließ den Tränen freien Lauf. Vielleicht hatte Mom recht. Ich wusste es nicht. Aber ich wusste, dass ich dankbar war für die Bemühungen meiner Mutter, mir zu helfen. Es war schön, dass sie mich zur Abwechslung mal bemutterte. Ihre Liebe und Fürsorge zu spüren. Dass sie es war, die mich aus einem Loch zog. Oder es zumindest versuchte.

„Danke, Mom." Ich stand auf, ohne mein Essen anzu-rühren. „Ich werde unter die Bettdecke kriechen und mich ausheulen."

Mein altes Ich hätte sich nicht einmal diesen Luxus gegönnt. Doch wenn ich nicht selbstaufopfernd sein wollte, musste ich mir erlauben, meine Gefühle zu fühlen.

Und im Augenblick empfand ich nichts als Traurigkeit.

30

WES

ICH SCHLIEF BESCHISSEN. Meine Gefährtin lag nicht neben mir und mein Wolf war sauer. Ungeduldig. Joy hatte in einer Sache recht.

Remy hatte Vorrang. Immer.

Ich musste die Sache mit Soraya ein für alle Mal aus der Welt schaffen. Dann konnte ich zu Mrs. Wallace fahren und meine Gefährtin zurückholen. Selbst wenn das bedeutete, sie mir über die verdammte Schulter zu werfen.

Mich mit meiner Ex auseinanderzusetzen, war die einzige Möglichkeit, um Joy zurückzubekommen. Es würde schwierig werden. Ich wusste nicht, welches Ratsmitglied sie mitbringen würde, und sie hatte gute Argumente.

„Es wird schon gut ausgehen", sagte Rob, als ich geistesabwesend seine Kaffeetasse nachfüllte.

Er und Johnny waren bereits seit einer Stunde hier und gingen alle Informationen durch, die Johnny gesammelt hatte, und das waren eine Menge. Wir saßen in der Küche und warteten. Ich war ungeduldig. Es unterstützte mich zwar kein Ratsmitglied in dieser Angelegenheit, aber es konnte nicht schaden, einen starken Alpha und einen Vollstrecker auf meiner Seite zu haben. Das Gleiche galt für die Dinge, die wir seit dem Vortag ausgegraben hatten.

„Ich sage es dir jetzt schon mal, Alpha", sagte ich. „Wenn entschieden wird, dass sie Remy bekommt, dann fliehe ich mit ihr."

Rob musterte mich und nickte. Ich war mir nicht sicher, ob er einverstanden war oder ob er nur nickte, um mir zu zeigen, dass er mich gehört und verstanden hatte.

Vielleicht war sein Vertrauen in dieses kleine *Treffen* größer als meines. Es war ja nicht sein Kind, das bedroht wurde.

Johnny, der sonst sehr lebhaft war und viel lächelte, saß still am Tisch. Er arbeitete an einem Laptop und tippte eifrig darauf herum. Ich wollte seine Tasse nachfüllen, doch sie war noch voll.

Es klingelte an der Haustür.

Ich sah erst Rob, dann Johnny an.

Jetzt war es so weit. Würde ich mein Kind behalten oder nicht?

31

WES

„Daddy, sie ist da." Remy kam in die Küche gerannt. Sie hatte nicht das übliche breite Lächeln im Gesicht. Sie sah vielmehr stur und entschlossen aus. Wenn nicht so viel auf dem Spiel gestanden hätte, wäre ich wegen der Laune meines Kindes in Panik geraten, denn in zehn Jahren würde sie richtig anstrengend sein.

Ich hatte Remy nicht von Soraya erzählen wollen, war jedoch der Ansicht, dass sie wissen sollte, was los war, sollte heute Morgen alles schiefgehen.

Ich hatte ihr gesagt, dass Soraya ihre biologische Mutter war, die ihren Job als Mutter bislang nicht besonders gut gemacht hatte, es aber noch einmal versuchen wollte. Außerdem hatte ich ihr versprochen, dass ich nicht zulassen würde, dass es dazu kam, wenn ich es verhindern konnte.

„Ach, ja?", sagte ich zu Remy und bemühte mich, viel ruhiger zu klingen, als ich mich fühlte.

Sie nickte. Ich hatte ihre Haare zu zwei Zöpfen geflochten. Sie waren schief, doch ich bezweifelte, dass es irgendjemandem auffiel, da sie darauf bestanden hatte, ihre Kleidung für heute selbst auszusuchen. Rote Shorts, ein grün-gelb gestreiftes Top und ihre pinken Regenstiefel. „Ja, ich kann sie riechen." Sie verzog ihre kleine Nase. „Sie riecht ... schmutzig."

Johnny lachte laut auf. Robs Lippen bogen sich nach oben und auch ich musste lächeln, weil sie so recht hatte.

„Ich glaube, es gibt einen Platz für sie im Rat." Johnny stand auf.

Ich nahm Remy auf den Arm, als es erneut an der Tür klingelte.

„Ich schätze, wir müssen ihnen aufmachen", murmelte ich.

Rob nickte und folgte mir.

Auf dem Treppenabsatz stand Soraya. Sie trug ein zartblaues Kleid, dazu Keilsandalen, deren Bänder um ihre Knöchel verschnürt waren. Ihr Outfit war passend für einen Gebetszirkel.

Neben ihr stand ein Mann. Mitte dreißig. Dunkles Haar. Düsterer Blick. Glattrasiert. Er sah aus, als gehörte er zu einem großen Stadtrudel mit seiner teuren Kleidung und der eleganten Frisur und ... hatte er manikürte Hände?

Meine Fresse.

Dann fing ich eine Wolke seines Geruchs auf. Er war mit dem von Soraya vermischt. Kam das davon, dass sie zusammen hergefahren waren? Oder schlief sie mit ihm?

„Da ist sie", flötete Soraya mit übertrieben fröhlicher, falscher Stimme. „Hallo, Remington", sagte Soraya zu Remy.

Remy wandte ihr Gesicht ab, zappelte in meinen Armen, damit ich sie runterließ, und rannte in ihr Zimmer.

Hätte sie sich bei jemand anderem so verhalten, hätte ich ihr Manieren beigebracht.

Ich trat zurück und ließ die beiden herein.

Ich bot ihnen keinen Platz zum Sitzen an.

Eine Vorstellung war jedoch erforderlich, also sagte ich: „Das ist Rob Wolf, Alpha dieser Region, und Johnny, der Vollstrecker unserer Region."

„Ich bin Tad Parker." Er nickte erst Rob, dann Johnny zu. „Ratsmitglied aus Sorayas Heimatrudel."

„Wir sind nicht hier, um Freundschaft zu schließen. Wir sind hier, damit ich Remington mitnehmen kann", sagte Soraya. „Ich hoffe, du hast ihre Sachen gepackt. Unser Flug geht in ein paar Stunden, wir haben keine Zeit zu verschwenden."

„Moment." Rob legte den Hauch eines Alphabefehls in seine Stimme, den wir alle in unseren Körpern spürten. Es handelte sich um eine Autorität, bei der man verstummte und zuhörte. „Ich würde gerne von dem Ratsmitglied hören, aufgrund welcher Untersuchungsergebnisse er die Entscheidung hinsichtlich der Veränderung des Sorgerechts getroffen hat." Er verschränkte die Arme vor der Brust zum Zeichen, dass mit ihm nicht zu spaßen war.

Wir standen in meinem Wohnzimmer. Ich bot niemandem einen Stuhl an. Oder Kaffee. Es war unangenehm, aber ich würde es ihnen nicht einfacher machen und freundlich sein.

Parker – denn ich würde ihn auf gar keinen Fall Tad nennen – räusperte sich. „Soraya hat mich darauf aufmerksam gemacht, dass ihr Kind mit einem Menschen zusammenwohnt."

Soraya und Parker schnupperten beide und dann noch einmal.

Ich hegte keinerlei Zweifel daran, dass das Haus noch nach Joy roch. Ich hatte zwar geduscht und mir frische Sachen angezogen, seit ich sie zuletzt gesehen hatte, ihr Geruch hing allerdings noch im Raum.

„Gibt es in eurem Rudel keine Mensch/Gestaltwandler-Paare?", fragte Rob.

„Es geht hier nicht um andere Paare", erwiderte Tad.

„In unserem Rudel gibt es viele gemischte Paare. Sogar mit Kindern. Es gibt keine Rudelgesetze oder eine übereinstimmende Meinung, die besagen, dass das nicht akzeptabel ist."

„Ich will deinem Rudel gegenüber nicht respektlos sein, Alpha, aber Soraya möchte bloß das Beste für ihre Tochter."

„Das war allerdings eindeutig respektlos, Parker." In Robs Stimme lag eine Warnung. „Sieh dich vor. Wes hat seine vom Schicksal vorherbestimmte Gefährtin gefunden und markiert."

Sorayas Blick huschte überrascht zu mir.

Ganz recht. Joy war nicht irgendein Mensch, der hier übernachtete. Sie war meine einzig wahre Gefährtin. Das Weibchen, das die Natur für mich vorgesehen hatte.

„Es ist eine stabile Beziehung", fuhr Rob fort. „Eine dauerhafte Paarung. Nichts kann zwischen etwas kommen, was vom Schicksal vereint wurde."

Parker mochte ein Ratsmitglied sein, war jedoch kein Alpha.

„Tad hat sein Urteil gefällt und befunden, dass Remington bei mir, ihrer Mutter, sein sollte, frei von jeglicher *Verunreinigung*."

„Dokumentation?" Johnny streckte die Hand aus.

Parker seufzte, griff in seine Tasche und reichte ihm ein Blatt Papier.

Johnny las es und reichte es Rob.

Nachdem er es gründlich durchgelesen hatte, gab Rob es zurück. Ich musste es nicht sehen, wenn sie es gelesen hatten.

„Das ist interessant, Parker. Warum hat Soraya auf einmal ein so großes Interesse an ihrer Tochter, nachdem sie drei Wochen nach ihrer Geburt jeglichen Kontakt abbrach?"

„Das möchte ich auch gern wissen." Ich ahmte Rob nach und verschränkte die Arme vor der Brust.

„Es gibt keine Verjährungsfrist dafür, eine gute Mutter zu sein", entgegnete Soraya.

„Nein, die gibt es nicht", stimmte ich zu und sah sie vielsagend an.

„Na bitte, er stimmt zu." Parker deutete auf mich.

„Ich stimme ihrer Aussage zu", fauchte ich. „Ihre Aussage belegt aber nicht, dass sie tatsächlich eine gute Mutter wäre."

Sorayas grüne Augen wurden schmal und sie sah geradezu mordlustig aus. „Sie kommt mit mir. Du kannst mich nicht aufhalten. Wenn du es versuchst, gibt es hier ein Ratsmitglied, einen Alpha und einen Vollstrecker, die bezeugen können, dass du gegen die Rudelregeln verstoßen hast. Darauf können wir uns sicherlich alle einigen."

„Nein das können wir nicht. Er würde nicht gegen die Regeln *dieses* Rudels verstoßen", knurrte Rob. „Und ihr befindet euch im Revier meines Rudels."

„Ich bin ein Ratsmitglied", erwiderte Parker scharf. Ratsmitglieder setzten die Gesetze der Gestaltwandler durch. Sie waren wie Richter für uns. Sie hatten einen höheren Rang als Alphas.

„Dein Rat hat in diesem Revier nichts zu sagen", fuhr Rob fort.

„Ich habe mir schon gedacht, dass du so einen Scheiß abziehen würdest", schnaubte Soraya.

Nun waren es meine Augen, die schmal wurden, denn immerhin hatte sie mich in die Ecke gedrängt. Ich hasste diese Frau. Ich wollte mir wünschen, dass ich ihr nie begegnet wäre, geschweige denn, sie gefickt hätte. Doch sie hatte mir Remy geschenkt und daher würde ich nichts ändern.

„Deshalb bin ich auf dem Weg hierher beim Sheriff vorbeigegangen", giftete Soraya. „Dem *menschlichen* Gesetzeshüter. Ich habe Anzeige gegen dich erstattet, weil du meine Tochter entführt hast. Der Sheriff sollte jede Minute hier sein, um dich zu verhaften und dafür zu sorgen, dass ich das Sorgerecht bekomme."

JOY

Iсн füнlte mich heute nicht besser als letzte Nacht, in der ich mich in den Schlaf geheult hatte, aber ich war nicht wie meine Mutter.

Ich würde nicht tagelang im Bett bleiben und mir die Decke über den Kopf ziehen.

Also schleppte ich mich aus dem Bett bei meiner Mutter und fuhr zu meiner Werkstatt, um an einer neuen Servierplatte zu arbeiten und die kaputte Lieferung zu ersetzen.

Vor Wes' Haus standen ein fremder Truck und ein Auto.

Soraya war jetzt sicher dort und versuchte, Remy mitzunehmen.

Gott, es kostete mich all meine Selbstbeherrschung,

nicht nach nebenan zu laufen und Wes beizustehen. Ihr zu sagen, was für ein wundervoller Vater er war. Wie sehr er sich um Remy kümmerte. Dass sie die Welt für ihn bedeutete.

Damit würde ich die Situation jedoch nur verschlimmern. Ich würde ihm bloß schaden.

Also setzte ich mich auf meinen Hocker am Maltisch. In der einen Hand hielt ich einen Pinsel, in der anderen die einmal gebrannte Servierplatte. Es war Zeit, sie zu glasieren, genauso wie einige andere Arbeiten, die bereit für die letzte Runde im Brennofen waren.

„Joy!"

Ich drehte mich um, als ich Remys hohe Stimme hörte.

Sie kam zu mir gerannt und umarmte mich unbeholfen, indem sie meine Beine umklammerte. Ich stellte meine Sachen ab und umarmte sie ebenfalls. Es wurde eng in meiner Brust, als würde ein Band um meine Rippen festgezogen werden.

„Was machst du denn hier?", fragte ich sie.

Es war erst ein Tag her, doch sie fehlte mir schon.

„Weiß dein Dad, dass du hier bist?"

Sie schüttelte den Kopf an meinem Oberschenkel. Ich hob sie hoch und setzte sie auf den Tisch. Einer ihrer Regenstiefel rutschte nach unten und fiel auf den Betonboden.

„Schatz, du darfst ohne die Erlaubnis deines Vaters nicht hier sein. Erinnerst du dich, was für eine Angst er beim letzten Mal hatte?"

„Die stinkende Frau ist da", unterbrach sie mich.

Richtig. Ich blickte auf, konnte durch die Garagenwand jedoch nicht Wes' Haus sehen. Versuchten sie, Remy mitnehmen? War sie hier, um sich zu verstecken?

„Soraya?" Ich wusste nicht, ob Wes ihr gesagt hatte, dass sie ihre Mutter war.

Remys Augen füllten sich mit Tränen. „Sie. Sie sagt, ich muss mit ihr gehen. Du musst rüberkommen und ihnen sagen, dass du meine echte Mommy bist und ich sie nicht brauche."

Oha. Sofort traten mir Tränen in die Augen. „So funktioniert das nicht, Schatz. Sie ist deine Mommy."

Remy schüttelte den Kopf und ihre Augen füllten sich mit Tränen. „IST SIE NICHT!", rief sie. „ICH GEHE NICHT MIT IHR MIT!"

Ich konnte es ihr nicht verübeln. Wenn es einen passenden Zeitpunkt für einen Tobsuchtsanfall gab, dann diesen.

„Dein Daddy wird es in Ordnung bringen. Mach dir keine Sorgen."

Er würde Soraya beweisen, dass wir nicht zusammen waren. Wie, das wusste ich nicht, aber er würde es tun. Er war ein guter Vater und Beschützer.

„Ich möchte bei dir bleiben", heulte sie.

Ich schüttelte den Kopf. „Nein, dein Dad wird sauer sein, weil du wieder weggelaufen bist. Und wir müssen dich zurückbringen, bevor er sich Sorgen macht."

Ich würde sie zur Terrasse hintern Haus bringen und zusehen, dass sie wirklich hineinging. Ich wagte nicht, eine Vierjährige allein nach Haus gehen zu lassen, auch wenn es höchstens zehn Meter von Tür zu Tür waren. Außerdem hatte Remy die schlechte – und gefährliche – Angewohnheit, wegzulaufen. Ich traute ihr zu, dass sie abhauen würde, weil sie so aufgebracht war. Dabei könnte ihr etwas zustoßen.

Ich hob sie hoch, stellte sie auf ihre Füße, zog ihr den Gummistiefel wieder an und nahm ihre Hand. „Komm, bevor sich dein Dad Sorgen macht."

Was ich für dieses Kind alles tat. Gott, ich wollte Wes nicht wiedersehen. Ich wollte ihm das Ganze auf keinen Fall vermasseln. Remy zu sehen, war schlimm genug. Und sie zurückzubringen? Es brach mir das Herz. Aber Wes würde in Panik geraten, wenn er sie nicht fand. Er musste sich im Augenblick schon genug Sorgen machen. Ich konnte sie zumindest heil zurückbringen. Eine Sache weniger, die auf seinen großen, breiten, sexy Schultern lastete.

Als ich mit Remy auf die Veranda trat, konnte ich die tiefen Stimmen von Wes und vermutlich Rob Wolf hören, genauso wie den giftigen Ton von Sorayas Stimme.

„...Gefährtin hin oder her – sie ist ein Mensch. Ich will nicht, dass mein Kind in einem gemischten Haushalt aufwächst."

Der Knoten in meinem Magen zog sich furchtbar fest zusammen.

Bitte lass Wes diese Schlacht gewinnen.

„Geh rein", flüsterte ich Remy zu.

Aber das Kind weigerte sich, meine Hand loszulassen, brach in Tränen aus und schlang ihre kleinen Arme um mein Bein.

Mist. Ich wollte die Besprechung nicht stören.

„Der Rat trennt Kinder nur ungern von ihren Eltern", sagte ein Mann. „Wes, vielleicht könntest du zurückkehren ..."

„Ich werde meine Gefährtin nicht verlassen", platzte es Wes heraus.

„Siehst du?" Remy wandte mir ihr verheultes Gesicht zu.

Mir wurde langsam heiß und ich spürte Tränen aufsteigen.

„Joy ist ein Mensch, das stimmt. Sie ist ein Mensch und sie ist perfekt. Sie ist strahlender als die Sonne und bringt allen Freude und Liebe, die sie kennenlernen."

Meine Kehle war wie zugeschnürt.

Es klang, als ginge es Wes ebenso. „Sie ist perfekt für mich und sie ist perfekt für Remy. Remy bedeutet ihr viel. Sie bedeutet ihr so viel, dass sie bereit war, uns zu verlassen, weil du darauf bestanden hast. Das tat sie nur, damit ich mein kleines Mädchen behalten kann."

Tränen füllten meine Augen.

„Nein!" Remy raste los und riss die Hintertür auf. „Das hier ist meine *echte* Mom", verkündete sie laut und deutete auf mich, bevor ich verschwinden konnte. „Und ihr könnt sie nicht zwingen, zu gehen!"

33

WES

Joy. Sie war hier.

Meine Gefährtin war hier.

Mein Wolf heulte vor Freude.

Ich ging zügig zu Remy und hob sie hoch, bevor ich zu Joy trat und sie an mich zog. Ich küsste sie auf die Stirn neben den wirren Dutt. Sie roch nach Sonnenschein und meiner Gefährtin.

„Es tut mir leid", sagte sie. „Ich wollte euch nicht stö..."

„Nein. Niemand wird Joy wegschicken", schnitt ich ihr das Wort ab. Es gab *nichts*, wofür sie sich entschuldigen musste. „Und *niemand* nimmt uns Remy weg." Ich legte einen Alpha-Befehl in meine Stimme.

Joy spürte das nicht, aber Remy erschauerte und Soraya

erstarrte. „Wir werden ja sehen, was die Polizei dazu zu sagen hat", sagte sie, sobald sie sich davon erholt hatte.

„Das ist reine Zeitverschwendung", sagte Rob zu Parker. „Mein Vollstrecker hat ebenfalls ein paar Daten zusammengetragen, falls das Ratsmitglied bereit ist, zuzuhören."

Der Blick, den Rob ihm zuwarf, ließ ihm praktisch keine andere Wahl. Und die hatte er tatsächlich nicht. Ratsmitglieder mussten sich beide Seiten eines Streits anhören.

„Also schön." Parker fügte sich.

Soraya schnaubte und klopfte mit dem Fuß auf den Boden.

Johnny trat vor. „Ich möchte dir zunächst mein Beileid zum Tod deines Vaters letzte Woche aussprechen, Soraya."

Parker wirbelte zu Soraya herum.

„Ich sollte dir wohl auch mein Beileid aussprechen, weil du keinen Cent seines gewaltigen Vermögens als Besitzer von *Stanton Oil* geerbt hast. Das Testament macht seine Enkelin, Remington Sparks, zur Alleinerbin von Martin Stantons Vermögen."

Johnny hatte diese Information ausgegraben, nachdem ich ihn gestern angerufen hatte. Sein Netzwerk aus anderen Vollstreckern zahlte sich aus. Fuck sei Dank.

Das war der wahre Grund, aus dem Soraya auf einmal aufgetaucht war und Remy haben wollte. Sie wollte das Geld in die Finger kriegen. Als ich das gestern erfahren hatte, war ich gleichermaßen erleichtert und wütend gewesen. Dieses hinterhältige, herzlose Miststück.

„Stimmt das?", fragte Parker Soraya.

Wenn Blicke töten könnten, wären wir jetzt alle wegen Sorayas finsterem Blick tot umgefallen. „Ja", fauchte sie. „Und wenn schon?"

„Ist es nicht interessant, Parker, dass eine Mutter null Interesse an ihrem Kind zeigt, bis dieses Kind auf einmal Milliardär ist?"

34

JOY

MILLIARDÄR? Heilige Scheiße.

Das ergab so viel Sinn. Gott, ich bedauerte, dass der Mann gestorben war, aber dass er Remy alles vermacht hatte? Er musste sie geliebt oder seine Tochter gehasst haben. Vielleicht beides.

Johnny fuhr sich mit einer Hand über den Nacken. „Ich habe außerdem ein paar Geschichten zusammengetragen, dass ihr beide euch, sagen wir mal, miteinander vergnügt? Ich denke, wir sind uns alle einige, dass wir sie an dir riechen können."

Mir fielen fast die Augen aus dem Kopf. Soraya und dieser falsche Naturbursche, zumindest wirkte er so aufgrund seiner Kleidung und seiner Erscheinung, waren zusammen? Ich konnte nichts riechen, aber ich war ja auch nur ein *Mensch*.

Der Typ trat unbehaglich von einem Fuß auf den anderen, wohingegen Soraya die Lippen schürzte und ein sehr unattraktives Gesicht machte.

Dann stapfte sie zu mir und pikste mich in die Brust. „Du. Du wirst mein Erbe nicht verprassen! Ich erledige dich, bevor das passiert."

Ich riss vor Überraschung die Augen auf.

Wes zog mich von Soraya fort und schob mich halb hinter sich. Als müsste sie erst ihn außer Gefecht setzen, um an mich zu gelangen. „Meine Gefährtin hat *nichts* mit deinen hinterhältigen, durchtriebenen Machenschaften zu tun."

„Parker, ich habe diese Frau noch nie zuvor gesehen", begann Rob, über Soraya zu sprechen, „aber ich gebe dir jetzt einen guten Rat. Du solltest sofort jeglichen Kontakt zu ihr abbrechen. Wenn dein Dokument darauf basiert, dass sie einen guten Blowjob gibt, dann ist deine Rolle im Rat nicht das einzige, worum du dir Sorgen machen musst."

Der Typ, Parker, wurde blass und sah Soraya an, als würde er entscheiden, ob der Blowjob das Drama wirklich wert war.

„Ja, Alpha", erwiderte er, zog den Schwanz ein und … verschwand. Direkt zur Tür hinaus.

Heilige Scheiße.

Ich konnte mir denken, was ein Alpha war. Rob strahlte ruhige Autorität aus. Macht. Doch jedes Mal, wenn ich Rob

Wolf begegnet war, war er so entspannt gewesen. Natürlich hatte er mich nie Alpha-mäßig behandelt. Aber zu sehen, wie der andere Typ den Kopf einzog und buchstäblich floh ...

Beeindruckend.

Soraya war nicht so klug. Sie blieb, die Hände in die Hüften gestemmt, und schaffte es irgendwie, gleichzeitig zu feixen und finster zu schauen.

Es klopfte an die noch offene Tür.

Soraya lächelte. „Gut. Der Sheriff ist da. Nun wird sich alles klären."

35

WES

Zum ersten Mal seit vierundzwanzig Stunden konnte ich wieder durchatmen.

Meine Gefährtin war an meiner Seite. Das Ratsmitglied war weg.

Jetzt mussten wir nur noch mit dem Sheriff reden und mit etwas Glück ...

Herein kam Deputy Sheriff Kyle Abbott, gefolgt vom Sheriff von Cooper Valley, Levi, der ein Gestaltwandler, Rudelgefährte und Freund war.

Ich genoss es sehr zuzusehen, wie Sorayas selbstgefälliges kleines Lächeln erlosch, als sie Levis Geruch wahrnahm.

Ganz recht, du Miststück. Der Sheriff von Cooper Valley ist ein Wolf.

Joy wusste das jedoch nicht. Sie trat vor und hielt die Hand hoch, um sie aufzuhalten. „Sheriff, Deputy, ich weiß nicht, was diese Frau Ihnen erzählt hat, aber es waren alles Lügen."

Levi nahm seinen Hut ab und musterte Joy. „Das ist mir bewusst."

Sorayas Kinnlade klappte bei diesen Worten nach unten.

Kyle Abbott, der Deputy Sheriff, war ein Mensch, seine Tochter Riley war jedoch mit Cody, einem unserer Rudelmitglieder, verpaart. Er kannte und bewahrte unser Gestaltwandler-Geheimnis.

Soraya musste ihre Märchen Kyle erzählt haben, denn sie hätte nicht wissen können, dass er mit den Wölfen im Bunde war. Sie hatte vorgehabt, einen Menschen in die Sache hineinzuziehen, sich jedoch den Falschen ausgesucht. Kyle war offensichtlich mit der Beschwerde zu Clint gegangen und sie hatten die Puzzleteile zusammengesetzt.

Denn sie hatten nicht ein Wort davon geglaubt. Fuck sei Dank.

Kyle sah Soraya an. „Ma'am, ist Ihnen bewusst, dass es eine Straftat ist, eine Falschanzeige zu machen?"

Ich roch die Verzweiflung an Soraya. Sie deutete mit einem Finger auf mich. „Er hat meine Tochter entführt, als sie ein Baby war. Ich habe sie jetzt erst wiedergefunden und verlange, dass Sie ihn festnehmen!" Ihre Stimme klang schrill.

Kyle Abbott lehnte sich lässig mit einer Schulter an den Türrahmen. „Wie war das noch mal?", fragte er betont langsam, „Welche Strafe gibt es für eine Falschanzeige vor einem Friedensrichter in Montana, Sheriff?"

„Bis zu sechs Monate Haft im Bezirksgefängnis", antwortete Levi.

Sorayas Oberlippe kräuselte sich. „Ein Gefängnis kann mich nicht aufhalten."

„Nein, wahrscheinlich nicht", warf Johnny ein. „Da komme ich ins Spiel." Er machte drohend einen Schritt auf sie zu. „Als *Vollstrecker*."

Gestaltwandler-Vollstrecker vollzogen die Urteile des Rates. Da menschliche Gefängnisse unsere Art nicht einsperren konnten, wurden solche Strafen meistens zu Todesstrafen. Johnny war zwar noch jung, hatte jedoch mehr Tode gesehen als ich, obwohl ich beim Rodeo gearbeitet hatte.

Diese Drohung erzielte ihre Wirkung. Soraya schoss zur Tür und prallte gegen Kyle.

„Ich schlage vor", sagte ich und blickte in Remys süßes Gesicht, „dass du aufhörst, deine Tochter zu traumatisieren, indem du damit drohst, sie ihrer liebevollen Familie zu entreißen." Ich sah Joy an, um mich zu vergewissern, dass sie mit an Bord war. Dass wir eine Familie waren – wir drei.

Wie immer hoben sich ihre perfekten Lippen zu einem Lächeln.

„Wenn du je darauf hoffen willst, dass Remy es in der Güte ihres Herzens findet, dir etwas von ihrem Erbe abzugeben", fügte ich hinzu.

Zuckerbrot und Peitsche.

Sorayas nervöser Blick wanderte von Remys Gesicht zu meinem, dann zu Johnnys. „Remy, Mommy hat dich lieb", sagte sie.

„Oh, bitte", murmelte Joy und verdrehte die Augen.

Remy streckte die Arme nach Joy aus und ich gab sie meiner Gefährtin. „Das ist meine Mommy."

„Ich weiß." Soraya hatte meinen Vorschlag offenbar beherzigt. „Aber ich bin deine andere Mommy. Und ich liebe dich sehr."

„Okay, Tschüühüüss", unterbrach Joy sie.

Soraya warf Kyle einen Blick zu und er entfernte sich betont langsam von der Tür, damit sie hinausgehen konnte.

„Mommy wird dich ganz oft besuchen, okay, Baby?"

„Tschüühüüss", ahmte Remy Joys Abschiedswort nach.

Levi und Rob glucksten. Es war vielleicht nicht ideal, dass sie das gelernt hatte, aber wie alles, was eine Vierjährige tat, war es verdammt niedlich.

Soraya ging zur Tür hinaus und Kyle schloss sie hinter ihr. „Tschüühüüss", sagte er. „Ich denke, die haben wir zum letzten Mal gesehen."

Rob nickte und lächelte. „Denke ich auch."

Remy kicherte.

Joy ebenfalls.

Dann ertappte ich mich erstaunlicherweise dabei, dass ich auch lachte.

Es war vorbei.

Remy war noch hier. Und Joy ebenfalls.

Die ganze niederschmetternde Verzweiflung des gestrigen Tages löste sich auf. Sogar das langjährige, vertraute Gewicht und die Einsamkeit, weil ich in den letzten vier Jahren diese zwei-Personen-Familie allein hatte versorgen müssen, verschwanden.

Ich hatte alles, was ich mir je hätte wünschen können.

Mein Leben war komplett.

36

JOY

WES ZOG meine Handgelenke zueinander und fesselte sie mit einem breiten, pinkfarbenen Band ans Kopfteil. Keine Ahnung, woher er das hatte, aber ich nahm an, dass es eines von Remys Haarbändern war.

Sie schlief und ich war jetzt nackt.

Wes' Augen leuchteten grün. Begehren stand ihm ins Gesicht geschrieben, aber er gab mir den Rest, als er sagte: „Ich werde jetzt duschen und du wirst hier warten und darüber nachdenken, was für ein böses Mädchen du warst."

Mir klappte die Kinnlade herunter und ich zerrte an meinen Handgelenken. Es war ein *Band* und ich hätte mich befreien können, wenn ich es ernsthaft versucht hätte. Das wollte ich aber gar nicht.

„Böses Mädchen?", protestierte ich.

Er hatte mir den ganzen Tag über erzählt, wie großartig ich war. Wie viel es ihm bedeutete, dass ich gekommen war und ihn unterstützt hatte, und auch, wie viel es ihm bedeutete, dass ich bereit war, meine eigenen Bedürfnisse und mein Glück um seinetwillen zu opfern. Wir hatten den ganzen Tag damit verbracht, einander zu halten, wir drei.

Und jetzt war ich auf einmal ein *böses Mädchen*?

„Ich denke nicht", sagte ich zu ihm.

Er zog schmunzelnd die Lippen hoch. Er lächelte jetzt viel häufiger. Daran könnte ich mich ganz sicher gewöhnen.

„Böses Mädchen. Du hast mir gestern mein verdammtes Herz gebrochen, als du weggegangen bist. Und ich möchte sicher sein, dass du dir der Konsequenzen bewusst bist, damit das nicht noch einmal passiert."

Die sexy Art, wie er *Konsequenzen* sagte, verriet mir, dass er eine sehr sexy Bestrafung für mich im Sinn hatte.

Vermutlich die Art von Strafe mit einem Spanking.

Ich wackelte ungeduldig mit den Hüften. Ich brauchte es jetzt, dass er mich anfasste.

Doch der Vollidiot schlenderte einfach ins Bad.

Ich starrte an die Decke und schnaubte. Als ich mir allmählich lächerlich vorkam – ich war mit einem Haarband nackt an ein Bett gefesselt, ohne dass irgendein sexy Spaß stattfand – wurde die Dusche abgestellt. Wes kam heraus und blieb vor dem Bett stehen, um sich abzutrocknen.

Heilige Scheiße, Wassertropfen liefen an seinem

Körper hinab und wurden abgetrocknet. Mit den Augen verfolgte ich seine Hand und das kleine Erdbeer-Handtuch – dasselbe, das er bei unserer ersten Begegnung trug – während sie über seinen perfekten Oberkörper glitten.

Dieses Mal war sein Schwanz steif. Groß. Lang. Dick. Für mich.

„Wie hat es sich angefühlt, als ich weggegangen bin?", fragte er und rieb sich mit dem Handtuch über den nassen Kopf.

Ich klappte den Mund auf. Dann zu. Dann wieder auf.

„Du … du bist duschen gegangen, damit ich weiß, wie es ist, wenn jemand weggeht?"

Er zuckte mit einer Schulter. „Ich wollte dich bei mir haben."

Ich zog an dem Band. „Und wessen Schuld ist das?", fauchte ich. Ich war nicht länger glücklich. „Wes, mach mich los."

Er spürte, dass sich die Lage geändert hatte, beugte sich vor und zog an dem Knoten. Sobald ich frei war, ging ich auf meine Knie, damit wir auf Augenhöhe waren. Ich war auf dem Bett, er stand davor.

Wir waren beide nackt. Es war an der Zeit, sich noch mehr zu entblößen.

„Es tut mir leid, wenn ich dich verletzt habe, aber ich würde mich niemals zwischen dich und Remy stellen. Niemals."

Er knurrte. „Ich weiß. Und dafür liebe ich dich nur noch mehr."

Tränen traten in meine Augen. Er streckte die Hand aus und wischte eine weg, die mir über die Wange lief.

„Wir waren nie getrennt. Du wusstest das nicht, aber für mich warst du nie dauerhaft weg. Du hattest recht, ich musste zuerst an Remy denken, anschließend wäre ich jedoch zu dir gekommen."

Ich machte große Augen. „Im Ernst?"

„Du bist die Meine. Meine Gefährtin. Meine Partnerin. Meine Seele."

„Wes", hauchte ich. Okay, ich war wieder glücklich. Ich legte meine Finger auf die Stelle an meinem Busen, wo er mich gebissen hatte. Nein, *markiert*. Sie war ein wenig verkrustet, tat allerdings nicht weh. „Ist es deswegen?"

„Ja."

„Weil es dich zwingt, zurückzukehren?"

Er runzelte die Stirn. „Nein. Weil diese Markierung bedeutet, dass wir für immer zusammen sind. Nichts kann uns trennen. Nichts wird das brechen, was wir vereint haben."

„Oh, ich liebe dich auch. Ich wollte die Markierung aus diesen Gründen."

„Wirst du mich jetzt endlich küssen?", fragte er.

Ich konnte mir ein Lächeln nicht verkneifen, dann grinste ich breit. „Jetzt kannst du mir den Po versohlen, weil ich ein böses Mädchen war." Ich drehte mich um und ging auf Hände und Knie. Ich warf einen Blick über meine Schulter und sah Wes an. „Ich bin bereit, mich den Konsequenzen zu stellen."

37

WES

J OY LIEBTE ES, wenn ich herrisch war, also ließ ich meine dominante Seite raus. Ich war bereit, sie ihr erneut zu zeigen.

Ich nahm eines der Kissen und warf es mitten aufs Bett.

„Leg dich über das Kissen. Ich möchte, dass dein süßer Hintern in die Luft gereckt wird."

Joy gehorchte und wackelte mit den Hüften.

„Fuck, das ist umwerfend." Ich klatschte auf eine Pobacke und sah zu, wie mein Handabdruck auf ihrer blassen Haut erblühte. Mein Schwanz wurde von dem Anblick so verdammt hart. „Du bist wunderschön."

Ich zog ihre Handgelenke hinter ihren Rücken und fesselte sie erneut mit dem Band. „Bist du bereit für dein Spanking?"

„Ja, Sir."

Ich gluckste – das fühlte sich noch immer seltsam in meiner Brust an. Aber es kam jetzt häufiger vor. Joy war in mein Leben getreten und hatte das Licht angeschaltet. Mir war nicht bewusst gewesen, dass ich die ganze Zeit versucht hatte, im Dunkeln zu funktionieren. Dass ich das gleiche Leben führen und dieselben Schritte gehen konnte, aber fünfhundertmal glücklicher sein würde als zuvor. Mir war nicht bewusst gewesen, dass das überhaupt möglich war.

„*Sir* ... das gefällt mir", murmelte ich. Ich schlug etwas kräftiger auf die andere Pobacke.

Sie schrie, blickte allerdings über ihre Schulter, soweit sie das mit den auf den Rücken gebundenen Händen tun konnte. „Danke, Sir. Darf ich noch einen haben?" Sie setzte einen koketten Gesichtsausdruck auf. Ich liebte es, dass sie bei mir so hemmungslos war und nichts von sich verbarg.

Dieses Mal kam mir ein richtiges Lachen über die Lippen. Sie war unfassbar süß. Meine Brust war wegen ihr so voller Wärme, dass ich das Gefühl hatte, zu platzen.

„Braves Mädchen." Ich verpasste ihrem Po noch einen Klaps.

„Ich dachte, ich wäre ein böses Mädchen", erwiderte sie und wackelte mit den Hüften.

„Jetzt legst du es aber darauf an." Ich schlug ihr mehrfach auf den angehobenen Hintern, vor allem auf den unteren Bereich, auf dem sie sitzen würde. Sie zappelte auf dem Kissen, während sie schrie und stöhnte. Der Geruch ihrer Erregung sorgte dafür, dass mein Schwanz hart und gerade aufragte.

Ich hielt inne und sagte: „Ich werde heute Nacht diesen herrlichen Hintern ficken und dir zeigen, wer hier der Boss ist."

Ich wartete, wie sie auf diese Ankündigung reagieren würde. Ich würde natürlich niemals etwas tun, womit sie sich nicht wohlfühlte.

Sie stöhnte.

„Ich will jeden Teil von dir." Ich beugte mich über sie und biss ihr ins Ohr. „Wirst du dich mir auf jede Weise hingeben?"

„Wes, oh, ja." Ich betrachtete das in diesem Szenario als Zustimmung.

„Braves Mädchen." Ich musste das einfach immer wieder sagen.

Ich schob meine Finger zwischen ihre Schenkel und verteilte ihre Feuchtigkeit um ihren Kitzler.

Sie spreizte die Schenkel noch weiter, damit ich sie besser erreichen konnte.

Stattdessen versetzte ich ihr mehrere Hiebe und färbte ihren Hintern allmählich rot. Sie keuchte und stöhnte. Ich konnte sehen, dass es zu intensiv wurde, als sie anfing, meiner Hand auszuweichen. Deshalb hörte ich auf und rieb das Brennen weg.

„Braves Mädchen." Ich belohnte sie wieder mit meinen Fingern zwischen ihren Beinen. „Du bist immer ein braves Mädchen, selbst wenn du mein böses Mädchen bist", erklärte ich ihr. Denn das hier war definitiv keine echte Bestrafung. Das hier war für uns beide erregend.

Sie war meine Gefährtin und ich hatte ein tiefes biologisches Verlangen, sie zu befriedigen. Meine Gefährtin wiederum mochte es, wenn ich sie herumkommandierte.

Ich legte meine Daumen an die Innenseiten ihrer Schenkel, zog sie weit auseinander und öffnete so ihre geröteten Pobacken, um meine Zunge zwischen ihre Beine zu bringen.

Sie schrie auf und zuckte bei der ersten Berührung meiner Zunge vor Lust. Ich folterte sie mit meiner Zunge, tauchte zwischen ihre Schamlippen und drang mit der Spitze in sie.

Mein Schwanz pochte, da er unbedingt in ihr sein wollte. Ich kniete mich hinter Joy, fuhr mit der fetten Spitze meines Schwanzes durch ihre Säfte und drückte sanft gegen ihren Eingang. Sie war so feucht und einladend, dass ich problemlos in sie glitt. Fuck, sie fühlte sich gut an. Eng. Feucht. Heiß.

Mein Stöhnen vermischte sich mit ihrem lustvollen Seufzen. Ich zog ihr Becken hoch, sodass sie auf den Knien war, und schob das Kissen unter ihren Oberkörper. Ihre Handgelenke waren noch immer auf ihrem Rücken gefesselt und ich ließ meine Hände über die Seiten ihres Körpers gleiten, dann zurück zu ihren Hüften, um sie festzuhalten.

„Mmmh." Die Empfindung, mich in ihrer Mitte rein und raus zu bewegen, schleuderte mich in eine ferne Galaxie. Ich machte langsam und genoss, wie sie sich um meinen Schwanz zusammenzog, wenn er tief in sie drang. Das Stocken ihres Atems. Das Zittern ihrer Beine.

„Mmmh", stöhnte sie ebenfalls. Wir waren perfekt im Einklang. Ich gab. Sie nahm. Oder war es in Wahrheit umgekehrt? Sie gab mir ihren herrlichen Körper und ich nahm ihn? Es war ein perfekter harmonischer Kreislauf, wenn man mich fragte. Unsere Körper waren vereint im Akt der Liebe. Eine Verkörperung des Schicksals.

Jedes Mal, wenn wir so zusammenkamen, wurde es noch besser.

Ich würde sie nicht kommen lassen. Noch nicht. Wir hatten heute Nacht noch andere Dinge zu erkunden. In der Vergangenheit waren wir hektisch vorgegangen, da wir wild vor Lust gewesen waren. Jetzt hatten wir alle Zeit der Welt.

Ich verlangsamte mein Tempo und neckte sie nur noch mit meinen Stößen.

Sie drängte ihr Becken nach hinten, um mich zu tieferen Bewegungen zu animieren. „Wes", stöhnte sie.

Ich glitt aus ihr.

Sie wimmerte.

Ich verpasste ihrem Hintern einen Hieb. „Bleib genau so, Schätzchen."

„Wehe, du gehst jetzt noch mal duschen", neckte sie.

Ich gluckste. Verdammt. Schon zum dritten Mal. Dieses Weibchen würde noch meine ganze Persönlichkeit ändern.

Ich holte die Flasche Gleitgel, die ich am Nachmittag

für die nächtlichen Festlichkeiten besorgt hatte, und öffnete sie. „Es wird etwas kühl", warnte ich.

Ich kehrte zum Bett zurück, zog ihre Pobacken auseinander und ließ etwas Gleitgel dazwischen laufen.

„Ooh!" Ihr Anus zog sich in Reaktion auf die plötzliche Empfindung zusammen.

„Hast du hier hinten schon mal jemanden aufgenommen?" Ich rieb mit dem Daumen über ihren Hintereingang und massierte das Gleitgel ein. Ich war mir nicht sicher, ob ich die Antwort hören wollte.

„Nein."

Ein Glück. Ja, es war falsch von mir, so besitzergreifend in Bezug auf dieses Körperteil zu sein. Es war falsch, dass ich mir wünschte, etwas von ihr zu nehmen, was nur mir gehörte, aber ich war eben ein verdammter Wolf.

Für einen Menschen war ich durch und durch ein Alpha.

Ich übte ein wenig Druck aus, durchbrach ihre Rosette und dehnte sie, damit Joy meinen Daumen aufnahm. Ich ging langsam und behutsam vor. „Bist du nervös?"

Ein Schauer durchfuhr sie. „Ein wenig."

„Ich werde mich gut um dich kümmern, Honey. Ich werde es gut für dich machen. Vertraust du mir?" Ich zog meinen Daumen heraus, massierte ihren Hintern, drückte und rieb über ihre Pobacken. Ich spürte die Hitze dieser sexy Rundungen unter meinen Händen.

„Ja."

„Braves Mädchen." Ich löste die Fessel an ihren Handgelenken, beugte mich über sie, küsste sie auf den Mund und tauchte tief mit der Zunge ein.

Sie stöhnte an meinen Lippen.

Ich schob ihre Hüften wieder auf die Kissen, denn für Analsex war es einfacher, wenn sie tiefer lag. Auf den Knien würde das Fleisch zu sehr gestrafft werden und ich wollte, dass ihr erstes Mal so einfach wie möglich für sie war.

„Führ deine Finger zwischen deine Beine, Honey. Ich möchte, dass du dich selbst anfasst, während ich deinen Hintern ficke."

Joy gehorchte. Sie hob ihr Becken, um eine Hand unter sich zu schieben, während ich meinen Schwanz mit Gleitgel einrieb. Sie bot einen fantastischen Anblick. Irgendwann würde ich mich in meinen Lesesessel setzen und ihr dabei zusehen, wie sie sich in unserem Bett selbst befriedigte.

Ich spreizte ihre Pobacken, um an ihren Hintereingang zu gelangen. Mit der Schwanzspitze drückte ich gegen ihre Rosette.

Sie spannte sich instinktiv an.

Ich wartete. „Entspann dich, Honey", murmelte ich. „Das wird sich gut anfühlen."

Ihre Rosette entspannte sich beim Ausatmen.

„Atme tief durch und drück dich dann nach hinten zu mir."

Sie gehorchte und ich drang mit einem lautlosen Popp in sie.

„Oh!", rief sie. Ich hielt zunächst still, damit sie sich an mich gewöhnen konnte. Es war so verdammt eng, dass ich allein davon hätte kommen können.

Als sich ihr Körper noch mehr entspannte, machte ich langsam weiter und ließ den engen Schließmuskel ohne Druck aufgleiten. Ohne Spannung oder Widerstand zu erzeugen. „So ist es richtig, Honey. Noch ein Stück und wir haben mehr als die Eichel drin. Danach wirst du lieben, wie es sich anfühlt."

Sie versteifte sich, also hielt ich still.

Schweiß stand mir auf der Stirn und ich ließ meine Finger absichtlich locker auf ihren Hüften liegen. „Du hast die Kontrolle, Baby. Schieb dich nach hinten, wenn du soweit bist."

Sie tat genau das und der dickste Teil meines Schwanzes glitt ganz in sie.

Ach du heilige Scheiße. „Fühlt es sich gut an?", fragte ich mit zusammengebissenen Zähnen.

Sie stöhnte. Ich hörte die Bewegungen ihrer glitschigen Finger, während sie ihre Pussy stimulierte.

„Braves Mädchen. Spiele du weiter mit deiner feuchten Pussy, während ich deinen Hintern nehme", befahl ich ihr.

„J-ja, Sir."

Fuck, war sie süß. Obwohl ich sie bereits als die Meine markiert hatte, wollte ich über sie herfallen. Sie verzehren. Sie war unglaublich.

Ich bewegte mich langsam in ihr, drang sanft und gleichmäßig in sie. Dabei wurde ihr Stöhnen lauter. Ihr Rücken bog sich stärker durch.

„Bitte, Wes", stöhnte sie.

„Bitte, was, Honey?" Ich dachte, sie wollte mehr angesichts des lüsternen Tonfalls, musste mir jedoch sicher sein.

„Ich muss kommen."

„Okay, Honey. Ich werde dich etwas schneller ficken, aber ich werde weiterhin vorsichtig sein, okay?"

„Ja." Ich liebte das gierige Wimmern in ihrer Stimme.

Ich zog das Tempo an und ließ meine eigene Lust zu. Meine Eier zogen sich zusammen. Ich senkte mein Becken, um ihrem entgegenzukommen, damit ich nicht zu ruppig oder hart in sie drang. Ich schob meine Finger unter ihr Becken, um sie mit ihren zwischen ihren Schenkeln zu verschränken.

Sie war so feucht, ihre Pussy war so prall und offen, dass zwei meiner Finger sofort in sie sanken.

„Ja, ja!", schrie sie.

Ich fickte ihren Hintern, drückte meine Handfläche auf ihren Kitzler und wackelte mit den Fingern in ihrer Pussy.

„Gott, ja! Bitte, Wes! Bitte!"

Meine Augen rollten nach hinten. Ich wusste, sie leuchteten. Mein Wolf konnte nicht genug von unserer Gefährtin bekommen. Ich ließ meine Selbstbeherrschung ziehen, drang tief in ihren Hintern und kam.

„Komm für mich, Honey", knurrte ich. Ich stimulierte sie weiterhin mit den Fingern zwischen ihren Beinen.

Ihr Körper zitterte. Schweiß benetzte ihre Haut. Sie fühlte sich heiß an.

Sie kreischte, als sie kam. Ihre Pussy verkrampfte sich

um meine Finger, die sie mit ihren eigenen noch tiefer schob. Unsere Hüften bockten gleichzeitig.

Feuerwerke explodierte hinter meinen Augen. Joys Geruch umgab mich. Ich biss sie in die Schulter – es war kein Paarungsbiss und nicht stark genug, um die Haut zu durchbrechen – aus dem Verlangen heraus, in jeder Hinsicht alles von ihr zu haben.

Ich würde immer nach meiner Gefährtin gieren. Das würde niemals nachlassen.

Als unsere Lust gründlich befriedigt war und wir wieder bei Atem waren, glitt ich aus ihr heraus.

„Bleib genau so, Baby. Bin gleich wieder da", murmelte ich an ihrem Nacken.

„Mmmm", stöhnte sie.

Ich ging ins Bad, um mir die Hände zu waschen und einen nassen, warmen Waschlappen zu holen. Dann machte ich mich daran, meine Gefährtin zu säubern. Sie war so weich und fügsam und hatte erschöpft die Augen geschlossen. Ein Lächeln umspielte ihre Mundwinkel.

Ich warf den Lappen auf den Boden, rollte uns beide auf die Seite und zog das Kissen unter ihrem Becken hervor.

Ich deckte uns zu und schmiegte meinen größeren Körper an ihren. „Mein", raunte ich ihr ins Ohr. Sie drückte sich sanft an mich.

„Ja", murmelte sie und neigte den Kopf, um meinen Unterarm zu küssen. „Ich bin die Deine."

„Ich liebe dich auch." Ich küsste ihre Schulter und knabberte daran. „Wölfe paaren sich instinktiv. Ich erkannte am Geruch, dass du die Meine bist, aber all die menschlichen Gefühle empfinde ich auch, Joy. Ich möchte, dass du das weißt."

Sie drehte sich in meinen Armen zu mir um. Ihre blauen Augen begegneten meinen. Sie wirkten zufrieden und befriedigt, aber ich sah auch das Glücksgefühl darin. „Ich liebe dich auch, Wes."

Ich küsste sie dieses Mal zärtlich und legte eine Hand auf ihre Wange. „Ich kann nicht fassen, dass ich den Rest meines Lebens mit dir verbringen darf."

Sie erwiderte den Kuss. „Geht mir genauso." Dann traten ihr Tränen in die Augen. „Ich kann nicht fassen, dass ich nun Mutter bin!"

Ich erstarrte. Wir hatten noch nicht darüber gesprochen, ob sie sich auch um Remy kümmern würde. „Ist das okay? Ist es zu viel? Wir können es langsam angehen."

Sie schüttelte den Kopf, ihre zerzausten Haare glitten über meine Haut. „Nein, ich will alles. Remy gehört zu mir. Sie schien das auch von Anfang an zu wissen."

Ich dachte einen Moment darüber nach. Sie musste noch vor mir etwas Wölfisches bemerkt haben. „Du hast recht." Ich erinnerte mich staunend. „Als sie dich kennenlernte, sagte sie, du hättest gut gerochen. Dann sagte sie, sie wüsste, dass du ein Mensch bist, aber einer von der netten Sorte."

Definitiv von der netten Sorte.

„Wir sind füreinander bestimmt", sagte Joy leise. „Du, ich und Remy."

„Für immer, bis in alle Ewigkeit."

„Du bist meine Ewigkeit", erwiderte sie, woraufhin ich mich riesengroß und fantastisch fühlte. Ich zog sie an mich, damit sie ihren Kopf an meine Schulter legen, sich an mich kuscheln und einschlafen konnte.

„Du bist unglaublich."

38

JOY

„ICH GLAUBE, sie möchte einen Anstandswauwau dabeihaben", sagte ich zu Wes, als wir auf dem Weg zum Haus meiner Mutter waren.

Es waren vier Tage seit dem Showdown mit Soraya vergangen und wir hatten zu einer Routine gefunden. Eine Routine als dreiköpfige Familie. Tagsüber beschäftigte ich mich mit Remy und meiner Töpferei, die Nächte verbrachte ich mit Wes im Bett. Wir hatten Sex, redeten und lernten einander kennen.

Remy erwähnte ihre Mutter nicht. Kein einziges Mal. Sie wusste nur, dass sie fort war, was ihr zu reichen schien.

„Wenn dieser Typ nicht gut für sie ist, mach dich darauf gefasst, dass ich ihn rauswerfe", murmelte Wes, den Blick auf die Straße gerichtet.

Meine Lippen zuckten. Er war Mom gegenüber sehr beschützend. Sie hatte am Vortag angerufen und uns zum Abendessen eingeladen. Zusammen mit *Clyde*. Ihr erstes Date war offenbar gut gelaufen und dies war nun ihr zweites.

Mit uns und einer Vierjährigen als Begleitung.

Ich fand das niedlich. Im Gegensatz zu Wes kannte ich Clyde schon lange und machte mir keine Sorgen, dass er mit den Gefühlen meiner Mutter spielen würde. Er mochte sie wirklich.

Kein Mann bat eine Frau über Jahre beharrlich um ein Date, wenn er nicht ernsthaft an ihr interessiert war.

„Warte einfach zehn Jahre", sagte ich.

Er runzelte die Stirn und sah mich an. Ich deutete über meine Schulter auf den Rücksitz, wo Remy vor sich hin summte.

Wes knurrte nun regelrecht, als er verstand. „Mit vierzehn? Vergiss es. Sie kann daten, wenn sie zwanzig ist."

„Was ist mit den Läufen bei Vollm..."

Er trat überraschend auf die Bremse und hielt am Straßenrand, was mich zum Verstummen brachte.

Ich sah mich um. „Was ist los? Haben wir etwas überfahren?"

Er drehte sich auf dem Sitz um und stützte seinen Unterarm auf das Lenkrad. „Willst du weitere *Konsequenzen* zu spüren bekommen?"

Ich schluckte schwer und dachte daran, dass ich nach dem letzten Mal zwei Tage lang einen schmerzenden

Hintern hatte, und das Spanking war nur zum Spaß gewesen.

„Meine *Quenzen* waren nicht lustig", grummelte Remy auf dem Rücksitz. „Ich musste auf der Ranch arbeiten, weil alle nach mir suchen mussten. Steine tragen macht keinen Spaß."

„Das soll es auch nicht", sagte Wes.

Ich biss mir auf die Lippe. Wes hatte entschieden, dass Remy für ihr Weglaufen bestraft werden musste, auch wenn ihre Gründe nachvollziehbar gewesen waren. Sie musste verstehen, wie gefährlich ihr Verhalten war. Also hatte er sie am nächsten Morgen mit auf die Ranch genommen und sie Flusssteine – in der Größe eines Soft-balls, die nicht zu schwer waren – tragen und unter einer Pappel aufhäufen lassen. Dann musste sie sie wieder zurücktragen. Marina hatte ihr eine Weile dabei geholfen. Dann Johnny. Es war keine Zwangsarbeit gewesen, nicht ansatzweise, aber für ein kleines Mädchen hatte die Aufgabe gewaltig gewirkt. Es war notwendig gewesen.

Sie brauchte eine halbe Stunde und Wes erklärte ihr, dass das die Zeit war, die alle hatten aufwenden müssen, um sie zu finden, als sie beim Vollmondlauf weggelaufen war. Sie schuldete ihnen diese Zeit, indem sie mithalf.

„Ich laufe nicht noch einmal weg", fügte sie hinzu für den Fall, dass Wes vorhatte, mehr Steinetragen zu ihrem Tagesablauf hinzuzufügen.

„Gut. Dann kannst du Mrs. Wallace sagen, dass du eine extra Kirsche in deinem Saft haben darfst."

„Juhuu! Worauf warten wir dann noch?", fragte sie.

„Genau, worauf warten wir noch?", wiederholte ich und bemühte mich, süß und unschuldig auszusehen.

Ich fragte mich das ebenfalls. Wes starrte uns beide an, dann verdrehte er die Augen. „Frauen."

Bevor Wes den Rückwärtsgang einlegen konnte, klingelte sein Handy. Er benutzte die Freisprechanlage.

„Tag, Wes. Levi hier."

Für einen Moment geriet ich in Panik, denn ich dachte, er würde uns mitteilen, dass Soraya wieder aufgetaucht war. Ich ergriff Wes' Hand.

„Ich bin im Truck mit meinen Mädels", sagte Wes, vor allem, um den Sheriff zu warnen, dass eine Vierjährige mit großen Ohren anwesend war. Die waren besonders groß, da Gestaltwandler angeblich ausgezeichnet hören konnten.

„Ich werde euch nicht lange aufhalten. Ich wollte nur Bescheid sagen, dass ich mit Selena Jenkins zusammengearbeitet habe. Die Dokumente wurden so aufgesetzt, wie du es wolltest."

Selena Jenkins war eine Anwältin, aber auch eine Gestaltwandlerin, die Levi zufolge den Gestaltwandlern der Wolf Ranch in der Vergangenheit schon geholfen hatte. Die Dokumente boten Soraya eine Geldsumme im Gegenzug dafür an, dass sie auf ihr Sorgerecht für Remy verzichtete. Wes würde das volle Sorgerecht bekommen. Dauerhaft. Die Summe war gewaltig für eine Künstlerin wie mich, die häufig knapp bei Kasse war, aber nicht für einen Milliardär.

Ich ging davon aus, dass er jeden Preis bezahlt hätte, damit Soraya verschwand und niemals wiederkehrte.

„Und?"

„Und sie wurden alle unterzeichnet", antwortete Levi. „Glückwunsch."

Wes seufzte und lächelte dann. „Danke."

Es war vorbei. Soraya war fort. Sie hatte bekommen, was sie wollte – Geld. Wes hatte die Garantie bekommen, dass sie ihm Remy niemals mehr wegnehmen konnte.

Das Telefonat endete und er fuhr wieder auf die Straße.

„Das war ein guter Verwendungszweck für das Geld ", sagte ich zu ihm. Wenn man auf einmal genug Geld hatte, um eine ganze Flugzeugflotte zu kaufen, war es schwer, zu entscheiden, wo man mit dem Ausgeben anfangen sollte. Was Wes' scheinbar nicht tun wollte. Er war zufrieden. Remy war glücklich.

Das war alles, worauf es ankam.

Er nickte. „Ein weiterer sinnvoller Verwendungszweck ist die Reparatur deines Hauses. Ich warte nicht, bis die Versicherung sich mal rührt."

Mir klappte der Mund auf. „Was? Ich ... ich kann dir das zurückzahlen."

„Willst du, dass ich noch mal am Straßenrand halte?", warnte er.

„Nein!", rief Remy.

„Wes ..."

„Wir sind jetzt eine Familie, Honey. Ich habe nicht vor, eine Yacht zu kaufen und sie nach dir zu benennen oder so. Aber ich denke, die Reparatur deines Daches sollte wohl drin sein."

Er hatte recht.

„Okay", sagte ich. „Ich wollte auch nur ungern wieder meinen Job bei Cody's annehmen."

„Die Liste der Konsequenzen wird länger, je mehr du redest", warnte er mit leiser Stimme.

„Du möchtest keine Steine schleppen!", rief Remy vom Rücksitz, was bewies, dass sie alles hören konnte.

Wir hielten in Moms Einfahrt und Wes stellte den Wagen ab.

„Kann ich jetzt nach extra Kirschen fragen?", wollte Remy wissen.

„Ja", antwortete Wes.

Sie öffnete selbst ihren Sicherheitsgurt und kletterte aus dem Auto. Sie rannte zum Haus und ließ die Autotür weit offen stehen.

„Du besorgst dir keinen Job bei Cody's. Ich kann dich finanziell unterstützen."

Ich drehte mich ganz zu ihm um. „Ich werde nicht den ganzen Tag herumsitzen und Kirschen essen, Wes."

„Das ist mir klar. Ich möchte, dass du dich auf deine Leidenschaft konzentrierst. Das Töpfern."

Ich legte den Kopf schief. „Im Ernst?"

„Natürlich."

Ich schluckte und blickte auf unsere ineinander verschränkten Hände. „Ich dachte daran, mein Haus in einen Laden umzubauen. Vielleicht in Kooperation mit anderen Künstlern. Dort könnten wir unsere Werke ausstellen und verkaufen." Ich blickte Wes durch die Wimpern an, unsicher, ob das eine gute Idee war. „Ich meine, ich wohne ja nicht mehr dort."

Wes streckte die Hand aus, löste meinen Sicherheitsgurt und zog mich über die Mittelkonsole.

„Wes!", rief ich.

Sobald ich – etwas schief – auf seinem Schoß saß, küsste er mich.

Und küsste mich.

Wären wir nicht in der Einfahrt meiner Mutter gewesen, wären wir bis zum Äußersten gegangen.

„Miz Wall sagt, ihr sollt aufhören, euch zu küssen, und reinkommen!", rief Remy von der Treppe.

Ich sah Wes an und wir lachten.

„Könnt ihr zuerst einen kleinen Bruder machen? Cassie in der Schule sagt, ihre Eltern haben ein Baby gemacht, weil sie sich ständig geküsst haben."

Meine Augen wurden groß und dann lachte ich noch mehr. Wes' Augen wurden schmal und begierig.

Wir hatten noch nicht über ein Baby gesprochen.

Aber ...

Vielleicht?

Im Augenblick war ich glücklich. Ich wurde geliebt. Ich war Mutter. Das Leben war perfekt.

Und verrückt. Denn eine gewisse Vierjährige würde uns bestimmt auf Trab halten.

MEHR WOLLEN?

Keine Sorge, es wird noch mehr von der Wolf Ranch zu lesen geben! Aber weißt du was? Ich habe eine kleine Bonus Geschichte für dich. Entdecke ein bisschen extra Liebe für Riley und Cody. Wie immer…vielen Dank, dass Sie unsere Bücher liest und mit auf diesen wilden Ritt kommst!

Klick hier
oder gehen zu:

https://vanessavaleauthor.com/v/2mo

VANESSA VALE: HOLEN SIE SICH IHR KOSTENLOSES BUCH!

Tragen Sie sich in meine E-Mail Liste ein, um als erstes von Neuerscheinungen, kostenlosen Büchern, Sonderpreisen und anderen Zugaben zu erfahren.

kostenlosecowboyromantik.com

RENEE ROSE: HOLEN SIE SICH IHR KOSTENLOSES BUCH!

Tragen Sie sich in meine E-Mail Liste ein, um als erstes von Neuerscheinungen, kostenlosen Büchern, Sonderpreisen und anderen Zugaben zu erfahren.

https://www.subscribepage.com/mafiadaddy_de

WEBSITE-LISTE ALLER VANESSA VALE-BÜCHER IN DEUTSCHER SPRACHE.

vanessavalebuecher.com

BÜCHER VON RENEE ROSE

Wolf Ranch

ungezähmt

ungestüm

ungezügelt

unzivilisiert

ungebremst

unbändig

unkontrolliert

Two Marks

ungebärdig - (gratis)

versucht

Begehrt

verzaubert

Mountain Men

Held

Rebell

Krieger

Bad Boy Alphas

Alphas Versuchung

Alphas Gefahr

Alphas Preis

Alphas Herausforderung

Alphas Besessenheit

Alphas Verlangen

Alphas Krieg

Alphas Aufgabe

Alphas Fluch

Alphas Geheimnis

Alphas Beute

Alphas Blut

Alphas Sonne

Alphas Mond

Alphas Schwur

Alphas Rache

Alphas Feuer

Alphas Rettung

Alphas Befehl

The Werewolves of Wall Street Serie

Der große böse Boss: Mitternacht

Der große böse Boss: Mondverrückt

Der große böse Boss: Markiert

Der große böse Boss: Miteinander

Wolf Ridge High

Alpha Bully

Alpha Knight

Step Alpha

Alpha King

Mitternacht Doms

Alphas Blut von Renee Rose & Lee Savino

Seine gefangene Sterbliche von Renee Rose & Lee Savino

Chicago Bratwa

Gefährliches Vorspiel

Der Direktor

Der Mittelsmann

Bessessen

Der Vollstrecker

Der Soldat

Der Hacker

Der Buchmacher

Der Reiniger

Der Spieler

Der Torwächter

Unterwelt von Las Vegas

King of Diamonds

Mafia Daddy

Jack of Spades

Ace of Hearts

Joker's Wild

His Queen of Clubs

Dead Man's Hand

Wild Card

Mafia Männer Reihe

Reiz mich nicht

Verführe mich nicht

Zwing mich nicht

Master Me

Ihr Königlicher Master

Ja, Herr Doktor

Ihr Marine Master

Ihr Russischer Gebieter

Ihre Zwillingsmaster

Ihr Brandmeister

Ihr Küchenmeister

Ihr Hollywood Master

Ihr Bad Boy Master

Sündhaftes Chicago

Sündenpfuhl

Verwurzelt in Sünde

Yachtkönige

Rache

Die Meister von Zandia

Seine irdische Dienerin

Seine irdische Gefangene

Seine irdische Gefährtin

Seine irdische Rebellin

Seine irdische Frau

Ihr Gefährte und Meister

Zandianisches Haustier

Sein irdischer Besitz

Zandianische Bräute

Eine Nach md den Zandianern

Von den Zandianern gekauft

Von den Zandianer beherrscht

Das Licht der Zandianer

Festgehalten vom Zandianer

Vom Zandianer beansprucht

Vom Zandianer gestohlen

VANESSA VALE: ÜBER DIE AUTORIN

Vanessa Vale ist die USA Today Bestseller Autorin von sexy Liebesromanen, unter anderem ihrer beliebten historischen Bridgewater Reihe und heißen zeitgenössischen Liebesromanen. Vanessa schreibt über unverfrorene Bad Boys, die sich nicht einfach nur verlieben, sondern Hals über Kopf in die Liebe stürzen. Ihre Bücher wurden über eine Million Mal verkauft und sind weltweit in mehreren Sprachen im E-Book-, Print- und Audioformat erhältlich.

vanessavale.de

RENEE ROSE: ÜBER DIE AUTORIN

USA TODAY Bestseller-Autorin RENEE ROSE liebt dominante, verbalerotische Alpha-Helden! Sie hat bereits über eine halbe Million Exemplare ihrer erotischen Liebesromane mit unterschiedlichen Abstufungen verruchter sexueller Vorlieben und Erotik verkauft. Ihre Bücher wurden außerdem in *USA Todays Happily Ever After* und *Popsugar* vorgestellt. 2013 wurde sie von *Eroticon USA* zum nächsten *Top Erotic Author* ernannt und freut sich ebenfalls über die Auszeichnungen Spunky and Sassy's *Favorite Sci-Fi and Anthology Autor*, The Romance Reviews *Best Historical Romance* und Spanking Romance Reviews *Best Sci-fi, Paranormal, Historical, Erotic, Ageplay and Couple Author*. Bereits fünfmal gelang ihr eine Platzierung in der USA-Today-Bestsellerliste mit verschiedenen literarischen Werken.

Besuchen Sie ihren Blog unter www.reneeroseromance.com